クリスティー文庫
54

火曜クラブ

アガサ・クリスティー

中村妙子訳

5252

THE THIRTEEN PROBLEMS
by
Agatha Christie

Translated by
Taeko Nakamura
Published 2021 in Japan by
HAYAKAWA PUBLISHING, INC.
This book is published in Japan by
arrangement with
AGATHA CHRISTIE LIMITED
through TIMO ASSOCIATES, INC.

レナード・ウーリー夫妻に

著者のことば

この『火曜クラブ』で、ミス・マープルははじめて推理小説の世界に登場する。ミス・マープルにはわたし自身の祖母に、どこか似ているところがある。祖母もやはり桜色の頬をした老婦人で、世の中からまったく引きこもったむかし風の暮らしをしていたくせに、人間の邪悪さというものをとことん知りぬいていた。

祖母に、「でも、おまえはあの人たちのいうことを、鵜呑《うの》みにしているのかい。それはやめたほうがいいよ。わたしならそうはしませんよ！」と言われると、まるでこっちがとんでもなく世間知らずのおっちょこちょいのような気がしたものだった。

ミス・マープルの話は、書いていてとても楽しかった。わたしはこのやさしい感じの老婦人に愛情をいだき、どうか彼女が読者に歓迎されるようにと願った。六話まで発表したのちに、もう六話追加してほしいと望まれた。ミス・マープルはたしかに読者の興味をつないだのである。

今ではミス・マープルは数冊の本の主要人物で、映画にも登場している。人気の点では、エルキュール・ポアロとどっちかというほどだ。わたしのところにくる手紙は半数は、「どうか、ポアロでなく、ミス・マープルを登場させてください」といってよこし、あとの半数は、「ミス・マープルを出さずに、ポアロを出してください」と書いている。わたし自身はどちらかといえば、ミス・マープルのかたをもつ。彼女の本領はとくに短い謎ときの場合に発揮されるようだ。そういった問題が親しみやすい彼女のスタイルにぴったりなのだろう。一方、ポアロの才能を発揮するにはどうしても長篇が必要らしい。

この『火曜クラブ』は、ミス・マープルを愛する人々にとっては、彼女の真髄を知るに足る一冊ではないかと思う。

アガサ・クリスティー

目次

第一話　火曜クラブ……………………一一
第二話　アスタルテの祠………………三七
第三話　金塊事件…………………………六七
第四話　舗道の血痕………………………九五
第五話　動機対機会……………………一一五
第六話　聖ペテロの指のあと…………一四三
第七話　青いゼラニウム………………一七三
第八話　二人の老嬢……………………二一一
第九話　四人の容疑者…………………二五一

第十話　クリスマスの悲劇……二八七
第十一話　毒草……三二七
第十二話　バンガロー事件……三六三
第十三話　溺死……三九七
訳者あとがき……四四一
解説／芳野昌之……四四九

火曜クラブ

第一話　火曜クラブ
The Tuesday Night Club

「迷宮入り事件」

レイモンド・ウェストは、タバコの煙をパッと吐きだしてくりかえした。ゆっくり味わいかえしているようなうれしそうな口調だった。

「迷宮入り事件」

レイモンド・ウェストは満足そうに一座を見まわした。古風な部屋だった。天井には太い黒っぽい梁《はり》がわたされ、部屋相応にどっしりした古めかしい家具が置かれている。レイモンド・ウェストが好もしげに眺めたのもむりはなかった。レイモンド・ウェストは作家だった。非のうちどころのない雰囲気にひたることを好んだ。ジェーン伯母の家は、彼女という主《あるじ》の背景としてうってつけだという点が彼の気に入っていた。レイモンドは、大きな安楽椅子にしゃんとした姿勢で腰かけている伯母を暖炉ごしに見やった。胴着の前のところにメクリンレースが滝のようにあしらわれ、手には黒いレースの指なし手袋をはめ、雪白の髪を高々とゆいあげた上に黒いレースのキャップをのせている。ミス・マープルはなにやら白いふわふわしたものを編んでいた。彼女は年よりらしい、うす青いやさしそうな目で、甥のレイモンドとそのお客たちを静かにうれしそうに眺めていた。まず意識して磊落《らいらく》にふるまっている甥のレイモンド、それから女流画家のジョイス・ランプリエールの黒いショートカットと一風変わった光沢のあるはしばみ色のひとみ。つぎに身だしなみのしごくよい世なれた紳士のサー・クリザリング。お客はもう二人いた。一人はペンダー博士といって、この教区の老牧師。それから弁護士のペサリック氏、眼鏡ごしにじろっと相手を眺めるくせのある干からびた感じの小男だった。ミス・マープルは一座の人々にひとわたり目をくれると、微笑をうかべて、またせっせと編みものをはじめた。

ペサリック氏がいつものくせで、話の前おきがわりの小さな空咳の音をたてた。

「なんと言われましたな、レイモンド君？　迷宮入り事件ですか？　はあん——で、それがどうだと言われるんですね？」

「べつに、どうってこと、ありませんのよ」とジョイス・ランプリエールが引き取った。「レイモンドはね、ただその音《おん》が気に入ったんですわ。それと、口に出してそう言ってみる自分がね」

レイモンドがちらりととがめるような視線を送ると、ジョイスは顔をのけぞらせて笑い声をたてた。

「このひとって、たいへんな気取りやさんですわね。そうじゃありません、マープルさん？　そうお思いになりますでしょう？」

ミス・マープルはやさしくほほえみかえしたが、なにも言わなかった。

「人生そのものが、いわば迷宮入りですよ」と、牧師がおごそかな口調で言った。

レイモンドは坐りなおして、シガレットをぽんとなげすてた。

「ぼくの考えていたのはそういうことではないんですよ。哲学めいた意味ではなくて、現実に起こった、赤裸々な散文的な事実のことを考えていたんです。まだ誰もちゃんとした説明をくわえたことのないさまざまな事実をね」

「わたし、ちょうどそういう話を知っていますよ」とミス・マープルが口をはさんだ。「つい、昨日の朝のことですがね、カラザーズの奥さんがとても奇妙な目にあいなすったんです。エリオットの店で皮をむいた小エビを二ジル（一ジルは四分の一パイント）ばかり買いなすったあと、もう二軒ばかり寄って帰ると、かんじんのエビがないんですって。あとから寄った二軒の店に、もういっぺん行ってみたそうですけれど、どこにも影も形も見えなかったそうでね。ふしぎな話じゃありませんかね？」

「まったくもって、奇妙《フィッシィ》なお話ですな」とサー・ヘンリーがまじめくさって駄じゃれを言った。

「むろん、説明のしようはいろいろありますわね」とミス・マープルは興奮に顔をうっすら染めていた。「たとえば誰かが――」

「伯母さん」と、レイモンド・ウェストが少々おかしそうに言った。「そういったありきたりな村の出来事じゃないんです。ぼくの考えているのはですね、殺人事件とか、失踪事件とか、サー・ヘンリーなら、お好み次第、何時間でも長広舌をふるわれるような、そうした事件のことなんですよ」

「しかし、私は、だいたい仕事の話はしない習慣にしていましてね」とサー・ヘンリーが控えめな口調で言った。「いや、まったくの話」

サー・ヘンリー・クリザリングは最近までスコットランド・ヤードの警視総監の要職にあったのである。

「殺人事件だのなんだので、警察にもとうとう解決できずじまいという事件は、ずいぶんいろいろとあるんでしょうね？」とジョイスが言った。

「という話ですな」とペサリック氏。

「ぼくはよく考えるんですが」とレイモンド・ウェストがつづけた。「いったい、どういう種類の頭脳が事件を一番うまく解決できるんでしょうかね？　平均的な刑事の場合、想像力の不足という点がハンディキャップになりはしないかと思うんですが」

「それはしろうとの見かただね」とサー・ヘンリーがにべもなく言った。

「レイモンド、あなた、調査委員会を作ろうっていうのね？　心理研究と想像力にかけては、作家にかぎるって言いたいんでしょう？」とジョイスが微笑をうかべながら、レイモンドにむかって皮肉っぽく頭を下げた。しかし、レイモンドはまじめだった。

「ものを書く仕事は、人間性に対する洞察力をあたえてくれるからね。作家ってやつは、ふつうの人間が見すごしにしてしまうような動機に気がつくんじゃないかと思うんだ」

「あなたの書くものが気が利いているってことは、わたしも認めますよ」とミス・マープルが口をはさんだ。「でも世の中って、ほんとうにあなたが書いてみせるような、あした不愉快な人間ばかり住んでいるのかしらねえ」

「伯母さん」とレイモンドはおだやかに言った。「人間に対するそうした信頼をせいぜい大事になさることですね。あなたの美しい信頼を叩きつぶそうなんて、毛頭考えてやしませんからね、ぼくは」

「わたしの言いたいのはね」とミス・マープルはかすかに眉をよせて、編み目をかぞえながら言った。「たいていの人は悪人でも善人でもなくて、ただとてもおばかさんだってことですよ」

ペサリック氏がまた軽い咳ばらいをした。

「レイモンド君は、想像力ってやつに、あまり重きをおきすぎておられるきらいはないだろうか？　想像力というやつは、非常に危険なしろものですよ。われわれ弁護士が百も承知しておるようにね。証拠物件をかたよらない目でふるいにかけて、事実を事実として眺めるということ——真相に到達するには、どうもこいつが一番論理的な方法じゃないですかな。それに私の経験からすると、この手段以外には成功の道はないようですがね」

「まあ、くだらないことをおっしゃるのね」とジョイスが頭を腹だたしそうに振りあげて言った。

「わたしなら、みなさんをかたっぱしから負かしてあげますわ。わたしは女です——なんとおっしゃろうとご勝手ですけれど、女には男にない微妙な直感というものがありますからね——それにわたしは画家ですわ。みなさんに見えないようなことが、よく見えますのよ。それはかりじゃありません。職業がら、わたしはずいぶんいろいろな種類境遇の人間のあいだにまじって暮らしてまいりましたわ。ですから、わたし、人生については、こちらにおいでのマープルさんのようなやさしいお年よりのとてもご存じないようなことまで知っていますのよ」

「さあ、それはどうでしょうかね。村の生活にだって、折々はたいへんいたましい悲しい事件も起こるものですからね」とミス・マープルが答えた。

「一言言わせていただけましょうか？」とペンダー牧師がにこにこと口をはさんだ。「当節は牧師を世間知らずだなどとけなすのがはやるようですが、私どもはじつにいろいろなことを耳にいたしますよ。ほかの人間には閉ざされた本のように、チラとも中をのぞくことのできない人間性のある一面を、われわれは知っています」

「そうしますとね」と、ジョイスが言った。「ここにいる者は各方面のちょっとした代表者といったところじゃありません？　ねえ、クラブを作ったらどんなものでしょうか？　きょうは何曜日でしょう？　火曜日ですわね。では火曜クラブとでもして。会合は毎週一度。みんながかわるがわる、何かしら問題を出すことにして。自分が個人的に知っている、むろん解答も知っている迷宮入り事件をね。それでと、ここになん人いまして？　一、二、三、四、五人ですわね。ほんとうは六人いるとねえ」

「わたしをお忘れになってますよ、ジョイスさん」とミス・マープルがにこにこしながら言った。

ジョイスは少々面くらったような顔をしたが、意外だという表情をさりげなくひっこめて、「まあ、すてきですわ、マープルさん。仲間入りしていただけるなんて、わたし、夢にも思いませんでしたのよ」と言った。

「おもしろそうですもの。ことに賢い殿がたがおおぜいいらっしゃいますものね。わたしはあまり頭の切れるほうじゃありませんけれど、このセント・メアリ・ミードのような村に長年暮らしてまいりますと、人間というものが少しは見えてきましてねえ」

「ご協力はさだめし貴重でしょう」とサー・ヘンリーがいんぎんに言った。

「どなたからはじめてくださいます?」とジョイスがたずねた。

「それはもうきまっているようなものじゃないですか?」とペンダー牧師が言った。

「さいわいサー・ヘンリーのような著名なお方がここにこうしておいでになることですから」と言いさしてサー・ヘンリーのほうにいんぎんな一礼を送った。名指されてサー・ヘンリーは一瞬答えなかったが、やがてホッと溜め息をつき、足を組み直して口を開いた。

「お望みのような話をえらぶのは、私にとっては少々むずかしいことでしてね。しかし、今から申しあげる話は、たまたまそうした条件にぴったりだと思いますよ。ひょっとすると一年前の新聞紙上で、この事件についてお読みになった方もおありと思います。当時は迷宮入り事件としてかたづけられていたのですが、数日前にちょうどその解答が私の知るところとなったようなわけです。事実は、ごく単純なものです。三人の人間が夕食の食卓につきました。食卓に出たもののうちに缶詰のエビを使った料理があったのですが、その夜おそくなってから、それを食べた三人が三人とも苦しみだして、いそいで医者を呼ぶさわぎ。うち二人は回復したのですが、一人はとうとう亡くなったのです」

「ほう！」レイモンドがそうこなくちゃ、と言わんばかりにつぶやいた。

「さっきも申しあげたように、表面にあらわれた事実はなんの変哲もない平凡なものでしてね。死因はプトマイン中毒ということで、死亡証明書が書かれ、埋葬もすみました。ところがことは、これだけではおさまらなかったのです」

ミス・マープルがうなずいた。

「噂話でしょうね。そうしたものですわ」

「そこで、このちょっとした一幕の登場人物ですが、夫婦をジョーンズ夫妻とし、奥さんのいわゆるコンパニオン（家政婦をかねた話相手）をミス・クラークとしておきましょうか。ジョーンズ氏というのは薬品会社のセールスマンで、粗野な赤ら顔ながら、ちょっとした男前でした。この男は年のころは五十がらみでしたな。奥さんのほうはまあ、平凡な人柄で、四十五くらいでしたろうか。ミス・クラークは六十ばかりの、にこやかで色つやのよい、ふとった朗かな女性でした。三人とも大して興味をそそるような個性の人間ではなかったのです。

さて、噂はたいへん奇妙なことからはじまりました。ジョーンズ氏は事件の前夜、バーミンガムのビジネスホテルに泊まったのですが、そのホテルではたまたまその日、とじこみの吸取紙を替えたところで、部屋つきのメイドが――おおかた暇をもてあましておったんでしょうな――ジョーンズ氏が手紙を書いたあとで、遊び半分で吸取紙を鏡に映して眺めたんです。ところが二、三日後に、ミセス・ジョーンズが缶詰のエビにあたって死んだという記事が新聞にのりました。そのメイドがこれを見て、自分が読んだ吸取紙にうつっていた文句のことを仲間のメイドたちにしゃべったというわけです。

それはこんな文句でした。〈まったく家内次第……家内が死ねばわたしも……いく《ハンドレッズ》らでも《・アンド・サウザンズ》〉

この少し前に、夫が妻を毒殺した事件があったのをご記憶でしょう。メイドたちはたちまち想像をたくましくしました。ジョーンズ氏は妻を亡きものにすれば、財産をいくらでも自分のものにできると思ったのだとね！　たまたまメイドの一人の親類が、ジョーンズ夫妻の住んでいる町に住んでいました。このメイドがその親類あてにたよりをし、その連中がまたそれに返事を書いてよこしたのです。ジョーンズ氏は町の医者の娘で三十三になる美人に心を寄せていたらしい、というわけで噂はどんどんエスカレートし、ついには内務大臣あてに嘆願書が提出されたのです。ジョーンズ氏は妻を毒殺したのだと非難する匿名の手紙が何通となくスコットランド・ヤードにとどきました。私どもははじめのうちは、くだらない町の噂話にすぎないと信じていたのですがね。しかし世論を無視するわけにもいかないので、死体発掘が許可されたのです。

根も葉もない世間の噂が、いざふたをあけてみると、驚くほど当たっていたということが、世間にはままあるものですが、これもそのいい例だったのです。死体を解剖してみると、多量の砒素《ひそ》が発見されました。ミセス・ジョーンズが砒素をもられて毒殺されたということは、もはや動かしがたい事実となったのです。その砒素がどのようにして、また、誰によって食べものに混入されたかということを調べるのが、スコットランド・ヤードと所轄の警察の仕事となったのでした」

「まあ、すてき、そうこなくっちゃ」とジョイスが言った。

「嫌疑は当然夫にむけられました。なにしろ妻の死によって恩恵をこうむったわけですからね。ホテルのメイドがロマンティックに考えたほどの財産ではありませんでしたが、八千ポンドというまとまった金が彼のものになったのです。仕事の上の収入のほかにはこれといった自分の財産もなく、それに少々金遣いの荒い女好きなたちでしたからね。私たちはこの男が医者の娘に惚れていたという噂を内々でつついてみましたよ。しかし、一時は非常に親密だったらしいんですが、二カ月前にプッツリつきあいが切れて、それからというものは一度も会っていない様子です。医者というのは、率直な、人を疑うということをまったくしない老人で、解剖の結果に唖然としていました。真夜中ごろによばれて行ってみると、三人とも非常な苦しみよう。とりわけミセス・ジョーンズは、見るからに容易ならぬ容態なので、苦痛をやわらげるためにアヘン剤を取りに医院まで使いをやりました。しかし百万手をつくしたにもかかわらず、とうとうだめだったのです。けれども、お医者はこのときにはまだ、あやしいふしがあるというような疑念はまったくいだいていませんでした。まあ、ボツリヌス菌による食中毒と考えたのですね。夕食に出たのは缶詰のエビとサラダ、トライフル（ぶどう酒にひたしたカステラ菓子）、それにパンとチーズといったものでした。残念なことに、問題のエビはぜんぜん残っていませんでした。きれいに食べつくして缶も捨ててありました。医者は若いメイドのグラディス・リンチを問いつめてみましたが、すっかり気が転倒しているので、泣きだすやら、取り乱すやら、ろくに要領をえた返事もできないしまつ、ただくりかえしくりかえし、缶はべつにどこといってふくれてもいなかったし、エビにしたって、悪くなっているような様子はちっとも見えなかったのだと言いはりました。

というような次第です。ジョーンズがたとえ妻に一服もったのだとしても、夕食の料理にまぜたということは、まず考えられません。夕食は三人とも食べているのですからね。それからもう一つ、ジョーンズは料理が食卓にはこばれているところにバーミンガムから帰りあわせたんですから、前もって料理に細工をしておくような機会はまったくなかったわけです」

「奥さんのそのお相手の女の人はどうですの？　人のよさそうな、ふとった女だとおっしゃった？」とジョイスが口をはさんだ。

サー・ヘンリーはうなずいた。

「むろん、ミス・クラークも取り調べてみなかったわけではありません。しかし、いったい彼女にどんな動機があったでしょう？　ミセス・ジョーンズからなにか遺産をもらったというわけではなし、やとい主が死んだことから生じた結果といえば、新しい落ち着き先を探さなければならなくなったというだけなんですからね」

「とすると、コンパニオンはまあ、問題外ですわね」とジョイスが考え考え言った。

「ところがそのうちに一人の警部が重大なことを発見しましてね」とサー・ヘンリーが

つづけた。

「その夜、夕食のあとでジョーンズは台所に行って、妻が気分がすっきりしないと言っているからコーンスターチをゆるくといて煮てくれとメイドにいいつけたというのです。そしてグラディス・リンチがこしらえおわるまで台所で待っていて、手ずから妻の部屋まではこんだそうです。これでもう事件は難なく落着と思われたのでした」

ペサリック弁護士がうなずいた。

「まず動機」と指を一本折り、「つぎに機会。薬品会社のセールスマンという職掌《しょくしょう》がら、毒薬なども手に入れやすかったでしょうしね」

「そのうえ、どこかしら道徳観念の薄い男ですとね」と牧師が言った。

レイモンド・ウェストはじっとサー・ヘンリーを見つめた。

「どこかにひっかかるところがあるんですね、この筋書きには？　なぜ、すぐ逮捕なさらなかったんですか？」

サー・ヘンリーはほろ苦く笑った。

「いや、どうもそこが具合の悪いところだったのさ。ここまでは万事トントン拍子に行きましたよ。しかし、土壇場にきてどうにも行きづまってしまったのです。ジョーンズを逮捕しなかったのはですね、ミス・クラークにきいてみたところ、問題のコーンスターチはミセス・ジョーンズではなく、自分が食べたのだと答えたからでした。

ミス・クラークがいつものようにミセス・ジョーンズの部屋にはいって行くと、彼女はベッドの上に坐っており、かたわらにコーンスターチを入れたボウルがおいてありました。

『ちょっとね、ミリー、わたし、気分がどうにも悪くって。夜だっていうのにエビなんか食べたからでしょうよ。アルバートに頼んでコーンスターチを一ぱいもって来てもらったんだけれど、いざできてくると、もうほしくないのよ』夫人はこう言うのでした。

『もったいないこと』とミス・クラークは申しました。『とてもおいしそうによくできているじゃありませんの、ぶつぶつもなしに。グラディスはコックとしても大したものですわ。近ごろのたいていの若い娘はコーンスターチひとつ、じょうずに煮られないようだけれど。わたし、いただいてみたいわ、なんだかひどくおなかがすいちまって』

『そうでしょうともね、あなたったら、あんなばかげたまねをしているんですもの』とミセス・ジョーンズは言いました。

ここでちょっと説明しておきますが、ミス・クラークはふとりすぎを苦にして、ダイエット中だったのです。

『あんなことを続けていたら、からだに悪くってよ、ミリー、ほんとに』とミセス・ジョーンズは言いました。『神さまがあなたをふとらせなさったのなら、それだって神さまのご意志じゃありませんか？　さあ、このコーンスターチを食べておしまいなさいな。きっとおなかもちがよくてよ』

というわけで、ミス・クラークはすぐさま、そのコーンスターチをのこらず食べてしまったのです。これでジョーンズに対する嫌疑はあえなくくずれてしまいました。吸取紙にうつっていた文句の説明を求められると、ジョーンズはまごつきもせずにすらすら釈明しましたよ。手紙はオーストラリアにいる弟が金の融通をもとめてきたのに対する返事だと言うんですね。『私はまったく家内次第だ。家内の財産で食べている現状だ。家内が死ねば私も金の自由もきくし、できれば援助もしてやりたい。しかし、今のところはなんとも方法がない。だが困っているのはなにもおまえ一人ではない。金につまっている人間は世の中にはいくらでもいる』こう書いてやったと言うのです」

「すると嫌疑は総くずれというわけですか？」とペンダー牧師が言った。

「さよう。なんの証拠もなしに逮捕するのはまずいですからね」とサー・ヘンリーが重々しく言った。

「お話はそれだけですの？」とジョイスがたずねた。

「昨年まではそれだけでしたね。しかし、最近になって真相がスコットランド・ヤードの知るところとなりましてね。二、三日うちには、たぶんみなさんも新聞でごらんになるでしょうが」

「真相ねえ」とジョイスが考えこんだように言った。「さあ、どういうことなんでしょうね。ねえ、めいめい五分間考えて、それから順に意見を言いましょうよ」

レイモンドが心得て、時刻をたしかめた。そして五分たつと、ペンダー牧師をじっと見て言った。

「まず、牧師さんからはじめていただきましょうか？」

老牧師は首をふった。

「いや、どうも。私などにはかいもく見当もつきませんよ。しかし、やはり夫があやしいんじゃないですかな？　どういう手段を取ったのか、想像もできませんが。これまでに発見されなかったなんらかの方法をつかったんでしょうがね。しかし、そんなあとになってから、どうして明るみに出たのか」

「ジョイスは？」

「コンパニオンよ」とジョイスがきっぱり言った。「よくある話じゃありませんか！どんな動機をもっていたか、わかったものじゃないわ。いくら年よりで、ふとっちょで、みっともなくたって、ジョーンズを愛していなかったとは言いきれませんものね。それにほかの理由から奥さんを憎んでいたのかもしれません。考えてもごらんなさいな、コンパニオンなんて――いつでも人あたりをよくして、なんにでもはいはいとあいづちをうって、自分の気持ちを殺しつづけて暮らしているんですものね。とうとう我慢しきれなくなって、殺してしまったんですわ、きっと。砒素はコーンスターチの中に入れたんでしょう。自分が食べたなんて、嘘よ」

「ペサリックさんはいかがです?」

弁護士は法律家らしい手つきで指先を組み合わせた。

「いや、なんとも申しかねますな。表面的な事実だけでは」

「でも何かご意見をおっしゃってくださらなくっちゃ」とジョイスが言った。「何もおっしゃらずにいて〝偏見をまじえずに〟なんて弁護士さんらしいお顔をなさってもだめよ。何か一言、おっしゃってくださらなくっちゃ」

「事実については」とペサリック氏が言った。「事実については、言うことはないようですな。しかし、私は職業がら、この種の事件をあまりにも数多く見ておりますのでね。やはり、夫があやしいと思いますね。ミス・クラークが何らかの理由で、故意にジョーンズをかばったのだというのが、まあ、順当な説明だと思うのですがね。ジョーンズとのあいだに、なにか金銭上の取りきめでもできておったのかもしれませんな。ジョーンズは当然、自分に疑いがかけられることを予期していたでしょうし、ミス・クラークとしても、老いさき貧乏暮らしをすることを考えて、内緒でまとまった金を支払ってもらう約束で、自分がコーンスターチを食べたのだと、ジョーンズと口裏をあわせたのかもしれませんしね。そうとすると、まったく変わったケースですな」

「ぼくはどなたともちがいますね」とレイモンドが言った。「みなさんは、重大な点をひとつ見落していらっしゃる。医者の娘ですよ。ぼくの絵ときを言いましょうか？　缶詰のエビが事実悪かったんですよ。中毒症状はこれで説明がつくわけです。医者が呼ばれてきてみると、ほかの二人よりたくさんエビを食べたミセス・ジョーンズの苦しみようが一番ひどい。そこで先ほどのお話のように、アヘン剤を取りに人をやったのです。自分では行かずに使いをやったのですが、使いの者にそれを手渡したのが誰あろう、この医者の娘だったのです。ふだんから父親のために薬剤師代わりをつとめていたんでしょうね。この娘はかねてジョーンズと相愛の仲で、この期《ご》におよんでよからぬ本能がむらむらと頭をもたげたってわけです。ジョーンズの自由は自分の掌中に握られていると考えたんですよ。彼女がよこしたアヘン剤というのが正真正銘まじりっけなしの砒素でね。というのが、まあ、ぼくの解釈なんですが」

「ではサー・ヘンリー、どうか、結末をうかがわせてくださいませんか」とジョイスが熱心に言った。

「ちょっと、待ってくださいよ」とサー・ヘンリーが言った。「マープルさんのご意見をまだうかがっていませんが」

ミス・マープルは悲しげに頭をふった。

「まあまあ」とミス・マープルは答えた。「わたしときたら、また編み目を一つ落としてしまいましたよ。すっかりお話に引きこまれていたものですからねえ。ほんとに悲しいいたましいお話ですわね。わたし、マウント荘のハーグリーヴズさんのことをひょいと思い出しましたっけ。あのときだって奥さんは、そんなことがあろうとはこれっぱかしも疑っていなかったんですからねえ。ところがご主人が亡くなると、どうでしょう？隠し女とのあいだに五人も子どもがあって、遺産はそっくりそっちに行ってしまうってさわぎで。その女というのは以前マウント荘でメイドとして働いていた娘でしてね。とてもいい子だって、ミセス・ハーグリーヴズはしょっちゅう褒《ほ》めていなすったものでした――言わなくても毎日マットレスをグルッと回してくれるって。むろん金曜はべつでしょうけれど。それなのにどうでしょう、ハーグリーヴズさんときたら、この女を近くの町にかこって、なに食わぬ顔で教会の役員なんぞやっていたんですからねえ。日曜礼拝にはすましまして献金皿なんぞ、まわして」

「あのねえ、ジェーン伯母さん」とレイモンドが少しいらいらしたような声で言った。「いったい、故人のハーグリーヴズ氏とかが、この事件となんの関係があるんです？」

「サー・ヘンリーのお話をうかがっているうちに、ふっとあの人のことが頭に浮かんだんですよ。いろいろな点がまるでそっくりですもの。かわいそうにその娘が何もかも白状したんでしょうね。それで真相が明らかになったんじゃございませんか、サー・ヘンリー？」

「その娘って、いったい誰のことです？」とレイモンドがまたもや言った。「伯母さん、なんの話をしてるんですか？」

「かわいそうに、グラディス・リンチのことですよ、もちろん。お医者に問いつめられて取り乱したっていう。取り乱したでしょうともね、かわいそうに。そんなひどい男には絞首刑が相応ですわ、まったく。純真な娘に人殺しの大罪なんぞおかさせて。グラディスにしても死刑はまぬがれないところでしょうがね。あわれですわ」

「これはどうも、マープルさん、どうやら何か思いちがいをしておいでのようですが？」とペサリック氏が言った。

しかしミス・マープルは頑《かたく》なに頭をふって、サー・ヘンリーを見やった。

「わたし、当たっておりますでしょう？　ちがいまして？　なにもかもはっきりしているように思えますけれど。ハンドレッズ・アンド・サウザンズとトライフル――ほかに考えようもありませんわ」

「トライフルだの、ハンドレッズ・アンド・サウザンズだのって、いったい、なんのことですか？」とレイモンド。

　ミス・マープルがふりかえって言った。

「トライフルにはね、たいてい飾り砂糖《ハンドレッズ・アンド・サウザンズ》をのせるものなんですよ。そら、ピンクや白の粉砂糖をね。夕食にトライフルが出たということ、夫が誰かにあてて、ハンドレッズ・アンド・サウザンズうんぬんと書いたということを伺ったとたんに、わたしは当然その二つをむすびつけて考えたんですよ。トライフルにのせるようにと、ジョーンズがメイドに言いつけておいたにちがいありません」

「だって、そんなこと！」とジョイスが言った。「トライフルは三人とも食べたんでしょうに」

「いいえ、ミス・クラークは、そら、ダイエットをやっていましたでしょう？　トライフルなんぞ食べるものですか。ジョーンズの方は、おおかた自分の分から、飾り砂糖のついた上っかわだけ取りのけて食べたんでしょうよ。悪賢い男ですわね。まあ、でもなんという残忍なやりかたでしょうかねえ」

一同の目がいっせいにサー・ヘンリーにそそがれた。

「驚きましたなあ」とサー・ヘンリーがゆっくり言った。「マープルさんが見事にお当てになりました。ジョーンズはグラディス・リンチと関係していたんです。そしてグラディスは俗な言いかたで言えば、身二つになろうとしていたんですよ。追いつめられたような気持ちだったんですね。ジョーンズの方はじゃまものの妻を厄介ばらいしようと思って、妻さえ死ねば結婚してやるとグラディスに約束したんです。そして飾り砂糖に砒素をまぜ、よく言いふくめてグラディスに渡したんですな。グラディスはつい一週間前に死にました。死産でした。ジョーンズがグラディスを捨て、べつな女にくらがえしたんです。それで死ぬまぎわに、グラディスが一部始終を告白したというわけです」

一同はちょっとの間、しんと静まりかえっていた。やがてレイモンドが言った。

「ジェーン伯母さん、まったく大したもんだなあ。脱帽しますよ、完全に。いったい、どうしてわかったんですかねえ？　メイドが事件に関係があるなんて、ぼくなんか、およそ考えもしなかったがなあ」

「それはね」とミス・マープルは言った。「あなたはわたしほど人生を知らないから。ジョーンズのようなタイプの粗野で陽気な男は、おおかたそういうふうなんですよ。小ぎれいなメイドがいると聞いたときから、わたしはジョーンズが手だしをしないわけはないと思いましたわ。いたましい、悲しい話ですわねえ。口にするのもいやですわ。まあ、でもあのときもミセス・ハーグリーヴズにはたいへんなショックでしたからね。ひとしきりは村でもその話で持ちきりで」

第二話　アスタルテの祠

The Idol House of Astarte

「さあ、牧師さんはどんなお話をうかがわせてくださいますか？」

老牧師はおだやかにほほえんだ。

「私は一生、静かな場所でばかり暮らしてまいりましたのでね。とりたててお話しするような出来事はごく少ないんですよ。けれどもまだ若い時分に一度、たいへん奇妙な、いたましい経験をしたことがあります」

「まあ！」とジョイス・ランプリエールが水を向けるように言った。

「私にはその出来事が忘れられないのですよ」と牧師はつづけた。「事件当時に強い印象を受けたことはもちろんですが、今でもちょっと思いをむかしにかえしさえすれば、その当時のぞっとするようなおそろしい気持ち、これといって誰が手を加えたわけでもないのに、大の男がだしぬけに倒れて死ぬのをまのあたりに見たあの瞬間のことが、まざまざと胸に浮かぶのです」

「なんだかこっちまで寒気がしてきましたよ、ペンダー君」と言ったのはサー・ヘンリーだった。

「じっさいね」とペンダー牧師が答えた。「その事件以来私は、雰囲気とかなんとか迷信がかったことを口にする連中を笑いものにするのをやめましたからね。まったくの話、そういう場所があるんですなあ。善悪いずれにしろ、何かしら超自然的な力がみなぎっていて、それがまたこちらに感じられるといった場所がね」

「から松荘《ザ・ラーチエズ》という家が、たいへん縁起のわるい家でしたよ」とミス・マープルが言った。「お年よりのスミザーズさんはまあ、あの家に住んでいるあいだにすっかり身代《しんだい》かぎりをしておしまいになりましてね。そのあとにカーズレイクさん一家がはいったのですが、あの一家にしても、息子のジョニーが二階から落ちて足の骨を折る、奥さんはからだをこわして南フランスに転地する、ほんとにろくなことはなくてね。最近バーデンさん一家が住むようになりましたが、聞けばお気の毒に、ご主人はもうじき手術をなさらなけりゃいけないんだとか」

「こうした事柄には、えてして迷信がついてまわるようですな」とペサリック氏が言った。

「無責任に取りざたされるばかげた噂話のおかげで、けっこうな家屋敷が憂き目をみているという例がじつに多いんですから」

「私はちゃんと五体をそなえた、しごくまともな幽霊の話を一つ二つ知っていますがね」とサー・ヘンリーがクスクス笑った。

「さあ、もうむだ話はそのくらいにして、ペンダーさんに先をつづけていただこうじゃありませんか？」とレイモンドが言った。

ジョイスが立ちあがって、ランプを二つとも消してしまった。炉の火だけがパチパチいっていた。

「雰囲気を用意したわ。さあ、おはじめになって」

ペンダー牧師はジョイスに向かってほほえんで椅子に背をもたせかけ、鼻眼鏡をはずして、過ぎ去った日を思いかえしているようなしみじみした声で話しはじめた。

「みなさんの中に、ダートムアをご存じの方がおありかどうか。これからお話しする事件の起こった屋敷はダートムアもはずれにありました。数年間というものは買い手もなかなかつかなかったのですが、いかにも魅力に富んだところでしたよ。冬は少々もの淋しいきらいがあったかもしれませんが、眺望はじつに天下一品、それに屋敷のたたずまい自体にもいささか変わった一種独特の風情がありました。この屋敷を買ったのは、サー・リチャード・ヘイドンという男でした。私はこの男とは大学時代に知りあったのですが、以来数年間というもの、一度も会わなかったのに、友情のきずなはたち切れなかったのですね。あるとき、沈黙の森荘《サイレント・グローヴ》と名づけられていた彼の新しい屋敷に招かれ、大喜びで出かけたのでした。

パーティーといってもごく小人数の集まりでした。まず主人公のリチャード・ヘイドンとその従弟《いとこ》のエリオット・ヘイドン。ヴァイオレットという、顔の色艶のよくない、あまりパッとしない娘をつれたレディー・マナリング。それからロジャーズ大尉夫妻、これは乗馬好きで日焼けした顔の、馬と猟にばかり生きがいを感じているような夫婦でした。それからサイモンズという若い医者、それに、ミス・ダイアナ・アシュレー。この女性については私もまんざら知らないわけではありませんでした。写真がよく社交新聞に出ていましたし、そのシーズンきっての美人の一人という定評でしたからね。じっさい人目を引く美貌でした。漆黒の髪、背がすらりと高く、クリームのように淡い色の美しい肌で、半ば閉じたような黒い目は、ちょっと吊り気味で、人の気をそそる東洋的な感じでした。低い声の響きがまたすばらしくてね。

リチャード・ヘイドンがこの佳人にすっかり魅了されているということは一目でわか

りました。だいたいこのパーティー自体が彼女のための背景として企てられていたような感じでしたね。彼女自身の気持ちは、はっきりつかめませんでした。とても気まぐれな女性のようで、ある日はリチャードにばかり話しかける。また次の日は従弟のエリオットをちやほやして、リチャードなんぞ目にも入らないといったそぶりをする。そうかと思うと、もの静かで控えめなサイモンズに嫣然《えんぜん》とほほえみかけるといったぐあいで。

私が着いたその朝、ヘイドンはわれわれを案内して敷地をぐるりと一巡しました。家屋そのものは平凡でした。デヴォンの花崗岩でできたガッチリした家で、長年の風雪に堪えるような造りでした。ロマンティックではありませんが、たいへん居心地がよく、窓からは荒野《ムア》が一望のもとに見はるかされました。風雨にさらされた高い岩山が遠くにつらなっていました。

いちばん手近の岩山の一つの斜面に、円形の住居あとがいくつもならんでいました。石器時代後期の遺物です。もう一つべつな丘の斜面には最近発掘された塚があって、青銅の道具が出土したということでした。ヘイドンは古墳に多少関心がありましたので、熱弁をふるってあれこれと説明してくれました。そのあたりからは原始時代の遺物がとくにたくさん出土するようでした。新石器時代の小屋居住者の住居あとからドルイド教徒、ローマ人、古代フェニキア人の遺跡まで発見されたという話でした。

『とりわけおもしろいのが、この森さ。沈黙の森という名がどういうわけでついたのか、そいつはすぐにわかるだろうがね』

こう言って彼は指さしました。この屋敷のまわりはいったいに木が少なく、見渡すかぎり岩とヒースとワラビばかりでしたが、家から百メートルばかりはなれたところに、うっそうと木の生い茂る森がありました。

『これは非常に古い時代の遺跡でね』とヘイドンは言いました。『といっても、むかしの木は枯れちまって、そのあとにべつな木が植えられたらしいんだが、いまでも当時のおもかげがほとんどそのまま残っているんだ――おそらくフェニキア人がいた時分のね。まあ、ちょっと見てくれたまえ』

私たちはヘイドンのあとにつづいて進みました。森に入ったとたんに、私は一種奇妙な圧迫感におそわれました。物音一つしないせいでしょうか。その木々のあいだには一羽の鳥も巣を作っていないらしく、あたりにはいかにも荒れさびれた、何かゾッとするような雰囲気がみなぎっていました。ふと見るとヘイドンが妙な笑いを浮かべて、こちらを見ていました。

『妙な気持ちがするのかね、ペンダー？　敵愾心《てきがいしん》か？　それとも不安か？』

『ぼくは好かんな』と私は静かに申しました。

『もっともな話さ。ここはね、きみらの宗旨にとっちゃあ、宿敵の本拠の一つだったんだから。ここはアスタルテ（古代シリア人の礼拝した生産と豊饒の女神）の森さ』

『アスタルテ？』

『アスタルテ、またの名イシュタール、アシトレス、まあ、どう呼んでもいいがね。ぼくはフェニキア人の呼び名のアスタルテで呼んでいるんだよ。この近在に一カ所、じっさいにアスタルテの森といわれている場所があるらしいが——北の方のローマのむかしの城壁ぞいに。しかし、ぼくとしちゃあ、この森こそ、正真正銘のアスタルテの森だと考えたいのさ、証拠はないがね。このこんもりと円形においしげった木立の中で、かつて神聖な儀式が執り行なわれたんだよ』

『神聖な儀式ですって』とダイアナ・アシュレーがぼんやりと夢みるようなまなざしでつぶやきました。『儀式ってどんな形式のものだったのかしら』

『あまり聞こえのいいものじゃなかったんでしょうな』とロジャーズ大尉が意味もない高笑いの声を立てました。『おおかた何かいかがわしい筋あいのものだったんだろう』

ヘイドンはそれにはとりあわずに、『この森の中には本来なら寺院があるはずなんだろうがね。ぼくにもそこまでは手が回らなかったんだ。しかし、ちょっとばかり気まぐれをやってみたよ』と言いました。

こんなことを話しているうちに、私たちは木立のあいだのせまい空き地に出ました。真ん中に石でできたあずまやのようなものが見えました。ダイアナ・アシュレーがいぶかしげにヘイドンの顔を見ました。

『ぼくはあれを祠《ほこら》と呼んでいますがね。アスタルテを祭った祠ですよ』

ヘイドンが先頭に立って案内しました。祠の中には、あらけずりの黒檀の柱の上に風変わりな小さな像がのっていました。三日月形の角をはやした女神がライオンにまたがっています。

『これがフェニキア人の信仰したアスタルテなんですよ。月の女神の』

『月の女神ですって？』とダイアナがはしゃいだ声でいいました。『だったら、今夜は思いきりさわぎましょうよ、仮装をして。月明かりをあびてここに集まるの。そしてアスタルテを祭る儀式を執り行なうのよ』

私はふと身じろぎをしました。リチャードの従弟のエリオット・ヘイドンがすばやく振り返りました。

『あなたはこんなことはおいやなんでしょうね、ペンダーさん』

『ええ』と私はまじめな口調で言いました。『正直いってきらいですね』

エリオットはふしぎそうに私を眺めました。

『しかし、ほんの冗談ですよ。ディックにしてもここがほんとうに神域だったのかどうか、たしかなことを知っているわけではないんですから。どうせほんの気まぐれですよ。ちょっとそんなことを考えていい気持ちになっているだけの話でね、それにたとえ——』

『たとえ？』

『まあ、なんというか』と困ったように笑って、『まさか、あなたはああいった種類のことを信じておられるわけじゃないでしょう？　牧師さんでいらっしゃるんですし』

『牧師だからこそ、まじめに取るべきだとも思うんですがね』

『だって、とうの昔にかたのついた話じゃないですか、みんな』

『そうでしょうかね』と、私は考えこみながら言いました。『ただ、これだけは言えますね。だいたい私は雰囲気に敏感なたちの人間ではないのですが、この森に足を踏み入れたとたんから、なんだか妙な気持ちがするんですよ。不吉なおびやかすような雰囲気を感じるんです』

エリオットは不安そうに肩ごしに振り返りました。

『そう、なんだか——妙な気がしますね。あなたのおっしゃる意味はわかります。しかし、そんな気がするだけなんじゃないかな。きみはどう思う、サイモンズ？』

医者は一、二分してからやっと口を開いて静かに言いました。

『ぼくはいやだね、なぜときかれても困るが。とにかく好かんよ』

ちょうどこのとき、ヴァイオレット・マナリングが私のところにやってきました。

『あたくし、ここ、いやですわ。もう、たまりませんわ。ねえ、帰りましょうよ』

私たちが歩きだすと、ほかの連中もついてきました。ただ、ダイアナ・アシュレーだけが少しあとにのこっていました。肩ごしに振り返ると、ダイアナは祠の前に立って、中の像を妙に熱心に眺めている様子でした。

その日はことのほか暑い、よく晴れた日だったので、仮装舞踏会を開こうというダイアナの提案は、たちどころにみんなの賛成をえました。こういう折のおさだまりのように、くすくす笑ったりこそこそささやきかわしたり、ひそやかに針をはこんだり、といったことがひとしきりつづいたあげくに、めいめいが装いをこらして晩餐の食卓につくと、こういう際の例にもれず、陽気な品さだめが取りかわされました。ロジャーズ大尉夫妻は新石器時代の小屋居住者《ハット・ドウエラー》になりました。炉の前の敷物のなくなったわけがそれでわかりました。リチャード・ヘイドンはフェニキアの船乗りだと名乗りをあげ、そのいとこのエリオット・ヘイドンは山賊の頭目に扮しました。医者のサイモンズはコック長、レディー・マナリングは看護婦、娘のヴァイオレットはサーカシアの女奴隷、私自身は修道僧になって、暑苦しいのにぐるぐるとごていねいに布をからだに巻きつけたものです。ミス・ダイアナ・アシュレーは最後におりてきましたが、これは少々期待はずれでした。黒いドミノ仮装服を着こんでいるだけだったからです。

『なぞの女よ』と彼女は軽く言ってのけました。『それがあたくしの役回り。さあ、早くお食事をいただきましょうよ』

晩餐のあとで、私たちは外に出ました。美しい晩でした。暖かくておだやかで。ちょうど月がのぼりかけていました。私たちはあちこちと歩きまわって談笑しました。時はまたたく間に過ぎて行きました。ダイアナ・アシュレーがいないのに私たちがふと気づいたのは、それから一時間ばかり後のことだったのです。

『部屋にひっこんだんだろう、きっと』とリチャード・ヘイドンが言いました。

ヴァイオレット・マナリングが首をふりました。

『いいえ、だってあたくし、十五分ばかり前にあの人があっちのほうに歩いて行くのを見ましたのよ』と月の光の中に黒々と影を落としている森のほうを指さしました。

『どういう気なんだろう、いったい？　きっととんでもないいたずら気でも起こしたんだな。行ってみようじゃないか』とリチャード・ヘイドンが言いました。

私たちはつれだって、ぞろぞろ歩きだしました。ミス・アシュレーが何をしようというのか、少々好奇心にかられていたのです。しかし、私自身はそのまっ暗な無気味な木立のあいだに入って行くことに奇妙なためらいを感じていました。なにか、私よりも強い力が私をおしとどめ、入って行くなといましめているように思われました。私はこの場所につきまとっているまがまがしさについて、いよいよはっきりとした確信をいだくようになっていました。ほかにもいくたりか、私と同じような気持ちをいだいていた人がいたにちがいありません。そう口に出して認めたくはなかったでしょうがね。木が密生しているので、ここには月の光もさしこみません。サヤサヤとささやきかわすような、ホッと吐息をもらすような、さまざまな忍びやかな物音があたりにみなぎっていました。何とも無気味な雰囲気でした。われわれは誰いうともなく、一団となってかたまって進んでいました。

ふとだしぬけに私たちは森の真ん中の空き地に出ました。そしてはっと驚いて立ちすくんだのです。例の祠の敷居《しきい》の上にすきとおった薄ものをぴったりと身にまとい、二本の三日月形の角を漆黒の髪のあいだからはやしたキラキラと白く輝くものがすっくと立っていたのでした。

『あれは何だろう！』とリチャード・ヘイドンが叫びました。冷汗が額ににじみ出ていました。

けれども、ヴァイオレット・マナリングが目ざとくその正体に気づいたのです。

『ダイアナよ！　まあ、いったいどうしたんでしょう？　なんだかまるでちがって見えるわ！』

祠の戸口に立ったその光り輝く姿は両の手をさしあげて、一歩前に進み出ると、高い美しい声で歌うようにとなえはじめました。

『これなるはアスタルテの巫女なるぞ。めったに近よるまい。この手には死が握られておるのじゃ』

『よしてちょうだい』とレディー・マナリングが抗議しました。『ゾッとするわ、ほんとうに』

ヘイドンが前にとびだしました。

『ダイアナ、きみはほんとうにすばらしい！』

月明かりに慣れるにつれて、私の目もだんだんはっきりしてまいりました。ダイアナは、じっさいふだんの彼女とはまるでちがって見えました。その顔は常日ごろよりも一段と東洋的で、目は何か残酷な光をたたえて、いっそう切れ長に見えました。そのくちびるには今まで見たこともない奇妙な微笑がただよっていました。

『気をつけるがよい』ダイアナは警告するように言いました。『女神にみだりに近よるまいぞよ。この身に手をかける者は、たちどころに死ぬのじゃ』

『あなたはじつにすばらしい、ダイアナ』とヘイドンは叫びました。『しかし、それはもうやめてくれたまえ、なんだか――いやなんだ』

彼は草の上を彼女の方に進みました。ダイアナがさっと手をのばしました。

『お止まり、もう一歩近よろうものなら、アスタルテの魔力でたちどころに撃ち殺してしまうぞよ』

リチャード・ヘイドンは高笑いをして、足どりを速めました。次の瞬間、とつぜん奇妙なことが起こったのです。ヘイドンは一瞬ためらうように立ちどまったと思うと、なにかにつまずいたらしく、いきなりその場にバッタリ倒れてしまったのでした。

ヘイドンはそれっきり起きあがらず、地べたにうつぶせに倒れていました。

とつぜんダイアナがヒステリックな声で笑いだしました。その空き地のしじまをやぶる奇妙な恐ろしい笑い声でした。

『ばかな真似はいいかげんによせ』エリオット・ヘイドンが声を荒げて、前にとびだしました。

『起きたまえ、ディック、立つんだよ』

しかし、リチャード・ヘイドンは倒れたままでした。エリオットは近づいてそのかたわらにひざまずき、そっとあおむけにしました。身をかがめて、じっとその顔を見ています。

それから急に立ちあがって、ふらりとよろめきました。

『サイモンズ君、後生だからきてくれたまえ、なんだか——死んでいるようなんだ』

サイモンズが走りよりました。エリオットはおそろしくゆっくりした足どりでわれわれのところにもどってきました。何やら妙な顔をして、しきりに自分の手を眺めています。

そのとき、ダイアナが狂ったような悲鳴をあげました。

『あたくしが殺してしまったんだわ！　ああ、神さま！　そんなつもりはなかったのに。あたくしが殺してしまったんだわ！』

と叫ぶなり、彼女は気を失って、死んだように草の上にくずおれてしまったのでした。

ミセス・ロジャーズが叫びました。

『ああ、早く出ましょうよ、こんなおそろしい森！　これ以上ここにいたら、わたしたちだって、どんなことになるかもしれないわ。ああ、怖いこと！』

エリオットが私の肩をつかみました。

『こんなばかなことがあるわけはない、ほんとに。人ひとり、あんなふうに殺されるなんて――およそありえないことじゃないか！』

　私は彼の気をしずめようとしました。

『説明はつきますよ、きっと。心臓が思いのほかに弱かったんでしょう。そこへ、あのショックと興奮で――』

　エリオットがさえぎりました。

『あなたにはわからないんだ』といって見せた両手がべっとりと朱《あけ》に染まっていました。

『ショックなんかじゃあない。心臓をぐさりと一突きされているんです。しかし、凶器が見あたらないんだ』

　私は耳をうたがって、まじまじと相手の顔を見つめました。そのとき、今まで死体をしらべていたサイモンズが立ちあがってこちらに向かって歩いてきました。まっさおな顔をして、ブルブル震えています。

『われわれは誰も彼も気がおかしくなっちまったんですかね？　ここはいったい、どういう場所なんだろう？――こんなとてつもないことが起こるなんて』

『では本当なんですね？』と私がいうと、サイモンズ医師はうなずきました。

『細長い薄刃の短剣でグサリとやられたような傷口なんですよ、しかし――それらしい凶器が見当たらないんです』

私たちは顔を見あわせました。

『しかし、ないわけはないんだ』とエリオット・ヘイドンが叫びました。『下に落ちてるはずだ。どこかにあるにちがいない。探してみよう』

あちこちと探しまわりましたが、見当たりません。そのとき、ヴァイオレット・マナリングがとつぜん言いました。『ダイアナが手に何かもっていましたわ。短剣のように見えましたけれど。リチャードをおどかしたときにキラリと光るのが見えたのよ』

エリオット・ヘイドンが首をふりました。

『だってリチャードは、三メートルとダイアナに近づいていなかったんだからね』

レディー・マナリングが倒れているダイアナの上に身をかがめました。

『何も持っていませんわ。地面にも落ちていないようですよ。見たのはたしかなの、ヴァイオレット？　わたしには何も見えませんでしたけれどね』

サイモンズ医師が近よりました。

『とにかくこのお嬢さんを家につれて行かなければ。ロジャーズ、手を貸してくれないか？』

私たちは失神しているダイアナを屋敷にはこび、それからもう一度もどって、リチャードの死体をはこんだのです」

ここまで話してきたペンダー牧師は、弁解するようにちょっと言葉を切って一座を見わたした。

「当節では推理小説が普及しているせいもあって、もうこんなばかなことをする者はありませんがね。死体は発見当初のままにしておかなければいけないということぐらい、今ではそのへんの子どもでも心得ています。しかし、当時はまだ誰もそんなことを知りませんでした。そこでわれわれはリチャード・ヘイドンの死体を、四角い花崗岩造りの屋敷の彼の自室にはこびました。それから執事に言いつけて、警察まで自転車をとばさせました。――二十キロばかり離れていたのです。

それからしばらくして、エリオット・ヘイドンが私をそっとかたわらに引っぱって申しました。

『ねえ、ぼくはひとつ、あの森までもどってみようと思うんですがね。何とか凶器を探さないことには』

『そもそも凶器なんてものがあるのかどうか』と私は疑わしげに申しました。

エリオットは私の腕をつかんで、はげしく揺さぶりました。

『あなたもあの迷信じみた言いぐさを信じているんだな。なにか超自然的な死因によるものだと考えておられるんですね？　よろしい、ぼくがもういっぺんもどって、たしかめてきますよ』

私はなぜともなく彼を行かせたくありませんでしたので、言葉をつくして思いとどまらせようとしましたが、むだでした。こんもりとした木立にかこまれたあの空き地、思い出すだけでもゾッとします。この上またどんなわざわいがふりかかるかもしれないという予感がして気が気でありませんでした。けれどもエリオットは言いだしたら、もうあとにひこうとしません。自分でも心中恐ろしかったのでしょうが、そう認めるのがいやだったのでしょう。是が非でもこのなぞをつきとめて見せるとはりきって、とうとう出て行ってしまいました。

なんとも恐ろしい夜でした。私たちはみんなまんじりともせずに、一夜を明かしました。眠る気もしなかったのです。やってきた警官は一部始終をきくと、そんなばかなことがあるものじゃないという態度をあからさまに見せました。ミス・アシュレーを尋問してみたいと、しきりに言いましたが、サイモンズ医師があいだに入って、強硬に反対しました。ミス・アシュレーはやっと意識をとりもどしたが、強い睡眠剤を与えたところだ、あすまでは絶対安静が必要だというのでした。

翌朝の七時ごろまでは、誰もエリオットのことを思い出しませんでしたが、とつぜんサイモンズが彼の所在をたずねたのです。私が説明すると、サイモンズ医師のきまじめな顔はいっそう曇りました。『よせばいいのに――むちゃなことをしたものだ』

『まさか、彼の身に何か起こったとお考えではないんでしょうね？』

『なんでもないといいんですがね。ともかくも二人で行って調べてみたほうがよくはないですかね』

　もっともだとは思いましたが、もう一度あの森に出かけて行くという決心をするには、ありったけの勇気をふるい起こす必要がありました。わたしたちは連れだって、もう一度あの不吉な森に足をふみいれました。エリオットの名を二度呼びましたが、返事がありません。一、二分のうちにあの空き地に着きました。早朝の陽の光をあびて、何か青白い妖気がただよっているようでした。そのとき、ふとサイモンズがわたしの腕をつかみ、わたしは思わずあっと叫び声をあげました。ゆうべ月明かりの中で見たのは、草の上にうつぶせに倒れている男の死体でした。ところが、朝の陽の光の中に、今また同じ光景が私たちの目をとらえたのでした。エリオット・ヘイドンのからだは、従弟のリチャードとまったく同じ場所に横たわっていました。

『なんということだ、エリオットまで、やられてしまった！』とサイモンズが叫びました。

　私たちは草の上を走って近よりました。エリオット・ヘイドンは意識こそありませんでしたが、かすかに呼吸をしていました。何が悲劇を引き起こしたのか、今度は疑う余地もありませんでした。薄刃の、細長い青銅の武器が傷口に刺さっていました。『肩のあいだをひと突きされたんですよ、心臓でなく。運がよかったんだな』とサイモンズは言いました。『しかしまったくなんということだろう。が、ともかくも、この男は、死んではいませんからね。一部始終を話してくれるでしょうよ』

ところがエリオット・ヘイドンにはこれができなかったのです。しごく曖昧なことしか、言えませんでした。短剣が落ちてはいないかと、あちこち探しまわったが、見当らないので、とうとうあきらめて祠の近くに佇《たたず》んだ。そのうちにふと、誰かが木立のあいだから自分の方をじっと見ているという気がしてきた。気の迷いだと、強いてこの思いをはらいのけようとしたが、どうにもならない。そのうちにうすら寒い妙な風が吹きはじめた。それも木立のあいだからでなく、祠の中から吹いてくるように思われた。エリオットはふりかえって、祠の中をのぞいてみた。女神の小さな像が見える。しかも――錯覚だろうか？　像はしだいに大きくなって行くようだった。その瞬間、とつぜん、こめかみのあいだに一撃をくらって、エリオットはうしろによろめいた。倒れる拍子に左肩にジーンと焼けつくような痛みを感じたのをおぼえている……とこんな話なのです。

調べてみると短剣は例の塚から掘り出されたもので、リチャード・ヘイドンが買い取ったものとわかりました。ヘイドンがどこにしまっておいたものか、屋敷うちか、森の祠の中か、誰一人として知っている者はいなかったようです。

警察は、ヘイドンがミス・アシュレーに刺し殺されたものだという意見を終始変わらず持ちつづけていました。しかしわれわれがミス・アシュレーは三メートル以上はヘイドンに近よらなかったと証言したので、彼女を告発するわけにもいかなかったのでした。そんなわけで事件はそれっきり迷宮入りとなって、今日にいたったのです」

ひとしきり沈黙がつづいた。

「なんとも申しあげようがないみたい」と、ジョイス・ランプリエールがやっと言った。「とてもこわい――気味の悪いお話ですわ。ペンダーさんには説明がおつきになりますの？」

老牧師はうなずいた。

「つきますよ――まあ、一種の説明がね。奇妙なものなんですよ、これが。しかし、それにしてもまだ私にも合点のいかぬふしぶしがいくつか残っておるわけでして」

「わたし、降霊術の会に二、三度行ったことがありますの」とジョイスが言った。「みなさんがなんとおっしゃろうと、ああいうときには、とても妙なことが起こるものですわ。この事件もきっと、何かこう、催眠術のようなもので説明ができるんじゃないかと思うんですけれど。そのお嬢さんはアスタルテの巫女になりきってしまったんですわね。どういう方法を使ったのか、わからないけれど、やっぱり彼女が刺したに決まっていますわ。手に握られているのをミス・マナリングが見たっていう、その短剣をほうったんでしょうね」

「それとも投げ槍か何かだったのかもしれないぜ」とレイモンド・ウェストが言った。「だいたい月明かりなんて、もともとたいして明るくないんだから。ミス・アシュレーが槍を遠くから放《はな》ったのかもしれない。そこに集団催眠術でも働いたんじゃないかな。つまりね、ペンダーさん、あなたがたは、彼が何か超自然的な力に撃たれて倒れるのを予期していたから、そう見えたというだけのことですよ」

「私は剣やナイフを使った目ざましい曲芸を、あちこちのミュージック・ホールで見ましたがね」とサー・ヘンリーが言った。「木立のあいだに誰か隠れていて、ねらいをつけてほうったということも考えられるんじゃありませんかな——むろん、その道のくろうとだとしてね。少々もってまわった解釈とも見えるでしょうが、まあ、そうとしか考えられんのじゃありませんか？　当のエリオット自身、誰かが木立のあいだから自分を見ているという感じをはっきり持っておったのですし。ミス・アシュレーが短剣を持っていたと、ミス・マナリングが言ったのに対して、ほかの連中がこれを否定したのはべつに驚くようなことじゃありませんな。あなたがたも私のような経験をなされば、同一のことに対する五人の人物の証言は、信じられないくらいちぐはぐだということがおわかりになるでしょう」

ペサリック氏が咳ばらいをした。

「ご意見はいろいろ出ているようですが、われわれは一つ、重大な事実を、見のがしているように思うんですがね。凶器はいったいどうなったのですか？　ミス・アシュレーは空き地の真ん中に立っておったのですから、槍など投げることはまずできなかったにちがいありません。殺人者が茂みのかげから短剣でもほうったのだとしたら、死体をあおむけにしたときに、傷口に刺さっているはずですからね。われわれはむしろ、ありそうにない理論を立てるのはやめにして、厳然たる事実ばかりを問題とすべきではないでしょうか？」

「その事実から、どういう結論が生まれるんですか？」

「そうですな、ひとつのことはしごくはっきりしているんじゃありませんかね。ヘイドンが倒れたときに彼の近くにいた者は一人もいないんですから、それが可能だった唯一の人間は彼自身ということになりますな。つまり自殺ですよ」

「しかし、いったい、ヘイドンがなぜ自殺なんかする気になったんですかね？」レイモンド・ウェストがとても信じられぬといった口調でたずねた。

弁護士はまた咳をした。

「ああ、そうなるとまた理論的な問題になりますがね。私は今はそうした方面からこの事件を取りあげているわけではないんでして。かたときたりとも信じられない超自然的な要素をべつとしますと、私にはヘイドンの自殺としか考えられないんですよ。わが身を刺したとたんに腕をさっとあげて、短剣を傷口からもぎとって遠くの木立の中にほうり投げたとしかね。ちょっと考えると、ありそうにないことのようですが、そう言いきってしまうわけにもいかないんじゃないですかな」

「わたし、断言はいたしたくありませんわ」とミス・マープルが言った。「ほんとうに、ふしぎな事件でございますものね。でも世の中には妙なことがあるものでしてね、去年のレディー・シャープレーの園遊会のときにクロックゴルフ（芝生でホールを中心とする円周上の十二点からパットだけをするゴルフ）の準備をしていた男の人が、数字を書いた板につまずいて転んだことがありましたっけ――気絶してしまいましてね――五分ばかりは意識不明でしたよ」

「ええ、でも伯母さん」とレイモンドがおだやかに言った。「しかし、その人は刺し殺されたわけじゃなかったんでしょう？」

「あたりまえですよ。それを言いたかったんです。サー・リチャードが、どうやって殺されたかって、もちろん、答は一つしかありませんわ。でもいったい、なんにつまずいたのかしら、それが知りたいものですね。きっと木の根っこかなんぞでしょうねえ。もちろん、そのお嬢さんの方ばかり見ていたんでしょうし。月明かりの晩にはよくつまずくものですからね」

「あなたは今、サー・リチャードが刺された方法はたった一つしかないとおっしゃいましたね、マープルさん？」と牧師が好奇心にあふれた目で彼女を眺めながらきいた。

「たいへん悲しい事件ですわね。考えるだけでも胸が痛みますわ。きっと右利きだったんでしょうね。そうじゃございません？　左肩を刺したんですから。わたしはね、大戦で負傷したジャック・ベインズのことを、それは気の毒に思っていましたよ。あの人はね、アラスの激戦のあとで、自分の足を撃ちましたの。一度、病院に見舞に行ったら、その話をして、ひどく恥じいっておりましたっけ。気の毒にそのエリオット・ヘイドンという男にしたところで、そんな大罪を犯したことで大して得はしなかったでしょうにね」

「エリオット・ヘイドンですって？　あなたは彼が犯人だと思っていらっしゃるんですか？」とレイモンドがきいた。

「だって、ほかの誰にそんなことができたでしょうかね？」とミス・マープルはおだやかに目を見はった。「つまり——ペサリックさんがさっき、いいことを言ってくださいましたね——事実だけに目をそそぎ、異教の女神のかもしだす薄気味の悪い雰囲気をすっかり無視すればと。エリオットが真っ先にサー・リチャードのところに行って、死体をあおむけにしたんでしょう？　それにはほかの人に背中を向けなければならないわけですわ。それに山賊の頭目に扮装していたというのですから、剣をベルトにさしていたにちがいありません。それで思い出すんですけれどね、わたし、若い時分に一度、山賊の頭目の扮装をした男の方と踊ったことがありましたが、五種類ものナイフや短剣をもっているので、お相手をするのはとても具合の悪いものでした。おちおち踊る気もしませんでしたっけ」

一同の目がいっせいにペンダー牧師にそそがれた。

「その悲劇の五年のちに、私は真相を知ったのです」と牧師は言った。「エリオット・ヘイドンから手紙を受け取りましてね。私がはじめから彼に疑いをかけていたのではないかと思うと書いてありましたよ。ほんの出来心だと言うのです。エリオットもダイアナ・アシュレーを愛していたのです。しかし彼はいっかいのしがない弁護士にすぎない。リチャードさえいなければ、そのうえ彼の称号や財産を相続すれば、すばらしい将来は目の前だ、こうとっさに思ったのですね。従兄のかたわらにひざまずいたときに、短剣がベルトからはずれたのです。ほとんど考える暇もなく、エリオットはそれを従兄のからだにグサリと突き刺し、ふたたびベルトにもどしたのでした。そして疑いの目をそらすために、あとでわが身を刺したのです。エリオットは南極探検に出かける前夜に、生きて帰れないという場合を考えて、私あてに手紙を書きました。はじめから生きて帰るつもりはなかったのでしょう。マープルさんもおっしゃったように、人殺しの大罪は、何ひとつ彼を益しなかったのです。〝五年間というもの、私は生き地獄の苦しみを味わいました。今はただ名誉ある死をとげることによって、罪のつぐないをすることができればとひたすらに願っています〟とね」

沈黙があった。

「その言葉どおり、名誉ある死をとげましたな」とサー・ヘンリーが言った。「ペンダー君、きみは仮名を使ったが、誰のことか、私にはわかるような気がするよ」

「しかし、前にも言ったように」と牧師はつづけた。「私はこの説明でなぞがすっかりとけたとは考えていないのですよ。あの森にはたしかに何かいまわしい力があったのだと、私は今なお考えています。エリオット・ヘイドンにそんな行動をさせたある神秘的な力がね。今でもそのアスタルテの祠のことを考えると、身ぶるいせずにはおれないのです」

第三話　金塊事件

Ingots of Gold

「これから申しあげようとしている話が文句なしに適当かどうか、ぼくにもよくわからないんですがね」とレイモンド・ウェストが言った。「ぼく自身、たねあかしができないんですよ。しかし、道具だてはしごくおもしろいし、ふしぎだし、まあ、これは一つ、取りあげてみよう、ひょっとしたら、みんなで考えているうちになんとか筋の通った結論を出すことができるかもしれないと、こう考えたわけなんです。

事件の起こったのは二年前のことで、コーンウォールのジョン・ニューマンという男の家に聖霊降臨節《ペンテコステ》の休みをすごしに出かけたときの話ですがね」

「コーンウォールですって？」とジョイス・ランプリエールが聞きとがめた。

「うん、どうしてさ？」

「なんでもないの。ただ妙だと思って。わたしの話もコーンウォールのある土地のことなのよ――ラトールって、小さな漁村だけれど。まさか、同じ場所じゃないでしょうね？」

「いいや、ぼくの話に出てくる村はポルペランというんだがね。コーンウォールの西岸にある、岩のゴツゴツした、荒れはてた土地だよ。

さて、このニューマンという男とはつい二、三週間ばかり前に人からひきあわされて知りあったのですが、じつにおもしろい人物でした。なかなか聡明で、楽に暮らしていくだけの財産があったらしいんですが、ロマンティックな想像力というやつを持ちあわせていましてね。骨董趣味のあげくなんでしょう、むかしながらのポル・ハウスを借りて住んでいましたよ。エリザベス朝のことにかけてはなかなかくわしくて、スペインの無敵艦隊の敗走のことなど、まるでまのあたり見るように話して聞かせてくれましたっけ。あまり熱心なので、実際にその現場にいあわせたのじゃないかと思われるほどでした。生まれ変わりというようなことが、世の中には本当にあるんじゃないか――どうもそんな気がしてならないんですがねえ、ぼくは」

「あなたはいったいがとてもロマンティックなたちですからね、レイモンド」とミス・マープルがやさしい目で彼を見やった。

「ぼくがロマンティックだなんて、とんでもない」とレイモンドは少々ムッとしたらしい。「しかし、このニューマンという男こそ、正真正銘のロマンティストでしたね。それだから過去のふしぎな遺物という意味で、ぼくには興味しんしんたるものがあったんですよ。彼の話によると、無敵艦隊に所属する船で、カリブ海の金塊《スパニッシュ・メイン》というたいそうな宝をつんでいると取りざたされていた船が一艘、コーンウォール海岸沖の有名な難所の蛇岩《サーペント・ロックス》にのりあげて、難破したらしいんですね。ニューマンの話では、もう長年のあいだ、あわよくばこの船を引きあげて宝物をせしめようとして、じつにいろいろな試みがなされたんだそうです。ぼくはこういった話はそう珍しくはないと思うんですがね。もっとも宝船といっても架空の話のほうが多いんでしょうが。この金塊の引きあげに関して会社までひとつできたりしたのですが、結局倒産して、ニューマンはその──なんというか──そいつの権利を二束三文で買いあげることができたんだそうです。その話になると、もう夢中でしたよ。彼に言わせれば、金塊は間違いなくあるんだから、最新式の科学的な機械さえ使えば、問題なく引きあげられるというんです。

聞いているうちにぼくはふと、物事はえてしてこうしたものだと思いましたよ。ニューマンのような金持ちはろくに努力もしないのに成功する。そのくせ、金塊を引きあげたところで、その金高はおそらく、彼にとってはほとんど問題じゃないんですからね。

とにかくあまり熱心なので、白状すると、ついにはぼくまでその熱にうかされてしまいましてね。海岸にそって漕ぎのぼってくるガリオン船をまざまざと見るような気さえしてきました。嵐に追われて、黒い岩にたたきつけられ、難破するそのさままでね。ガリオン船という言葉からして、いかにもロマンティックな響きをもっています。〈カリブ海の金塊〉ときては、小学生でも、おとなでも、文句なしにスリルを感じますからね。それにそのころ、ぼくは小説を一つ、書いていましたが、その場面のいくつかは十六世紀に置かれていましたし、彼の家に泊まれば貴重な地方色をそえるような話をいろいろと主《あるじ》から聞きだすことができるんじゃないか、こうも考えたわけなんです。

ぼくはその金曜の朝、パディントンから意気揚々と出発しました。旅の期待に燃えてね。ぼくの乗った客車には、向かい側の片隅にこっちを向いて坐っている男がたった一人しか乗りあわせていませんでした。背の高い軍人風の男でしたが、どこかで前に会ったことがあるという気がしてなりませんでした。しばらく首をひねったが、どうも思い出せない。あげくのはてにやっとわかったのですが、この相客はバッジウォース警部で、イヴァソン失踪事件についてぼくがつづきものを書いていたときに、必要があって一度会ったことがあるのです。

ぼくは名乗りをあげました。そしてわれわれ二人は間もなくしごく愉快に談笑しはじめたのでした。これからポルペランに行くところだとぼくが言うと、警部はそれは奇妙なめぐりあわせだ、自分の行くさきもポルペランだと言いました。ぼくは詮索好きな男と思われたくなかったので、相手の用向きについては、何もたずねないように気をくばりました。そしてその代わりに、自分がその土地に対していだいている興味について話し、難破したガリオン船のことにふれました。おどろいたことに警部はそれについて、何から何までよく知っている様子でした。

『それはファン・フェルナンデス号のことでしょうな、おそらく。この船を引きあげて金にしようと大枚を投じた男はなにもそのご友人がはじめてではありますまいよ。ロマンティックな思いつきですな』

『たぶんまったくの架空の話なんでしょうがね。あそこで難破した船なんか、はじめからなかったんでしょう』とぼくは言いました。

『いやいや、じっさいに沈んだんですよ、ほかにもたくさんの船がね。あのあたりの海岸沖でいったい、どれだけの船が難破したか、調べてごらんになったら、きっとびっくりなさるでしょうよ。じつは私も、そのことでこうして出張するようなわけでしてね。オトラント号が六カ月前に沈んだのがやはりあそこなんです』

『その記事はぼくも読みましたがね。死者はたしか、一名も出なかったんでしたね？』

『死者はね。しかし、人命の代わりに、なくなったものがありましてね。世間にはあまり知られていませんが、オトラント号は金塊を輸送していたのですよ』

『ほう？』とぼくは大いに興味を感じました。

『もちろん、われわれは潜水夫をやとって引きあげ作業に当たらせました。ところがなんと――金塊はそっくりなくなっていたのですよ、ウェストさん』

『なくなっていたって？』と私は警部の顔をまじまじと見つめました。『そりゃまた、どういうわけです？』

『そこが問題なんですな』と警部は答えました。『岩にぶつかった拍子に金庫室に大穴があきました。ですから室内にはいることは、潜水夫にとってはわけもないことでした。ところが入ってみると金庫室の中はからっぽだったのです。問題は金塊が難破前に盗まれたものか、それともそのあとに盗まれたのかということです。そもそも金庫室にちゃんとおさめられていたのかどうか』

『ふしぎな事件のようですね』

『奇々怪々ですよ。金塊というものの性質を考えてみますとね。ダイヤモンドの首飾りのように、ひょいとポケットに入れてしまうわけにもいきませんしね。扱いづらいし、かさばるし――まあね、どう考えてみても不可能ですよ。船が出帆するまでに何か手品師のような早業で運び出したのかもしれませんがね。そうでないとすると、ここ六カ月ばかりのあいだに誰かが引きあげたに相違ありません——というわけで私がその調査に出かけるところなのです』

停車場には、ニューマンが迎えに出ていました。乗用車でなくて失敬、修繕にトルーロにやってあるのでと弁解しました。乗用車のかわりに、屋敷に付属する農園で使っているトラックで出迎えてくれたのです。

ぼくが、ニューマンの隣りに乗りこむと、トラックはその漁村のせまい通りを、あっちへ曲がったり、こっちに入ったり、慎重に進みました。百分の二十の勾配の坂道をあがり、曲がりくねった小径を少しばかり走って、ポル・ハウスの花崗岩の門を入りました。

屋敷は魅力に富んでいました。崖の上に高々とそびえ、海が一望のもとに見晴らせました。建物の一部は三、四百年前のもので、これに近代風な一棟がつぎ足されているのでした。家のうしろには七、八エーカーばかりの農地がつづいていました。『ポル・ハウスにようこそ』と、ニューマンは言いました。『それから金のガリオン船のこの模型にもね』こういって彼は玄関のドアの上に看板よろしく帆をいっぱいにはったガリオン船の見事な模型がぶらさがっているのを指さしました。

ポル・ハウスでの第一夜は、愉快で、興味ぶかいものでした。主《あるじ》のニューマンはぼくに、ファン・フェルナンデス号に関係のある古文書をいろいろと見せてくれました。また海図をひろげて点線でいろいろな場所を書きこんでは示しました。潜水の道具の設計図などもいろいろ見せてくれたのですが、これはぼくにはどうもチンプンカンプンでした。

ぼくがニューマンに、途中でバッジウォース警部に会ったことを話しますと、たいへん興味を引かれた様子でした。

『この海岸の人間はまったく妙な連中なんだから』としみじみ言います。『密輸入者とか破船賊とかいった血が、先天的に流れているんだな。やつらは船がこの辺の沖で沈むと、自分たちのふところを肥やすための正当な分捕り品と考えずにはいられないんだ。この土地に一人、きみに一度ぜひ会ってもらいたい男がいるんだがね。前世紀の興味ある遺物だよ』

翌朝は明るくよく晴れていました。ニューマンはぼくをポルペランにつれて行き、彼のやとっている潜水夫でヒギンズという男にひきあわせてくれました。ヒギンズは無表情な顔のたいそう無口な男で、ほとんど、『へえ』とか、『ああ』といった簡単な返事しかしませんでした。ニューマンとこの男のあいだに専門的なことがらについての話がやりとりされたあとで、われわれは三錨亭という酒場に行きました。ビールのジョッキがくると、このむっつりした男の舌の回転も少々なめらかになりました。『ロンドンから刑事が来てるんだ』と彼は唸るように言いました。『去年の十一月にこらで沈んだ船が、たんまり金の塊をつんでたっていうぜ。ふん、沈んだのはあれがはじめてじゃなし。またこれっきりでおわりってわけでもあるまいによ』『そうそう』と、三錨亭のおやじがあいづちをうちました。『ズバリと言ってくれたぜ、ビル・ヒギンズ』

『まったくだあね、ケルヴィンさん』とヒギンズは答えました。

ぼくはふと好奇心にかられておやじを見やりました。この男は一度見たら忘れられないような顔つきをしていました。黒い髪、浅黒い顔、奇妙に肩幅の広い男でした。目は血走っていて、こっちの視線をまともに受けとめない、妙にこそこそしたところがありました。これがニューマンの言った前世紀の遺物という男ではなかろうかとふと思われたのです。

『つまり、この海岸ぞいにゃあ、おせっかいなよそものはもうたくさんだってことさ』と男はちょっと激しい口調でいいました。

『というのは警察のことかね？』とニューマンが微笑しながらききました。

『警察と──それからほかの連中もでさあ』とケルヴィンは意味ありげに申しました。『こいつは忘れないでいただきましょうや、だんな』

『あの男の言ったことはなんだか脅迫めいていたがなあ、ニューマン君』丘を屋敷のほうに向かってのぼりながら、ぼくはこう言いました。

ニューマンは笑って、『ばかなことを。ぼくは第一、この辺の連中の害になるようなことは何一つやっちゃあいないんだからね』とこともなげに言いました。

ぼくは疑わしそうに頭をふりました。ケルヴィンには何かしら凶悪な、野蛮なところが感じられました。こっちの見当もつかない、奇妙なことを考えているのではないかという気がしたのです。

ぼくの不安はそのときからきざしはじめたのではないかと思います。最初の晩はよく眠れましたが、翌晩は寝つきが悪く、とかく目覚めがちでした。日曜の朝は薄暗く陰気で、空模様もどんよりと、雷でもなりだしそうでした。ぼくという男はだいたいが自分の気持ちを隠すのがへたですから、ニューマンにすぐ気づかれてしまいました。

『どうしたんだね、ウェスト君。けさはまたばかに神経がぴりぴりしているじゃないか？』

『ぼくにもわからないんだがね。なにか悪いことでも起こりそうな、いやな予感がするんだよ』

『天気のせいさ』

『ああ、たぶん』

ぼくはそれっきりなにも言いませんでした。昼すぎに、ニューマンのモーターボートに乗っていっしょに出かけましたが、雨がものすごい勢いで降ってきたので、浜辺にあがってかわいた服に着がえたときはホッとしました。

その夜、ぼくの不安はますますつのりました。外では嵐がほえたけっていました。十時ごろになって嵐がおさまると、ニューマンは窓から外を眺めながら言いました。

『晴れてきたね。もう半ときもすれば申し分のない上天気になるんじゃないかな。そうしたらぼくはちょっと散歩に行ってこよう』

ぼくはあくびをしました。『ぼくはおそろしく眠いんだ。ゆうべあまり眠れなかったんでね。今夜はひとつ早寝するかな』

その言葉どおり、ぼくは早くやすみました。前の夜はほとんど眠っていなかったのです。その夜はぐっすり眠りましたが、まどかな夢を結ぶというわけにはいきませんでした。なにか悪いことが起こるという不吉な予感が、依然として胸にのしかかっていたからです。おそろしい夢ばかり見ました。深い淵、大きなわれめ、一歩足をふみすべらしたらそれっきりだと思いながら、あてどなくさまよい歩いている夢でした。目を覚ましたときには、時計の針はもう午前八時をさしていました。ひどく頭痛がします。夜の間に見た夢の恐ろしさにまだめいりこんでいました。

こんな気持ちが強かったので、窓のところに行ったとたんに、ぼくはまたもや新たな恐怖感におそわれて後じさりしました。ぼくの目に最初にうつった光景は、墓穴を掘っている男の姿だ――とまあ、ぼくは思いこんでしまったのです。

気を取り直すまでには一、二分かかりました。やっとのことでぼくはその男がニューマンの庭師であること、〝墓〟というのは、芝土の上に置かれている三本のバラの苗木を植えるための穴だということに気づいたのでした。

庭師はふと見あげて、ぼくに気づき、帽子に手をやりました。

『おはようございます。よいお天気ですな』

『そうらしいね』とぼくはあやふやな語調で言いました。浮かない気持ちをまだふりきれずにいたのでした。

しかし、庭師の言うとおり、たしかにそれは気持ちのよい朝でした。太陽はあかるく輝いていましたし、空は晴れやかなあさぎ色で、すばらしい一日を約束していました。ぼくは口笛を吹きながら朝食に降りて行きました。ニューマンは住みこみのお手伝いは置いていませんでした。中年の二人の姉妹が近くの農家から毎日、あまり多くもない家事むきの用事を果たすために通ってくるだけでした。ぼくが食堂に降りて行くと、ちょうどその一人がコーヒー・ポットをテーブルの上に置いているところでした。

『おはよう、エリザベス。ニューマンさんはまだけさは降りておいでにならないのかね？』とぼくはたずねました。

『よっぽど早起きをなさったのでございましょう。わたしどもがまいりましたときは、もうおいでになりませんでしたから』

とたんに、ぼくはまたしても不安な気持ちにおそわれたのです。前日と前々日は、ニューマンはだいぶゆっくり朝食におりてきました。そんなわけでぼくはニューマンに早起きの習慣があるなどとは夢にも思っていなかったのです。不吉な予感をおぼえて、ぼくはいきなり彼の寝室にかけあがって行きました。からっぽです。ベッドには、やすんだ形跡もありません。部屋を少し調べてみると、さらに次のことが明らかになりました。早朝、散歩に出かけたのだとしたら、前夜の服装のままにちがいないということです。そのひとそろいが見当たらなかったのです。

結局、あの不吉な予感が正しかったのだということを、今やぼくははっきりと確信するようになっていました。ゆうべ言ったようにニューマンは――寝る前に散歩に出かけたにちがいない。なにかわけがあって帰らなかったのだ。なぜだろう？　事故でもあったのだろうか？　崖からころげ落ちたのではなかろうか？　すぐ捜索にかからなくては。

一、二時間後、ぼくは人手をかり集めて、崖づたいに、また下の岩の上などを四方八方さがしまわりました。しかし、ニューマンの影も形も見当たらなかったのです。

ぼくは万策つきて、バッジウォース警部のところに行きました。話を聞いて警部の顔はさっと曇りました。

『なにかけしからぬことでもあったんじゃないですかなあ。この辺にはこわいもの知らずの手合いがたくさんおりますからね。三錨亭のおやじのケルヴィンにはお会いになりましたか？』

ちょっと会うことは会ったとぼくは答えました。

『あの男は四年前に一度刑務所に入ったことがあるんですがね。そのことはご存じですか？　暴行殴打のかどでね』

『あの男ならやりかねませんね』

『ご友人は少々用もないことに首をつっこみすぎたと、この辺では噂しているようですな。あまりひどい目にあっておられないといいですがねえ』

捜索はいっそう本格的につづけられました。ぼくたちの努力がむくわれたのは、その午後もおそくなってのことでした。ぼくらはニューマンを彼自身の屋敷の片隅の深い溝の中で見つけました。手足は縄でかたくいましめられ、声をたてないようにハンカチーフが口の中につっこまれていました。

ニューマンは疲労をきわめ、相当に痛めつけられていました。しかし、手首やくるぶしを摩擦してもらい、ウイスキーの瓶からゆっくり一口飲むと、やっとのことでことの次第を話すことができるようになりました。

嵐がおさまったので、彼は十一時ごろ散歩に出かけました。岸辺づたいに少し行くと、洞穴が多いので通称〈密輸入者の入江〉と呼ばれている場所に出ました。気がつくと、数人の男が小さなボートから何か下ろしているようです。いったい何をしているのかと、彼はぶらぶらその方に下りて行きました。何かわからないが、たいへん重いものらしい。ずっと向こうの方にある洞穴の一つにはこばれて行くようです。

べつだんあやしいとも思わなかったのですが、いったいあの連中は何をしているのだろうと、ニューマンはふしぎに思いました。そして先方の気づかないうちに、ついそのほうに近よっていたのでした。ところがとつぜん、『誰かいるぞ』という声がしたと思うと、いきなり二人のたくましい船乗り風の男がおそいかかり、それっきりニューマンは意識を失ってしまったのでした。われに返ったときには、トラックらしいものの上に転がされていました。車はガタガタとどうやら海岸から村に向かう小径をあがって行く様子。そして驚いたことには、彼自身の家の門を入って行くではありませんか。やつらはそれからひとしきりひそひそとささやきかわしていましたが、やがて彼を引き出して、しばらくは見つかる気づかいのない溝の奥へとほうりこんでしまったのでした。その後トラックはまた出て行きました。その音から考えると、村へもう四百メートルばかり近い、どこかの門を入ったのではないかと思われました。彼におそいかかった男たちについてはたしか船乗りだということ、訛りから考えると、コーンウォール生まれの者だということ、それだけしかわかりませんでした。

こんな話を聞いて、バッジウォース警部はひどく興味をそそられたようでした。

『おそらくそこが例の代物《しろもの》の隠し場所だったんですよ。なんとか方法を講じて難破船から引きあげて、どこか人目につかない洞穴に隠しておいたんでしょうがね。〈密輸入者の入江〉の洞穴はもう警察の手で捜索ずみで、今度はもっと遠くのほうをさがす手はずになっていると聞きこんだので、手のまわる気づかいのない洞穴に、夜のうちに金塊を移してしまったんでしょう、きっと。不都合なことにわれわれは、少なくとも十八時間はやつらに先を越されています。たぶんもう今時分はべつの場所に隠してしまったころではないですかな。やつらがニューマンさんをつかまえたのは昨夜のことなんですし、今でもその洞穴の中に置いてあるかどうか、こいつははなはだ疑問でしょうな』

警部はさっそく捜査に出かけました。予期したとおり、洞穴には金塊が隠してあったという明らかな形跡がのこっていましたが、現物はまたまたどこかに移されて、新しい隠し場所を知るよすがとてもなかったのでした。

しかし、手がかりがただ一つありました。警部自身、翌朝そのことをぼくに説明してくれたのです。

『あの小径には、自動車はほとんど通りません。ところが一、二カ所、トラックのタイヤのあとがかなりはっきりついているところがありましてね。一カ所にはタイヤの三角形のマークが残っていましたよ、紛うかたなくはっきりとね。どうやらこの屋敷の門を入り、それからまた裏門から出て行ったあとが、あちこちにかすかについているんです。ですから、これが問題の自動車のタイヤだということは、ほぼたしかです。そこでいったい、なんだってやつらが自動車をわざわざ裏門から外に出したかということなんですが。その自動車はもともと村のどこかの家のものだったんじゃないですかな。しかし村にはトラックを持っている人間はあまりたくさんおりません。まあ、二、三人というところでしょうね。ついでですがね、三錨亭の亭主のケルヴィンが一台持っているんですよ』

『ケルヴィンという男はもとはどんな商売をしていたんです？』とニューマンがききました。

『それをおききになるとはおもしろいですな、ニューマンさん。ケルヴィンは若いころは潜水夫だったんですよ』

ニューマンとぼくは顔を見あわせました。ジグソーパズルが一つ一つぴったりと合わさっていくように、謎が次第にとけていくような気がしたのでした。

『海岸でごらんになった男たちのうちにケルヴィンがいたような気はなさいませんか？』警部がこうきくと、ニューマンは首をふり、『それはどうもなんとも言えないんじゃないですかね』と残念そうに言いました。『なにしろ、ゆっくり目をとめる暇からしてなかったんですから』

ぼくが三錨亭に同行したいと言うと、警部は愛想よく許してくれました。ガレージは横町を少し行ったところにありました。大きなドアが閉まっています。けれども細い路地に通ずる横の小さな戸口があいていました。タイヤをちょっと調べただけで、警部は満足そうに申しました。

『うまいぞ。後部の左のタイヤにたしかに例のマークがついている。さあ、ケルヴィンさん、おまえさんがいかに利口でも、これだけ証拠があがっては、どうにもならないな』と」

こう言って、レイモンドはふと口をつぐんでしまったのだった。

「それでどうだっていうの？」とジョイスが言った。「今までうかがったところじゃ、これといって問題になるようなことはないじゃありませんの——金塊が結局見つからなかったっていうなら話は別だけど」

「それがね、本当に見つからなかったんだよ」とレイモンドが言った。「それでケルヴィンをあげるわけにもいかなかったのさ。まあ、相手が一枚うわ手だったんだな。それに、いったいやつがどう事を運んだのかということも、ぼくにはよくわからないんですよ。ケルヴィンは逮捕されました——タイヤのマークを証拠にね。ところが思いがけぬ邪魔がはいったのです。ガレージの表のドアのちょうど向かい側に、夏のあいだ、ある女流画家が小さな家を一軒借りていたんですがね」

「まあ、女流画家のご登場？」とジョイスが笑いながら言った。

「そのとおり、例の女流画家さ。この人は数週間前から病気をしていて、看護婦が二人つきそっていたんですよ。夜のつきそいにあたっていたほうの看護婦はちょうどその夜、鎧戸をあけ、窓辺に椅子を引きよせて坐っていました。ですから、トラックが向かい側のガレージを出たとすれば気づかないはずはないと言うんですよ。事実、その夜は一度もガレージから出なかったとね」

「それはそう大した問題でもないんじゃなくって？　看護婦がうたたねをしていたのよ。きまっているわ。ああいう人たちってみんな、そうですもの」

「たしかに――よくあることですな」とペサリック氏が分別くさく言った。「しかし、どうもわれわれは、事実をろくに調べてみもしないで受け入れているきらいがあるんじゃないですかな。看護婦の証言を受け入れる前に、彼女が本当のことを言っているのかどうか、よくよく検討してみることが大切ですよ。アリバイがそうすぐ明らかになるなんて、かえってあやしいような気がしますがね」

「女流画家の証言もありますし」とレイモンドが言った。「この人はね、その夜は痛みがはげしかったので、ほとんど夜っぴて目を覚ましていた、トラックが出て行けば聞きなれない音だし、嵐のあがった静かな夜だったから、聞こえないわけはないと、こう言うんです」

「ふむ」と今度はペンダー牧師が言った。「また一つ、ケルヴィンにとって有利な事実がふえたわけですね。それで、ケルヴィン自身はどうなんです？　アリバイがじっさいにあったんですか？」

「十時以後は、家でベッドに入っていたと言いましたよ。しかし、それについて証人を引きあいに出すわけにはいかなかったのです」

「看護婦がうたたねをしたのよ。病人もね。だいたい病気の人って、一晩じゅう眠れなかったって、いつも思いこんでいるものですからね」

レイモンド・ウェストは、あなたはいかがですと言うように、ペンダー牧師を見やった。

「いや、わたしはそのケルヴィンという男を気の毒に思っているんですよ。〝悪名はどこまでもついてまわる〟という適例のように思われるんですがね。一度、刑務所にいたことがあるというだけで。タイヤのマークのことはたしかに偶然の一致としてはあまりにもふしぎですがね。そのことを別とすれば、前科があるという以外に、不利な証拠はあまりないように思えますがね」

「あなたのご意見は、サー・ヘンリー？」

サー・ヘンリーは首をふった。

「いや、私はたまたまこの事件についていささか知っていますのでね。意見を述べるべきじゃないでしょう」

「じゃあ、ジェーン伯母さん、なにかご意見でも？」

「ちょっと待ってくださいよ」とミス・マープルが言った。「どうやら目数をまちがえたらしいわ。二目裏編み、三目表編み、一目はずして二目裏編み――そう、これでいいんだわ。なんなの、レイモンド？」

「あなたはどうお思いになりますか、この事件について？」

「わたしの意見はね、あなたには気に入りますまいよ。若い人はみな耳の痛いことを聞くのはきらいらしいし。なにも言わないにこしたことはないでしょうよ」

「そんなばかなことがあるものですか、ジェーン伯母さん。おっしゃってくださいよ、どうぞ」

「あのねえ、レイモンド」とミス・マープルは編みものを下におろして甥の顔を眺めやった。

「わたしはね、あなたという人はお友だちを選ぶにあたってもっと慎重にしたほうがいいと心から思うんですよ。人の言うことをすぐ信じこんで、簡単にだまされてしまうんですものね。たぶん、小説家で想像力に富んでいるからなんでしょうけれどね。スペインのガリオン船だなんて嘘八百を並べて。もっと年がいっていたら、そして人生の経験というものをつんでいたら、あなたにしてもこれはくさいぞとすぐに用心したでしょうにね。それも知りあってほんの二、三週間にしかならない人間ですよ」

サー・ヘンリーがとつぜんカラカラと笑いだして、膝をたたいた。

「一本取られたな、レイモンド君。マープルさん、あなたはじつにすばらしいかたですね。きみの友人のニューマンという男にはね、レイモンド君、別名があるんだよ。五つ六つ。やつの今いるところはコーンウォールじゃあなくてデヴォンシャー——正確に言えばダートムアのプリンスタウン刑務所なのさ。やつがつかまったのはこの金塊事件の犯人としてではなくて、ロンドンの銀行の金庫やぶりの件なんだが、前歴をしらべているうちに問題の金塊が大部分ポル・ハウスの庭に隠されているのが見つかったんですよ。なかなか巧妙な思いつきでしたね、これは。コーンウォールの海岸地方には金をしこたまつんだまま難破したガリオン船の話がいたるところにあるからね。潜水夫のこともそれでまことしやかに説明がつくし、のちのち金塊の説明もそれでつけようとしたわけさ。しかし、誰かに罪をなすりつけなくちゃあいけない。ケルヴィンがおあつらえむきの人間だったんだな。ニューマンはこの茶番劇をなかなかうまく演じおおせましたよ。われわれの友人のレイモンド君は作家としての令名からも、押しもおされぬりっぱな証人になったというわけです」

「でも、タイヤのマークのことは？」とジョイスがつっこんだ。

「ああ、そのことならすぐにわかりましたよ。わたしは自動車のことなんぞ、ちっとも知りませんけれどね」とミス・マープルが言った。「車輪の交換ということはよくいたしますわね——ちょいちょい見かける光景ですわ。ケルヴィンのトラックの車輪を取って小さな方の戸口から路地にぬけ出て、それをニューマンのトラックに取りつけ、表門から出して海岸まで運転し、金塊をつみこんで、裏門から入れ、そこで車輪をはずして、ケルヴィンのトラックにまた取りつける。それこそ、朝飯前でしょうもの。そうしているあいだに誰かがニューマンを溝の中でしばりあげたんでしょうね。ずいぶんと居心地の悪いことだったでしょうし、見つかるまでには思ったより時間がかかってしまったでしょうけれどね。この方はきっと庭師と名乗っていた男が引き受けたんじゃないでしょうかねえ」

「〝名乗っていた〟なんて、どうしておっしゃるんですか、ジェーン伯母さん？」とレイモンドがけげんそうに言った。

「だってほんものの庭師のはずはありませんもの。聖霊降臨祭後の第一月曜には、庭師は庭仕事を休むものですからね。誰だってそんなことぐらい、知っていますわ」

ミス・マープルはほほえみながら編みものをたたんだ。

「わたしが正しい手がかりを見つけたというのもね、そもそものちょっとしたことがきっかけだったんですよ」とじっとレイモンドを見ながら言った。「あなたにしてもね、ちゃんと所帯を構えて自分の庭を持つようになったら、こうしたことがわかるようになるんでしょうけれどね」

第四話　舗道の血痕

The Bloodstained Pavement

「おかしいのね、わたし、なんだか気が進みませんのよ、この話をするのが」とジョイス・ランプリエールが言った。「もうだいぶ前のこと、そう、正確に言うと五年前のことですわ――でもね、それからってもの、そのことがしょっちゅう頭にこびりついているようで。笑顔をたたえているようなあかるい表面と――そのかげにひそむ、身の毛のよだつような裏面とがね。ふしぎなのは、そのとき、わたしが描いたスケッチにまで、同じような雰囲気がしみこんでいることですの。ちょっと見にはコーンウォールのせまい傾斜した通りに陽が当たっているというだけの、ごくありきたりのスケッチですのよ。でもじっと見ているうちに、何か無気味な雰囲気が忍びよってくるような気がしますの。今でも売らずに持っていますけれどね、一度も見直したことがありませんのよ。アトリエの片隅に壁に向けて立てかけてありますわ。

村の名はラトールといいました。コーンウォールの風変わりな小さな漁村で、絵のように美しかったわ。少し度がすぎるくらいにね。〝なつかしのコーンウォールの茶屋〟といった雰囲気がちょっと鼻につくぐらい、みなぎっていましたっけ。スモックを着た、ショートカットの娘が羊皮紙に金言なんぞ書いて売っている店があちこちにあってね。まあ、小ぎれいで古風だけれど、意識的にそうしているというきらいがなくもなかったわね」

「ぼくも知っているよ」とレイモンド・ウェストが嘆かわしげに言った。「それもみんな、観光バスのせいじゃないかな。やつらはおよそ絵のような景色の村って言うと、道がいかにせまかろうと、ほってはおかないんだからねえ」

ジョイスはうなずいた。

「そうなのよ、ラトールへの道もせまかったわ。おまけに壁みたいに、けわしく切りたっていてね。まあ、いいわ。話をつづけましょうね。わたしはそのとき、スケッチをしようと思って、二週間の予定でコーンウォールに行ったんですの。ラトールにはポルハウイズ・アームズ館という古めかしい旅館《イン》がありました。紀元千五百何年だかに、スペイン人の砲撃を受けたときに、あやうく難をまぬがれた唯一の建物だとかって」

「砲撃じゃあないよ」とレイモンド・ウェストが顔をしかめた。「頼むから歴史的に正確な言葉を使ってくれよ、ジョイス」

「とにかく、海岸ぞいのどこかから攻撃をしかけたんです。それで、家が軒なみ破壊されて、まあ、そんなことはどうでもいいけれど。ポルハウイズ・アームズは正面の四本柱の上にポーチのような体裁のバルコニーが乗っかっている、とても趣きのある古風な建物でした。わたしが手ごろな場所に陣どって、いざスケッチを始めようとしたときに、一台の自動車が丘の曲がりくねった道をのろのろとこっちへおりてきたんですの。もちろん旅館の前で止まりましたわ――それも例によって、画家にとっていちばん不都合な場所にね。乗っていたのは男が一人、女が一人――そのときはたいしてよく見もしませんでしたけれど――女のほうは藤色のリネンの服に同じ色の帽子をかぶっていましたっけ。

男のほうはしばらくするとまた出てきて、ありがたいことに車を運転して岸壁のほうにおりて行きましたが、車をそこに止めてわたしの前をぶらぶらと旅館のほうにもどりかけました。ちょうどそのとき、いまいましいことにまた一台、自動車がやってきたのです。見たこともないくらい、けばけばしい紅いポインセチアの花柄の、更紗《さらさ》の服を着こんだ一人の女が乗っていました。それに大きな民芸品のような麦藁帽をかぶって――

あれはキューバン・ハットっていうんじゃないかしら——それもまあ、まっかな色のをね。

彼女は車を旅館の前では止めずに、もう一台の車の止まっているところに近づけました。おりるその姿を見て、さきほどの男が、びっくりしたような声をあげたのです。『キャロル、じつに奇遇だなあ！　こんなへんぴなところできみに出っくわすなんて。最後に会ってからもう何年になるだろう。おおい——家内のマージャリーがあっちにいるんだ、ぜひ会ってください』

二人はならんで、旅館のほうに坂をあがって行きました。男のつれの女がちょうど戸口に姿を見せて、二人のほうに近づこうとしていました。キャロルという女の姿は通りすがりにちらりと見かけただけでしたが、それでも白壁のようにぬりたてた顎と、火のように赤いくちびるがちゃんと見えました。わたしは心の中で——いったい、マージャリーはこの女に紹介されて喜ぶだろうかと、疑問に思ったのでした。近くでしげしげと観察したわけではありませんでしたが、遠くから見たところでは、奥さんというひとはいかにも野暮ったくて、さっぱりおもしろみのない人柄のように見えたのでしたから。

さてもちろん、こんなことは、何もわたしの知ったことではありません。でも人間って、ときとして人生のある一瞬の奇妙な情景をかいま見ることがあるものです。そういう場合には誰しも、いろいろと臆測をめぐらさずにはおれませんものね。三人はわたしのいる場所から少し離れたところに立っていましたので、会話はとぎれとぎれにしか聞こえてきませんでした。どうやら海水浴に行こうと相談している様子でした。夫は――デニスというらしいのですが――ボートに乗って海岸ぞいに漕いでまわろうと主張していました。一キロ半ばかり離れたところに一見の価値のある有名な洞窟があるからと言うのです。キャロルは洞窟を見るのはいいが、崖づたいに歩いて、陸地の側から眺めた方がいいと申しました。ボートはいやだと言って。結局、キャロルが崖道づたいに歩いて行って洞窟のところで二人を待ち、デニスとマージャリーはボートに乗ってひとめぐりするということに話がまとまったのでした。

海水浴に行く相談をもれ聞いたので、わたしもなんだか泳ぎたくなりました。その朝はとても暑いうえに、スケッチのほうも思うようでなかったものですからね。それに午後の光線のほうがずっと魅力的な効果が出せるのではないかという気もしたのです。そこでわたしも道具を取りまとめて、いつもよく行く浜辺におりて行きました――ちょうど三人が出かけた洞窟とは反対の方向で、いわばわたしが偶然に見つけだしたところだったのです。一泳ぎしてから、わたしは缶詰のタンとトマト二個で昼食をすませ、さあ、今度こそいいスケッチを描こうと自信と熱意にみちてもどったのでした。

ラトールの村ぜんたいがうっとりと眠りほうけているようでした。午後の陽ざしはわたしの思ったとおりで、影の具合などは朝よりずっと効果的でした。ポルハウイズ・アームズ館はわたしのスケッチの中心でした。一条の光線がななめに旅館の前の地面にあたり、一風変わった効果を作りだしていました。海水浴に行ったあの三人も無事に帰ってきたのでしょう、赤いのと青いのと海水着が二つ、バルコニーに吊してほしてありました。

画面の一隅にちょっと気に入らないところがあったので、わたしはしばらく身をかがめて、一心に筆を動かしていました。ふと見あげたとき、ポルハウイズ・アームズ館の正面の柱にもたれている一つの人影が目にはいりました。まるで魔術かなにかで忽然と現われたように見えました。船乗りの服装をしています。たぶん漁師でしょう。長く黒い顎鬚をたくわえているところなど、スペインの悪船長のモデルにはもってこいという感じでした。あの男が行ってしまわないうちに画面に入れてしまおうと、わたしは勢いこんで仕事にかかりました。しかし見たところ、未来永劫まで四本柱を支えて立っているつもりのようでした。

それでも、そのうちに男はやっと動きだしましたが、ありがたいことに、こちらはそのときまでに望みどおり彼の姿を描きあげてしまっていたのでした。男はやがてわたしのところにやってきて話しかけました。まあ、そのしゃべるのなんのって。

『ラトールはえらくおもしろい場所でしてな』

そんなことはとっくに承知していましたが、そう言っただけでは放免してもらえません。男は村の砲撃――いえ、破壊の話をひとくさりして、ポルハウイズ・アームズ館の亭主が最後に殺されたこと、それも自分の家の戸口で、スペイン船長の剣にさしつらぬかれたのだということ、その血が舗道にほとばしり流れて、百年間というものは血痕を洗い去ることができなかったことなどを、くどくどと話して聞かせるのでした。

話は、その午後のけだるい眠たいような気分にはうってつけでした。男の声はとてもものやわらかなのですが、なにかゾッとするような感じがありました。追従たっぷりでいながら、一皮むけば残酷な男だという気がしました。聞いているうちにわたしは宗教裁判のこと、スペイン人の数々の残虐行為のことなどを、これまでにないほど理解したのでした。

彼がしゃべっているあいだも、わたしは手を休めずに描きつづけていました。ふと気がつくと話に引きこまれたあまり、ありもしないものまで絵の中に描きこんでいるではありませんか。ポルハウイズ・アームズ館の戸口の前の石畳の上に四角い日だまりができていたのですが、その白い四角の上にわたしはいつの間にか、血痕を描きこんでいたのでした。頭に浮かんだものを手が無意識のうちに描きそえてしまうなんて、ほんとうにふしぎですわね。でももう一度旅館の方に目をやったとき、わたしはまたまたギクリとしました。わたしの手は自分の見たものを正直に描きこんだにすぎなかったのです――白い舗道の上には、ほんとうに血がしたたっていたのでした。

わたしは一、二分じっと見つめました。それから目をとじて自分に言い聞かせました。『ばかげてるわ。血なんてあるはずもないのに』と。それからもう一度目をあけて見なおしましたが、血痕は依然として消えません。

わたしはとつぜん、もうこれ以上我慢できないと感じて、いつ果てるとも知れない漁師のおしゃべりをさえぎって申しました。

『ねえ、わたし、目があまりよくないんだけれど、あその舗道の上に見えるのは血でしょうか？』

漁師はあわれむようにやさしくわたしの顔を見かえしました。

『この節は血なんぞもう残ってやしませんや。わっしが話したのはもう五百年もむかしのことでさあ』

『ええ、でも今ね――あの舗道の上に――』と言いかけてわたしはだまってしまいました。いまわたしが見ている血痕にしても、この男にはまったく見えないにきまっている。

わたしは立ちあがって、ふるえる手で道具を取りまとめはじめました。そのとき、朝、自動車できたあの若い男性が戸口から出てきました。当惑げに通りをあちこちと眺めわしています。ちょうどその上のバルコニーに彼の妻があらわれて、海水着を取りこみました。男性は車のほうに歩きかけましたが、ふと身をひるがえして漁師のところにやってきました。

『ねえ、あそこの車で着いたご婦人だがね、帰ってきたかどうか、きみは知らんかな？』

『ゴテゴテした花柄の服を着た人だね？　いいや、見ませんでしたよ。けさがた、崖っぷちを洞穴のほうに行ったっけが』

『それはわかっているんだ。三人であそこで海水浴をしたんだから。そのあとで、あの人だけ歩いて帰ったんだ。それっきり会わないんだが、まさかこんなに時間がかかるわけはない。このへんの崖っぷちはべつに危ないことはないんだろうね？』

『どの道を取りなさるか、それによりますさあ。一番いいのは、このあたりの案内にくわしい男をつれて行くこってすがね』

というのはあきらかに彼自身のことらしく、なおもくどくどと言いつのるのを青年はそっけなくさえぎって、宿のほうにかけもどるとバルコニーの上の妻に呼びかけました。

『おい、マージャリー、キャロルはまだ帰ってこないとさ。おかしいじゃないか？』マージャリーの返事は聞こえませんでしたが、夫はなおもつづけて、『しかたがない、これ以上待つわけにもいかないよ。こっちはペンリサーまで足をのばさなきゃならんのだから。用意はできたかい？　今、車をまわす』

やがて夫婦を乗せた車が出て行くのが見えました。わたしは何もかもわたしの愚にもつかない妄想にすぎなかったのだということを証明しようと、強いて勇気をふるいおこしました。車が見えなくなると、わたしは旅館のところに行って舗道を入念にしらべてみました。もちろん血痕などありはしません。いいえ、はじめからわたしのゆがんだ想像にすぎなかったのでした。そうと承知しながらも、どういうのでしょうか、なんだか、空おそろしい気持ちがぬけないのです。ぼんやり立っていたとき、ふとあの漁師の声が耳もとにひびきました。

ふしぎそうにわたしを眺めながら、

『血のあとを見たような気がしなさったって？』とたずねます。

わたしはだまってうなずきました。

『妙だな、そいつは。この土地につたわっている迷信があるんですがね。今あんたが見なさったような血のあとをだれかが見るてえと――』と言いさして言葉を切りました。

『なんなの？』

低いやわらかい声で漁師はつづけました。抑揚こそコーンウォール風でしたが、なにげないうちにも発音にはよどみがなく、品もあって、コーンウォール方言のあとかたもありませんでした。

『ここいらじゃ、言うんですよ。そういう血のあとを誰か見た者があると、二十四時間のうちに死人が出るってね』

気味の悪い話！　背中に水をあびせられたように急にぞくぞくしました。

漁夫はなおも説きつけるように言うのでした。『ところでここの教会に、とてもおもしろい銘を彫った板があるんだがね。死を主題にした――』

『たくさんよ』とわたしはきっぱり言って、ぐるりと向き直り、自分の借りている小さな家の方に坂をあがって行きました。家に着いたとき、はるか向こうをキャロルと呼ばれた女が崖づたいに急ぎ足で帰ってくるのが見えました。その姿は灰色の岩を背景に赤い毒花のように見えました。帽子がまた血のようで――。

わたしは愚にもつかない妄想を強いてはらいのけようとつとめました。ばかなことばかり！　わたしったら、まるで血にとりつかれているんだわ。

しばらくすると、キャロルの車が出て行く音が聞こえました。あの人もペンリサーに行くのかしら、ふっとそんなことを考えたのですが、車は左に折れて反対の方角に向かいました。丘をのろのろと這いあがって行くのを見送って、わたしはなんとなく、ほっとしました。そしてラトールはまたもや静かな眠たげな本来の姿に立ちかえったのでした」

「話がそれでおしまいなら」とレイモンド・ウェストが口をはさんだ。「ぼくはたちどころに裁決をくだすね。不消化からくる妄想さ。食事のあとで目がちらついて妙な錯覚を起こすってやつさ」

「ところがそれだけじゃなかったのよ。つづきを聞いていただかなくっちゃ。それから二日あとの新聞に、〈海水浴場の悲劇〉という見出しで、デニス・デイカー大尉という人の奥さんが、ラトールから少しはなれたランディーア入江で溺死したという記事が載っていたんです。デイカー夫妻はちょうどそこのホテルに滞在中で、海水浴に出かけようと言っているところに冷たい風が吹きはじめた。大尉は寒いからやめたと言ってホテルの滞在客数人と近くのゴルフ場に出かけた。けれどもミセス・デイカーは、自分はそう寒いとも思わないからと言いはって、一人で入江に向かった。ところがいつまでたっても帰ってこないので、夫は心配になって友だちといっしょに海岸に探しに行った。ところが服がとある岩かげにぬぎすててあるのが見つかったが、奥さんの影も形も見えなかったというのです。死体はほとんど一週間近くもあとになって、やっと発見されました。海岸から少しはなれた地点にうちあげられたのですが、頭にひどい打ち傷があって、これは死ぬ前に受けた傷ということでした。たぶんとびこんだ際に岩に頭を打ちつけたものだろうとされたのでした。考えてみると、ミセス・デイカーの死は、わたしがあの血痕を見てからちょうど二十四時間後のことだったようです」

「いやあ、いけませんよ」とサー・ヘンリーが口をはさんだ。「こうなると迷宮入り事件ではなくて、りっぱな怪談ですよ。ランプリエールさんが霊媒の役をつとめられて」

ペサリック氏がいつものように咳ばらいをした。

「一つ、わたしの気になるのはですね、その打撲傷のことですよ。けしからぬことが行なわれたという可能性を除外するわけにはいきませんからな。しかしねえ、どう考えようにもデータというものがまるでないじゃないですか？　ランプリエールさんの幻覚というか、想像というか、これはたしかにおもしろいですがね、いったいどの点についてわれわれの意見を求めておいでかということが、そもそもはっきりしない――」

「不消化に偶然の一致というやつが重なっただけの話ですよ」とレイモンドが言った。「どっちみち、新聞に出ていたのがたしかにその夫婦かどうかということもはっきりしているわけじゃなし。おまけに呪いだかなんだか知らんが、その迷信は、ラトールにじっさいに居をかまえている連中にしか、かかわりがないんだろうしね」

「その人相の悪い漁師が関係しているんじゃないですかな。しかし、ペサリックさんも言われたように、どうもデータがこう少なくてはね」とこれはサー・ヘンリーだった。

ジョイスはペンダー牧師をふりかえった。牧師は微笑をうかべながら首をふった。

「お話は非常におもしろくうかがいましたよ。しかし、これだけではサー・ヘンリーやペサリックさんご同様、データが少なすぎると思いますね」

ジョイスは最後に興味ありげにミス・マープルの顔を見つめた。ミス・マープルはにっこりほほえんだ。

「わたしもね、あなたは少し不公平だと思いますよ、ジョイスさん。もちろん、わたしの場合はちがいます。あなたにしても、わたしにしても女ですから、服装については目はしがききますからね。でも殿がたにこうした問題を出すのは、ちょっと酷じゃないでしょうかね。まあ、ずいぶん何度も早変わりをしたんでしょうねえ。なんてひどい女でしょう。それよりも悪どいのは男のほうですわね」

ジョイスはまじまじとミス・マープルを見つめた。

「ジェーン伯母さま――失礼――あのう、マープルさんと申しあげるつもりでしたのに。本当のところ、あなたは真相を何もかも、察しておいでみたいですわね」

「まあね、ここにこうして静かに坐っている第三者のわたしのほうが、現場にいあわせたあなたよりずっと楽に問題がとけるわけですね。それにあなたは画家ですから、とかく雰囲気に左右されやすいのね。こうして編みものをしながら坐っていますとね、事実だけがはっきり見えますのよ。吊した海水着から血が舗道にしたたり落ちたりね。赤い海水着なので、犯人たちは血のついていることに、気づかなかったんですわ、もちろん。かわいそうにねえ、まだ若いのに！」

「失礼ですが、マープルさん」とサー・ヘンリーが口をはさんだ。「どうも私にはなんのことか、かいもくわかりませんな、いっこうに。あなたがたお二人にはよく事情がわかっておいでらしいが、われわれあわれなる男どもはいまだに五里霧中というところですよ」

「じゃあ、結末を申しあげてしまいましょうね」とジョイスが口をひらいた。「それから一年後のこと、わたしは東海岸の小さな避暑地にまいりました。そこでスケッチをしていたとき、とつぜん、これとまったく同じケースが前にもあったという、妙な気持ちにおそわれたのです。目の前の舗道に男と女が立っていました。男がまっかなポインセチアの花柄の更紗《さらさ》の服を着たもう一人の女に声をかけているんですの。『キャロル、これはまた奇遇だな。何年になるかなあ。家内とは初対面だったね。ジョーン、ぼくの古い友だちのハーディングさんだよ』

わたしにはその男がすぐにわかりました。ラトールで会ったあのデニスではありませんか。妻のほうはべつな女でした――つまり今度はマージャリーではなくて、ジョーンだったのですが、若くてちょっと野暮ったく、およそパッとしないという点では、まるで同じタイプでした。わたしは一瞬自分の気がおかしくなったのかと思いました。三人は海水浴に行く相談をはじめました。わたしがどうしたかって？ すぐにその足で警察に行きましたわ。頭がおかしいんじゃないかと言われることは覚悟の上でしたけれど、じつはいいタイミングだったようです。ちょうどスコットランド・ヤードから刑事がわざわざ派遣されてきていましてね。というのは――ああ、お話しするのもこわいようよ――警察はデニス・デイカーがあやしいと感づきはじめていたのです。デニス・デイカーというのは本名ではありません。いろいろな折にいろいろな変名を使っていました。まず女の子と知りあいになる――きまっておとなしい、パッとしない、親類や友だちのあまりいない女性をえらぶ――そうして次々に結婚しては妻に巨額の保険金をかけて、それから――こわいお話、キャロルという女が本妻でしたのよ。夫婦でいつも同じ手口を使っていたんですわ。まあ、そこから足がついたということになりますけれどね。保険会社が疑惑をいだきはじめたんです。いつもどこか静かな浜辺に新妻をつれてやってくる。そこへもう一人の女が現われて、三人で海水浴に行く。それから新妻が殺されて、キャロルが奥さんの服に着がえて、男といっしょにボートに乗って帰ってくる。いつもこういう筋書きだったのね。それから、男が、キャロルがいないとさわいだあげくにそこを早々に発つ。車が村を出ると、今度はキャロルが手早くもとのけばけばしい服に着がえをし、顔にも前のとおり、こってり厚化粧をほどこして舞いもどり、自分の車で出て行くという段取り。デニスとキャロルは潮流の方向を前もって調べておいて、新妻の溺死がその海岸ぞいの次の海水浴場で起こったように見せかけるという計画でしたのよ。そこではキャロルが妻の役割を演じ、どこか人気のない海岸に出かけて、着ていた服を岩かげに脱ぎすてる。それからけばけばしい花柄の更紗の服を着こんでドロンをきめ、夫がくるまでどこかに身をひそめて待っていたんですわね。

かわいそうに、マージャリーを殺したときに、血潮がキャロルの海水着にはねかえったんでしょうね。もともと赤い海水着ですから、マープルさんもおっしゃったように、犯人たちはまったく気がつかなかったんでしょう。でも、バルコニーに干したので、血が下にしたたり落ちたってわけ。ああ、こわい」とジョイスは身ぶるいをした。「今でもその光景が目に浮かびますのよ」

「いやはや」とサー・ヘンリーが言った。「ようやく思い出しましたよ。本名をデイヴィスといいましたっけ。デイカーという変名を使っていたことがあるのを、つい度忘れしておったんですよ。じつに狡猾な夫婦でしたね。妻が替玉だということに一人として気づいた者のなかったのは呆れた話ですな。マープルさんも言われたように、人間は顔よりも服を記憶しているんでしょうね。それにしても巧妙きわまるたくらみでしたよ。当局としてもデイヴィスに疑いをかけてはみたものの、きまって申し分のないアリバイがあるようで、確証をつきつけることがひとかたならず、むずかしかったんですな」

「ジェーン伯母さん」とレイモンドはふしぎそうに伯母を眺めた。「どうしてそううまく当たるんだろう？　平穏しごくな生活をしているのに、伯母さんときたら、どんな事件が起ころうが、びくともしないようですねえ」

「わたしはね、この世の中に起こることは、すべて似たりよったりだと思うんですよ、そら、あのグリーンさんの奥さんね、子ども五人に先だたれた。どの子にも、たっぷり保険金がかけてありましたものねえ。どうしたってこれはおかしいと思いますよ」と首をふって、「村の生活にだってずいぶんといまわしいことがあるものですよ。この世の中がどんなに悪辣《あくらつ》か、あなたがた若い人たちが思い知らされずにすむといいと思いますけれどねえ」

第五話　動機対機会
Motive *v* Opportunity

ペサリック氏が、いつもよりもいっそう勿体をつけて咳ばらいをした。

「私のこれから申しあげようとしているささやかな問題は、これまでにいろいろとセンセーショナルなお話をうかがったあとですから、みなさんには少々退屈じゃなかろうかと思うんですがね」と弁解がましく言った。「私の事件には流血の惨事といったものは、いっさい出てこないんです。しかし、私としてはなかなか興味のある気のきいた問題だと思いますんでね。さいわい、たまたま正しい解答もわかっておりますし」

「やたらと法律用語の出てくるお話なんかじゃありませんでしょうね？」とジョイス・ランプリエールがきいた。「そちらのご専門のことばかり出てくる。たとえば一八八一年のバーナビ対スキナーの訴訟事件はこうだったとか、ああだったとかいった？」

　ペサリック氏はわかっていますよと言うような気のよい顔で眼鏡ごしにジョイスににっこりした。

「いやいや、マドモアゼル、その点のご懸念はご無用ですよ。私が申しあげようとしている話は、およそ単純なまともなものでしてね。法律にくわしくないお方でも、おわかりになるたぐいのものですよ」

「法律上のごまかしといったものじゃありますまいね？」とミス・マープルが編み棒をふって見せた。

「もちろんですよ」とペサリック氏が言った。

「さあ、どうですかしらね。でもまあ、お話をうかがうとしましょう」

「これは私の昔の依頼人に関する話なんですがね。まあ、名前は、かりにクロード氏としておきましょう――サイモン・クロードとね。この人は非常な財産家で、ここからほど遠からぬところに、大きな邸宅をかまえていました。息子を一人、大戦でなくしているんですが、この息子に忘れがたみがあったのです。まだ幼い娘でしたがね。母親はこの子が生まれるとすぐ世を去ったので、父親が死ぬと、祖父の家に来て、いっしょに暮らすようになったのですが、おじいさん、たちまちこの子にたいへん強い愛着をおぼえたのですな。なにからなにまで小さなクリスの言いなりほうだいでしたよ。大の男が小さな子どもにあれほど夢中になっているところは、あとにも先にも見たことがありませんな。十一の時にこの子が肺炎を併発して死んだときのクロードの身も世もない悲しみようといったら、お話にもなんにもならないくらいでした。

サイモン・クロードは気の毒に以来、ひきこもって過ごすようになりました。たまたま、弟が一人、貧乏のあげくに死にましたので、サイモンはその子どもたち——グレイスとメアリという二人の娘と、ジョージという息子ですが——にこの家を自分の家と思って暮らすようにと、親切に申し出てやったのです。さてクロードはこの甥や姪たちにたいして、いつも親切で、物惜しみしませんでしたが、小さな孫娘に示したような愛着はついぞ見せたことがなかったのでした。ジョージ・クロードは近くの銀行に職を見つけてもらいましたし、グレイスはフィリップ・ガロッドという名の若い優秀な科学者と結婚しました。もの静かで控えめなたちのメアリは家にいて、伯父の世話をしました。この娘は彼女一流の静かな控えめな愛しかたで伯父をたいへん愛していたらしいのです。申し分なく平和な明け暮れがしばらくはつづきました。そうそう、小さなクリストベルが死んだあとで、サイモン・クロードが私のところにやってきて、新しい遺言状をつくってほしいと言ったことがありましたっけ。この遺言状によりますと、彼の死後、財産——これがなかなか巨額のものなのですが——は甥と姪たちのあいだで等分に分配されることになっておったのでした。

時がたちました。ある日たまたまジョージ・クロードに会いましたので、しばらく会っていないサイモンのことを訊いてみました。おどろいたことにジョージは顔を曇らせて、『あなたからなんとかサイモン伯父に、ものの道理を説いていただけるとありがたいんですが』とうちしずんだ様子で言うのです。かれの正直な、しかし、あまり才気煥発とはいえない顔は、困惑に曇っていました。『例の降霊術というやつが、近ごろはもう日ましにひどくなっていましてね』

『降霊術というと？』とわたしは驚いてききかえしました。

そこでジョージが一部始終を話してくれたのです。クロード氏はかねて降霊術に興味をひかれていたが、たまたま、アメリカ人の霊媒でユーリディス・スプラッグという女に行き合った。ジョージはこの女をとんでもないいかさま師だときめつけていましたが、この女がサイモンに対してたいへんな力を持つにいたったというのです。ほとんど四六時中邸にいりびたりで降霊術の会がひっきりなしに開かれ、なきクリストベルの霊魂が孫を溺愛している祖父に現われるというのでした。

ここで申しあげておいたほうがよいと思うのですが、私は降霊術というものを頭からばかにしたり、嘲ったりする手合いとはちがいましてね。私は前にも申しあげたように、

証拠というものをたいへん重んずる人間です。降霊術が信頼するに足るものだというこ
とを裏づける事実を公平な目でよくよく検討してみれば、まやかしだなどとかるがるし
くかたづけられぬ要素がいろいろと残るんじゃないかと思うわけです。ですから、まあ、
信じているとも言えないし、信じていないとも言いきれないんですよ。ぬきさしならぬ
証拠もありますのでね。
しかし、その一方、降霊術というやつは、とかくいろいろの詐欺、ペテンに利用され
るかたむきがありますな。ジョージ・クロードがこのユーリディス・スプラッグという
ばあさんについていろいろと話してくれるのを聞くうちに、私はサイモン・クロードは
どうやらうまいこと、たぶらかされているらしい、ミセス・スプラッグという女はおそ
らくひとすじ縄ではいかぬペテン師だろうと確信するにいたったのです。実務上のこと
にかけてはしごくぬけめのない老人も、ひとたび死んだ孫に対する愛情がからむと、そ
れこそ、他愛もなくだまされてしまうのでしょうからね。
考えるほどに私は不安になりました。私は若いクロードたち、つまりメアリとグレイ
スとジョージに対して好意をもっていました。このミセス・スプラッグがそんなにも大
きな影響力を彼らの伯父におよぼしているのだとすると、これはさきざき面倒なことに
なりはしないかと危惧したのでした。

そこでできるだけ早い機会に、私は口実をもうけてサイモン・クロードを訪問しました。私が行ったときにもミセス・スプラッグは親しいながらも大切なお客として下へもおかぬもてなしを受けていました。彼女を見たとたんに、私はかねての懸念があたっていると感じたのでした。彼女はふとった中年の女で、けばけばしい服装をしていました。〝すでに世を去ったいとしい人たち〟とかなんとか、陳腐なきまり文句を並べたてていましたっけ。

邸には、ミセス・スプラッグの夫という男も滞在しておりました。アブサロム・スプラッグといって、ゆううつそうな顔、こそこそした目つきのやせた男でした。私はできるだけ早い機会をとらえてサイモン・クロードと二人きりになって、怒らせないように気をくばりながら、この問題について探りを入れてみました。それはもう、たいへんなのぼせかたでしたな。ユーリディス・スプラッグはまったくすばらしい女性だ！　彼女こそ、自分の祈りにこたえてつかわされた天来の使者だ！　金銭的な利害などはまったく眼中にない。悩める魂を助けるという喜びこそ、自分の唯一の報酬だと言っている。小さなクリスに対しては、まるで母親のように暖かい気持ちをもっていてくれる。自分も今では彼女がじつの娘のような気がするほどだ。こういった讃辞をさんざんならべたあげくに、降霊術についてくわしい話をはじめたのです――かわいいクリスの声が話すのをこの耳でしかと聞いたこと、両親といっしょにたいへん元気にしあわせに暮らしていると話してくれたことなどを。サイモンはまた、クリスが示したほかのさまざまな感情についても語りました。もっとも話のふしぶしには、わたしの記憶にあるクリストベルから考えて、どうも納得のいかない点が多々あるように思われたのでしたが。たとえばクリストベルは、『お父さまもお母さまも、スプラッグさんが大好きなのよ』と、とくに強調したということでしたがね。

『しかし、むろん、きみは、こういったたちのものは軽蔑するんだろうね、ペサリック？』とサイモンは話の途中でふと言いました。

『いや、軽蔑なんぞするものですか。とんでもない。降霊術について書いている人たちのうちにも、こちらがためらわずに信用できるような人たちがいますよ。そういう人たちの推薦する霊媒でしたら、私だってさしずめ、尊敬も信用もするでしょうよ。ときに、このミセス・スプラッグという人も、その意味でたしかな人物なんでしょうな？』

サイモンはまたまた夢中になって、ミセス・スプラッグのことをほめちぎりました。彼女はまったく神意によって自分の所につかわされたとしか考えられない。夏に二カ月ばかり滞在した湯治場で知りあったのだが、その偶然の出会いから、なんとすばらしい結果が生まれたことか――などと。

私はたいへん不本意な気持ちで、クロード家を辞しました。一番心配していたことが起こったのです。しかし、どうしたものか、見当もつかない。考えあぐんだ末に、私はフィリップ・ガロッドに手紙を書きました。つい先ごろ、クロードの下の姪のグレイスと結婚した男です。わたしは彼に一部始終をくわしく書いてやりました。注意して用心深い言いかたをしたことはもちろんですが、とくに、こういったたちの女性が老人に対して精神的に影響力をおよぼす、ということがはらむ危険を指摘しました。そしてできることなら、どこかちゃんとした降霊サークルにクロード氏が接触できるようにはからってあげるとよいのだがと書き送ったのです。フィリップ・ガロッドならこうしたことを、比較的たやすく取りはからうことができるのではなかろうか、と考えたからでした。

ガロッドはすぐさま行動を開始しました。私は知らなかったのですが、彼はサイモン・クロードの健康状態がきわめてあぶなっかしいということを知っていました。実際的な男でしたので、彼は自分の妻やその姉弟が伯父から正統に相続すべき財産を、みすみす他人がさらっていくのをだまって見ている気などなかったのでした。ガロッドは、翌週やってきました。彼がお客としていっしょにつれて来たのは、たれあろう、有名なロングマン教授そのひとだったのです。ロングマンは当代一流の科学者で、この人が降霊術に関心をもっているために、降霊術が尊重されるようになったというほどでした。すぐれた科学者であるばかりでなく、じつに率直な、正直な人物だったのです。

　ところがこの訪問はなんとも残念な結果におわりました。ロングマンは滞在中はほとんど意見を述べなかったようでした。降霊術の会は二度開かれました――どんな状況のもとで行なわれたのか、これはわたしも存じません。滞在中はべつになにも言いませんでしたが、ロングマンは辞し去ってからフィリップ・ガロッドあてに一通の手紙を書いてよこしました。この中で彼はミセス・スプラッグが詐欺師かどうか、はっきり見きわめをつけるわけにはいかなかったが、自分としてはあの心霊現象はどうもほんものではあるまいと考えると書いていたのです。ガロッド氏の考えで、もしその方がよいと思われれば、この手紙を伯父上に見せてもさしつかえない。なんなら自分がはからって、クロード氏が申し分なく信用のおける霊媒に会えるようにしてもいいがというのでした。

　フィリップ・ガロッドはこの手紙をすぐさま伯父のところに持って行きました。結果はしかし、彼の予想に反したのです。老人はたちまち、烈火のように怒りだしました。なにもかもミセス・スプラッグの信用をおとそうというたくらみだ。聖女のようなあの人を中傷しようというのだ。この国には自分にたいしてひどい嫉妬心をいだいている人たちがいると、あの人自身かねがね言っていた。ロングマンだって、詐欺と見きわめをつけるにはいたらなかったともらしているではないか。ユーリディス・スプラッグは私の生涯のもっとも暗い時期に、助けとなぐさめをあたえてくれた。たとえ家族のすべてとけんかをすることになろうとも、自分はあくまでも彼女の味方として立つつもりだ。あの人は私にとって、世界じゅうの誰にもまして大切な人なのだ。こういったぐあいだったのです。

フィリップ・ガロッドはすげなく邸からつき出されてしまいました。しかし、あまり腹を立てたからでしょう。クロード自身の健康がはっきりおとろえはじめたのです。最後の一カ月はほとんど床についたきりで、死の手が解放してくれるまでは、どうやら寝たきりで残る日々を送るのではないかとあやぶまれるようになりました。フィリップが立ち去ってから二日後に、わたしは彼から緊急の呼びだしを受けて、いそいで邸に行きました。クロードは床についていましたが、しろうと目にもいかにも弱っているらしく見えました。呼吸が苦しそうでした。

『もう今度はだめだよ。そんな気がする。いや、打ち消してくれるにはあたらないよ、ペサリック。しかし、死ぬ前に私は、世界じゅうの誰よりも私につくしてくれた一人の人に対する義務をはたしておきたいと思うんだ。新しい遺言状を作りたいんだがね』

『承知しました。ご指示をうけたまわっておいて、書式を作ってお送りしましょう』

『それではだめだ。今夜のうちにどんなことが起こらないともかぎらない。私のしてほしいことはここに書いておいた』と枕の下をさぐって、『これでいいかどうか、見てくれたまえ』

　こう言って、鉛筆でなぐり書きをした一枚の紙を取り出しました。二人の姪と甥にはそれぞれ五千ポンドずつ残す、そして巨額の財産の残りはそっくりそのまま、〝感謝と敬意のしるし〟としてユーリディス・スプラッグに贈るというのでした。

　これはどうも困ったことになったと思いましたが、いたしかたありません。病的な精神状態だから無効だというようなことは、この場合、まるであてはまりません。老人の気はまったくたしかだったのですからね。

　サイモンはベルをならして二人の使用人をよびました。二人はすぐにやってきました。メイドのエマ・ゴーントは背の高い中年の女で、長年この邸に奉公し、献身的にクロードの看護にあたっていました。このメイドといっしょにコックがまいりました。このほうは三十ばかりの、元気のよい、なかなかの器量よしでした。サイモン・クロードはもしゃもしゃした眉毛の下から二人をきっと見すえました。

『おまえたち二人に、遺言状の証人になってほしいんだ。エマ、わしの万年筆を持ってきてくれ』

　エマは言われるままに書物机のところへ行きました。

『左側じゃあないぞ』とサイモン老人はいらいらと言いました。『右のひきだしだってことぐらい、知っているはずじゃないか？』

『いえ、ここにございましたよ、だんなさま』と言ってエマは万年筆を出して見せました。

『じゃあ、おまえが間違えてかたづけたんだろう。きまりの場所にものがおいてないということは、わしには我慢がならんのだ』

ぶつぶつ言いながら、万年筆をエマの手から取りあげて、クロードは私が修正した下書きを新しい紙にうつしました。写しおわると、エマ・ゴーントとコックのルーシー・デイヴィッドが署名しました。それを私がたたんで、長い青封筒にいれたのでした。こうした急の場合なので、普通の用紙を使ったのです。

メイドたちが引きさがろうとしたとき、クロードがはっと急にあえいで顔をひきつらせ、枕にもたれかかりました。私が心配して彼の上に身をかがめますと、エマ・ゴーントがすばやくもどってきました。でも老人はもちなおして、弱々しくほほえみました。

『なんでもないんだ、ペサリック、心配しないでくれ。前々からしたいと思っていたことをすませたんだから、もういつでも安心して死ねるよ』

エマ・ゴーントはさがってもいいだろうかと問いかけるように私の顔を見ました。私がうなずくと、エマは部屋を出て行きました。通りすがりに、さきほどあわてたあまりに私が取り落としたあの青封筒を床からひろいあげました。私はエマの手からこれを受け取って、上着のポケットにしまったのでした。

『気を悪くしているんだろう、ペサリック』とサイモン・クロードが申しました。『きみもほかの連中同様、偏見をもっているんだな』

『偏見とかなんとかいうことじゃないですよ。スプラッグ女史のことはまあ、額面どおりに受け取ってもいいかもしれません。あなたが感謝のしるしとしてちょっとした遺産を残されたところで、私はけっしてとやかく申しません。しかし、率直に言いますとね、クロードさん。赤の他人によくして、あなたご自身の血につながる人たちをないがしろにすることは感心しませんな』

これだけ言って、私は暇《いとま》をつげたのでした。私としてはできるだけのことをし、言うだけのことを言ったつもりだったのです。

メアリ・クロードが応接間から出てきて、ホールで私と顔をあわせました。『お帰りになる前に、お茶をいれますわ。どうぞ、こちらへ』と応接間に案内してくれました。

炉には火が燃え、部屋は、いかにも居心地よさげでした。メアリが私のオーヴァーを脱がせているところに、弟のジョージが入ってきました。ジョージは私のオーヴァーを姉の手から引き取ると、部屋の隅においてあった椅子の上にかけて、もう一度炉の前に戻って、私たちといっしょにお茶を飲みました。お茶のあいだにクロード家の地所のことが話題にのぼりました。サイモン・クロードはわずらわしがって、いっさいの裁量をジョージに任せていたのでした。ジョージとしては自分自身の判断でことを処理するということを少々苦にしていました。そこで私が言いだして、お茶のあとで書斎に席をうつし、問題の書類を調べてみました。メアリ・クロードも同席しました。

十五分ほどして、私は帰り支度をしました。応接間にオーヴァーコートを置いてきたのを思い出したので、取りに行くと、部屋にいたのは例のミセス・スプラッグひとりで、オーヴァーの乗ってる椅子の脇に膝をついていました。椅子カヴァーのクレトン更紗を用もないのに、何やらしきりにいじくっているようすです。われわれが入って行くと、真っ赤な顔をして立ちあがりました。

『このカヴァーはちっともぴったりしませんのね。ほんとにまあ、わたしだったらもっと具合のいいカヴァーを自分で作りますわ』

私はオーヴァーを取りあげて着ました。ふと見ると遺言状をいれた封筒がポケットから床の上に落ちています。私はそれをまたポケットに納めて、いとまを告げたのでした。

事務所に着いた後の私の行動をくわしく申しあげておきましょうか。まずオーヴァーを脱いで、ポケットから遺言状を取り出しました。封筒を手にしてテーブルのそばに立っているところへ、事務員が入ってきました。誰かから電話がかかってきたのだが、デスクの上の内線電話が故障しているのでと申します。そこで、私は彼について表側の事務室に行き、五分ばかりで話をすませてもどってきました。

事務室を出ると、さっきの事務員が待っていました。

『スプラッグ氏がおいでです。事務室にお通ししました』

スプラッグ氏はテーブルの脇に坐っていました。立ちあがってお世辞たらたら挨拶をし、くどくどととりとめのない話をはじめるのでした。つまり、自分たち夫婦の立場をなんとか弁解しようというわけなのでしょう。まわりでいろいろ取りざたしているのではないかとか、自分の妻は赤ん坊のころから純真な心の持ち主で、つねに無私の動機から行動するたちだなどと意味もないことを申します。私の方では、いささかそっけない応対をしたように思います。とうとう彼も、この訪問が思ったようにはかばかしくはこばないのに気づいて、少々だしぬけに暇《いとま》を告げました。そのあとで私は、遺言状をテーブルの上に置きっぱなしにしておいたのを思い出して、取りあげるなり封印をし、上書きを書いて、金庫の中にしまいこんだのでした。

さて、これからが話のやまなんですよ。サイモン・クロードは二カ月後に逝去しました。私としては長ったらしい議論をここでいたそうとは思いません。ただ、ありのままの事実だけを申しあげましょう。封印をした遺言状入りの例の封筒を開けてみますと、なんと中には一枚の白紙が入っているばかりだったのですよ」

ペサリック氏は興味ありげに耳をかたむけている一座を見わたして、言葉を切った。何かおもしろいことでもあるらしく、微笑をうかべていた。

「問題点はおわかりいただけたでしょうな、むろん。二カ月間というもの、その封筒は私の事務所の金庫の中におさまっておったのです。そのあいだに誰かが細工したというような可能性はまったくありません。いや、不審な点があったとすれば、ごく短い期間に限定されるのですよ。遺言状が署名されてから私の金庫にしまわれるまでのね。さて、いったい誰がそんな機会をもっていたでしょう？　そしてまたそれはいったい誰を益する行動だったでしょうか？

要点をかいつまんでもう一度申しあげましょう。遺言状はクロード氏によって署名され、私自身がそれを封筒に入れたのです。ここまでは問題ありません。私のオーヴァーコートはメアリが引き取ってジョージに渡したのですが、私はジョージがそれを椅子の上に置くまで、じっと目をはなさずに見ておりました。私が書斎にいたあいだにユーリディス・スプラッグ夫人が封筒をポケットからぬき出して、たぶん中身を読んだんでしょうな。それだけの時間はあったわけですし、封筒が下に落ちていたところから見て、どうもそうらしいと思われます。しかし、奇妙なのはですね、彼女としては、遺言状を白紙と取りかえる機会は重々あったわけですが、動機となると皆無です。あの遺言状は彼女にとって有利なものでしたし、白紙と取りかえるなんて、かねがねねらっていた財産をふいにするようなものですからね。スプラッグ氏についても同じことが言えます。彼にも機会はあったわけです。問題の遺言状の置いてある私の事務室に数分間、一人で坐っておったのですから。しかしですね、この場合にもやはりそんなことをして何になるという問題が出てくるのです。つまりわれわれは奇妙な問題に当面しているわけです。遺言状を白紙とすりかえる機会をもっておった二人はその動機を持ち合わせていなかったし、また動機をもっていた二人の人間には機会がなかったということです。ついでながら申しあげておきますが、わたしはメイドのエマ・ゴーントも容疑者から除外しようと思いませんでした。若主人のジョージやメアリに対して非常に献身的な愛情をもっていましたし、ミセス・スプラッグのことを嫌いぬいておりましたからね。思いついていたら、すりかえぐらい、わけなくやれたと思われます。しかし、封筒を床から拾いあげてわたしに返してくれた際に中身をどうこうする暇はなかったはずですし、手品のような早業ですりかえることができたわけはありません（どうせ、そう器用なたちではなかったでしょうしね）。なぜって、問題の封筒は私が持参したものですし、その部屋にいた誰かが、同じようなものを偶然にもう一つ持ち合わせていたなんて、およそありえないことでしょうから」

ペサリック氏は満面に笑みをたたえて一座を見わたした。

「さて、これが私のささやかな問題です。ご納得が行きましたかな？　みなさんのご意見をうかがわせていただきたいものです」

ミス・マープルがだしぬけにクスクスと笑いだしたので、一同はあっけにとられた。なにかひどくおもしろいことでもあるらしい。

「いったい、なんですか、ジェーン伯母さん？　なにがおかしいのか、教えていただきたいものですね」とレイモンドが言った。

「わたしはね、小ちゃなトミー・サイモンズのことを考えていたんですよ。なかなかの悪たれ小僧ですけれど、でもときによるととてもおかしいんですよ。無邪気な子どもらしい顔をしているくせに、しょっちゅうなにかしらいたずらばかりやっているって子がよくいましょう？　今、ふっと思い出したんですけれどね。先週、この子が日曜学校で、『先生は卵の黄味が白いっていう？　それとも卵の黄味は白いっていうの？』ってきいたんですって。そこでダーストン先生が、『卵の黄味は白いっていいますよ』と説明なさると、どうでしょう、このいたずらっ子は、『ふうん、ぼくならね、卵の黄味はきいろいっていうな！』といったものです。しようのない子ですわねえ。もちろん、むかしからよくあるあげ足とりですわ。わたしも、子どものころから知ってましたよ」

「愉快な話ですね、まったく。しかし、ジェーン伯母さん」とレイモンドがおだやかに口をはさんだ。「その話はペサリックさんが話してくださった興味ぶかい事件とはなんの関連もなさそうに見えますがね」

「ありますとも。巧妙なトリックという点がね。ペサリックさんのお話もそうですわ。本当に弁護士さんらしいお話でしたこと！　こちらさんの隅におけないったら！」こう言ってミス・マープルは、非難するように首をふって見せた。

「はて、ほんとにおわかりになったんですかな？」と弁護士が目をキラリと光らせて言った。

ミス・マープルは一枚の紙きれに二言三言走り書きをしてたたみ、それを向かい側のペサリック氏のところに回した。

ペサリック氏は紙きれを開いて書いてある文句を読むと、感心したようにつくづくと彼女の顔をうち眺めた。

「マープルさん、いったいあなたにおわかりにならないことが、この世の中にあるんでしょうかね？」

「子どものころに知っておりましたのでね。自分でも使っていたずらをしたものですわ」

「どうも、私にはこの問題はとけそうにありませんな」とサー・ヘンリーが言った。

「ペサリックさんは何かこう、気の利いた法律上の切り札でもかくしておられるんじゃありませんかな」

「いやいや、とんでもない。これはまったく公明正大なまともな問題でしてね、マープルさんのおっしゃったことは、どうか気になさらんように。この方一流の見方をしておいでになるんですから」

「真相がつかめないわけはないですよ」とレイモンド・ウェストが少しむかっ腹を立てたように言った。「事実は明快しごくなんだ。封筒にさわった人間は五人。スプラッグ夫妻は明らかに封筒をいじくる機会はあったわけだが、これまた明らかにそんなことをするいわれがない。とすると残りは三人だ。さて、奇術師は観客の見ている前で驚くようなことをやってのけますね。つまり、ジョージ・クロードがオーヴァーを部屋の向こうの隅まで持って行くあいだに、何とか中身をすりかえたのかもしれない、ぼくはそんなふうにも思うんですがね」

「わたしはね、そのメアリというお嬢さんだと思うわ。メイドがお家の一大事とばかりとんで行って、お嬢さんに話したのよ。そこでメアリ・クロードがべつな青い封筒をもってきてすりかえたんですわ」

サー・ヘンリーが首をふった。

「わたしはあなたがたお二人のどちらのご意見にも賛成しませんな」とゆっくり言った。「そういった種類の芸当は奇術師のやること、それも舞台や小説の中でやることで、実際問題としちゃあ、不可能なんじゃないかと思いますよ。とくにこちらにおいでのペサリックさんのような、慧眼《けいがん》の士の前ではね。しかし、今ふっと思いついたことがありますす。むろん、ほんの思いつきですがね。ロングマン教授がついその少し前に邸を訪問したということ、その際、あまり多くを語らなかったということがありましたね。スプラッグ夫妻はこの訪問の結果について、当然気をもんだでしょう。サイモン・クロードが二人に自分の真意をあかさなかったとすると（たぶん、何もいわなかったと想像されるんですがね）、そうすると、ペサリックさんがクロード氏に呼ばれたということについて、連中はまったくべつな見かたをしたかもしれんのですよ。クロード氏はすでにユーリディス・スプラッグに有利な遺言状を作っておった。ロングマン教授の意見をきいた結果、新しい遺言状を彼女を除外するという目的で作成したのだ、こう彼らは思いこんだのかもしれませんな。それともフィリップ・ガロッドが、あなたがた法律家のいわゆる骨肉の権利を伯父にむかって主張し、とかくの感銘をあたえたのかもしれないとね、とすると、まあ、仮にですね、ミセス・スプラッグがすりかえをたくらんでいたと仮定しましょう。彼女はそれをうまくやってのけたのですが、運の悪いときにペサリックさんがはいって来られた。そこで最初の遺言状を読む暇もなく、気づかれてはたいへんとあわてて暖炉の火の中で焼いてしまったという解釈ですがね」

ジョイスが断乎として首をふった。

「読みもしないで焼くなんてことは、ぜったいにありませんわ」

「どうも根拠薄弱らしいですな」とサー・ヘンリーはあっさり認めた。「いや、ペサリックさんにしてもまさか神の摂理の御手になりかわって一役演ずるというようなことは

――まあ、されなかったでしょうしね」

冗談半分だったのに、小男の弁護士は威厳をそこなわれたとばかり、きっとなった。

「とんでもないことをおっしゃいますね」

「ペンダー君はどう思いますか？」とサー・ヘンリーが言った。

「私はどうも、あまりはっきりした考えはもっておりませんがね。すりかえたのはミセ

ス・スプラッグか、その夫の仕事で、今サー・ヘンリーが言われたようなことがまあ、動機じゃないんですかね。ペサリックさんが帰られた後にはじめて遺言状を読んだが、今さら自分の行動を率直に釈明するわけにもいかなくなってしまった。ちょっとしたジレンマですな。そこでクロード氏の死後に発見されるだろうと、それを頼みに老人の書類の中へでもはさんでおいたんじゃありませんか？　どうして発見されなかったのか、それはわかりませんがね。これはほんの臆測にすぎませんが、エマ・ゴーントが見つけて、若主人たちへのはきちがえた忠誠心からやぶいてしまったのではないでしょうかね？」

「わたしは、ペンダーさんのお答が一番当たっていると思いましてよ」とジョイスが言った。

「当たっていまして、ペサリックさん？」

弁護士は首をふっていった。

「では話のつづきを申しあげるとしましょう。私自身、まったく啞然として、狐につままれたような気持ちでした。自分の力では真相などとても――まあ、わからなかったでしょうがね。いわば、蒙をひらいてもらったんですよ。それもなかなか気のきいたやりかたでしたな。

それからひと月ばかりして、私はフィリップ・ガロッドに招かれていっしょに食事をしました。食事のあとでよもやまの話をしている時に、ガロッドがふっと、最近知るところとなったのだがと前置きして、あるおもしろい事件について話しはじめたのです。『これについてお話し申しあげたいことがあるんですがね、ペサリックさん。むろん、ごく内々で』

『うかがいましょう』と私は答えました。

『わたしの友人に、親類から遺産をゆずられることを期待していた男がいるんですが、どこからみてもろくでなしのべつな人物に遺産をゆずる心づもりをその親類がしているということを知って、ひどく気をもんだのですな。この友人は目的のためには手段などえらばないという傾きが少々ありましてね。その親類の家には、遺産の正当な相続者であるこの男の利益の擁護に非常に忠実なメイドが一人いたのです。彼はこのメイドに簡単しごくな指示を与えました。まずインクを入れた万年筆を渡したのです。これを主人の部屋の書物机のひきだしに入れておくように、ただし、いつもペンを入れておくのとはちがうほうのひきだしに入れなさい、と言いました。もしも主人が何か書類に署名する場合、その証人になってほしいと頼まれるようなことがあったら、そして万年筆をもってくるようにと言われたら、いつものではなく、それとそっくりのこの万年筆を渡してもらいたい、こう言ったのです。メイドのすることというのはただそれだけでした。このメイドは忠実な女でしたから、ほかにはこれといって何もいいつけませんでした。言われたとおりに行動しました』

ここまで話してきたガロッドは言葉を切って言いました。

『こんな話は退屈じゃないでしょうか、あなたには？　いかがです、ペサリックさん？』

『どうしてどうして。非常におもしろくうかがっておりますよ』

私たちはじっと目と目を見あわせました。

『この友人は、むろん、あなたのご存じない男です』

『むろんね』と私は答えました。

『とすると、さしさわりもないわけですね？』とフィリップ・ガロッドは申しました。

少ししてから彼はふとほほえみながら言いました。『おわかりですか？　その万年筆にはいわゆる消えるインクというやつがはいっていたのですよ――澱粉の溶液にヨードを二、三滴たらしたものです。こうすると濃いブルーの液体ができますが、これで書いたものは四、五日もすればすっかり消えてしまうのです』

ミス・マープルがクスクス笑った。

「消えるインク。存じておりますわ。子どもの時分にはよくわたしもいたずらしたものでしたっけ」

こう言って彼女は一座をにっこりと見わたしたが、もう一度、ペサリック氏にむかっておどかすように指をふって見せた。

「それでもやっぱりトリックはトリックですわね、ペサリックさん。とても弁護士さんらしい」

第六話　聖ペテロの指のあと
The Thumb Mark of St Peter

「さあ、今度はジェーン伯母さん、あなたの番ですよ」とレイモンド・ウェストが言った。

「そうですわ、ジェーン伯母さま、こんどこそ、きっとなにか気の利いたお話がうかがえると思って、みんな、楽しみにしておりますのよ」とジョイス・ランプリエールがあいづちをうった。

「まあ、あなたたちったら、二人してわたしをいい笑いものにしているのね」とミス・マープルはおだやかに言った。「こんなへんぴな場所でばかり暮らしてきたおばあさんだから、取り立てておもしろい経験なんか、したことがないだろうとお思いでしょうにね」

「村の生活が平穏無事だなんて、とんでもない」とレイモンドが熱心に言った。「あなたからさんざんぞっとするような話をうかがったあとじゃないですか。このセント・メアリ・ミードにくらべれば、広い世間なんぞ、甘っちょろい、平和なところですよ」

「まあね、人間なんて、所こそことなれ、どこでもほとんど変わりありませんからね、いうまでもないことだけれど。こうして村に暮らしていますと、ごく近くでそれを観察する機会にめぐまれるのね」

「あなたってほんとうにめずらしい方ですのね、ジェーン伯母さま。わたしまでいっしょになってこんなふうに伯母さまだなんてお呼びして失礼だとはお思いになりませんかしら？　なぜか、ついそうお呼びしてしまいますの」

「どうしてだか、おわかりにならなくて、ジョイスさん？」

ジョイスは一、二秒、何となく妙な表情で相手の顔を見あげていたが、急に両の頬をさっと染めた。レイモンド・ウェストがもじもじと身動きをして、いささか当惑げに咳ばらいをした。

ミス・マープルは二人を見やって、もう一度にっこりしたが、また編みものに注意をもどした。

「ほんとうにね、わたしは世間でよくいう無事の人の暮らしをしてきましたわ。けれどもこれでも、村で起こったちょっとした問題を解いた経験が一再ならずありますのよ。中にはほんとにおもしろいものもありましてね。でも、そんなことをいちいちお話ししたところで、べつにどうってこともないでしょうしねえ。あなたがたには興味もないようなことばかりですもの。たとえば――ジョーンズさんの奥さんの買物袋を切ったのはだれだとか、シムズさんの奥さんが新調の毛皮のコートをたった一度着たきりなのはどういうわけだとかね、人間性を研究する者にとっては、とてもおもしろい題材ですわ。そう、あなたがたがおもしろがってくださるような話といえば、まあ、わたしの姪のメイベルの夫のことでしょうかね。

あれももう十年か十五年前のことになりますわ。ありがたいことに、あの事件も今は万事すっかりかたがついて、ほとんど忘れられています。人の記憶なんてほんのつかの間ですのね――それだからありがたいって、わたし、いつも思うんですけれど」

ミス・マープルはふと言葉を切って、あとはぼそぼそとひとりごとになってしまった。

「この段の目数を数えなければいけないわ。目を減らすところがちょっと厄介なんですの。一つ、二つ、三つ、四つ、五つ、それから三目裏編みをして。そう、これでいいんだわ。さてと、なんのお話でしたっけ？　ああ、そう、メイベルのことでしたわね。メイベルはわたしの姪ですの。いい娘でしてね、ほんとうに。でもなんて申しますか、少し足りないんですの。メロドラマティックなことが好きで、取り乱すと心にもないことまで、つい言ってしまうってたちで。二十二の時にデンマンという男と結婚しましてね。これがどうも幸せな結婚ではなかったんじゃないかと思いますのよ。わたしなど初めから、ただのおつきあいに終わってくれればよいがと、心から願ったものでしたっけ。デンマンという人は気性の非常にはげしい人で――メイベルのような欠点だらけの娘などとはとても添いとげられそうにないように見えましたのでね――それに精神障害の血すじもあると聞いていましたし。でも、女の子なんていつの世にも、いったんこうと思いこんだら最後、てこでも動きませんからねえ。メイベルはデンマンととうとう結婚してしまったのでした。

結婚してからというものは、わたしもそうちょいちょいメイベルに会うこともありませんでした。一、二度泊まりがけできたことはありましたし、あちらでも数回招いてくれましたけれど、じつを言いますと、わたしはよその家に泊まるのはあまり好みませんの。それでいつも何やかや口実をもうけて、行かなかったのです。結婚して十年たったときに、デンマン氏がぽっくり死にました。子どももありませんでしたし、遺産はそっくりメイベルの手に残りました。もちろん、わたしは悔やみの手紙を書いて、もしメイベルが望むなら行ってあげるがと、きいてやりました。けれども、メイベルはたいへんしっかりした返事を書いてよこしましてね。それを読んでいるうちにわたしはふっと、当人はそれほど悲嘆にくれているわけでもないんじゃないかと思ったものでしたよ。それも当然のことだとわたしは思いました。あの夫婦はもうかなり長いこと、折りあいがよくなかったんですしね。ところが、かれこれ三ヵ月ばかりたったある日のこと、わたしはメイベルからたいそうヒステリカルな手紙をもらったのです。来てもらいたい、ちょっと厄介なことがあるのだが、近ごろ、事態がますますひどくなって、もう自分には我慢しきれないというのです。

そこでわたしはお手伝いのクララにそれなりの手当を渡し、銀食器とそれから家宝のチャールズ二世時代のジョッキを銀行にあずけて、すぐさま出かけました。行ってみると、メイベルはひどく神経をたかぶらせていました。マートル・ディーン荘というその家はかなりに広く、調度などもなかなか居心地よくできていました。コックとお手伝い、それにデンマン老人——つまりメイベルのしゅうと——の付き添い看護婦、これだけが使用人でした。この老人は頭が少しおかしかったのです。しごくおだやかで、乱暴をするわけでもないのですが、折々、まぎれもなく妙なふしぶしが見うけられました。前にも言いましたように、デンマン家には精神障害の血統があったのです。

わたしはメイベルの変わりように、心底驚きました。神経がひどくたかぶっているのです。でもいったいどうしたのか、打ち明けさせようと思っても、なかなか言わないので、ほとほと手こずってしまいました。こういうときによく使う手ですけど、遠まわしに問いかけて、やっと聞きだすことができました。まずメイベルの手紙の中によく名前の出てきた友人のギャラハー家の人たちのことをたずねてみたのです。ところが驚いたことに、近ごろではさっぱり会っていないという返事です。ほかの友だちのことをきいても、同じことでした。そこでわたしは、そんなふうに一人でとじこもってくよくよしているなんて、ばかもはなはだしい、ことに友だちとまで疎遠になってしまうなんてと言ってやったのです。するとメイベルは、パッとせきを切ったように本音を吐きはじめたのでした。

『あたしじゃありません。みんな先方なんですわ。この辺の人であたしと口をきこうなんて親切気のある人は、ただの一人だっていないんです。あたしが大通りを歩いていると、顔をあわせて口をきかないでもすむように、みんなよけるようにして行ってしまうんです。悪い病気にかかってるみたいにね。ああ、いや、もうとても我慢できないわ。いっそ家を売って外国へでも行ってしまうほかないんだわ。でもあたしがこんなふうに自分の家から追い出されなくちゃならないわけがいったいどこにありますの？　悪いことなんか、何一つしてやしませんのに』

わたしは申しあげようもないくらい、気をもみました。ちょうど、ヘイさんのお宅のお年よりのえりまきを編んでいたんですけれどね、あまり心配したので、つい二目ばかり落として、ずいぶん長いこと気づきませんでしたわ。

『まあ、メイベル、びっくりするじゃありませんか？　いったい、どういうことなの？』

まあね、小さい時分からメイベルという子は扱いにくい子でしてねえ。正面切った返事をさせるにはいつも手間がかかったものでしたわ。意地の悪い噂をする人たちがいてとか、どうせ、噂話をするほか用事もない暇人の言うことだからとか、ろくでもない考えをやたらにほかの人たちに吹きこむ連中がいるのだとか、漠然としたことばかり申しましてね。

『そんなことはわかっていますよ。あなたのことでなにか妙な噂がとんでいるんでしょう？　それがどんな噂か、それはあなたにははっきりわかっているにちがいありませんよ。さあ、わたしに話してておしまい』

『そりゃあ、ひどい噂ですの』とメイベルはうめくように言いました。

『わかりきったことですよ』とわたしはテキパキと言ってやりました。『人間についてどんなひどいことをきかされたって、今さら驚きも呆れもしませんよ。さあ、メイベル、あなたのことでどんな噂がとんでいるか、単刀直入にわたしに話しておしまいなさい』

というわけで、やっと事情を聞きだすことができたのでした。

ジェフリー・デンマンの死が非常に突然で意外だったので、いろいろと取りざたされたらしいのですね――つまり、わたしがメイベルにすすめたように単刀直入に申しあげますとね――メイベルが夫を毒殺したという噂がもっぱらだったのでした。

まあね、みなさんにもご経験がおありでしょうけれど、噂話ほど、むごいものはありませんわね。相手にまわして戦おうにも、なかなか厄介で。かげ口をたたかれているぶんには、反駁しようにも、否定しようにも、まるで方法がない。そのあいだに噂はどんどん広まって、やがては、その勢いをとどめようがなくなるのです。でもたった一つのことだけは、わたし、確信していましたの。毒殺だなんて、とてもメイベルなんぞにできる芸当じゃないってことだけはね。せいぜいあの子が、なにかばかげた、分別のないことをしでかしただけなんでしょうに、たったそれだけのことであの子の一生がめちゃめちゃになり、自分の家に平和に暮らして行くことすらできなくなるなんて、まったく理不尽ですものねえ。

『火のない所に煙は立ちませんよ』とにかくわたしはこう申しました。『さあ、メイベル、いったい何がもとでみんながそんな噂をしはじめたのか、それを話してくれなくてはどうにもなりませんよ。なにかあるにちがいないと思うんだけれどね』

　メイベルはいっこうにとりとめのない返事しかしません。何もありはしなかったのだ、もちろん、ジェフリーの死がひどく急だったってことは認めるけれどもと申しました。夕食のときはとても元気だったのが、夜中にとつぜん重態になったのだ。お医者をよびにやったが、お医者が着いて二、三分すると、もうこときれてしまった。死因は毒きのこを食べたからだろうと言われている、こう言うのでした。

『そうね、そういった急死には噂はつきものでしょうからね。でもどうしたって、何かもっとほかにわけがあるはずですよ。あなたはジェフリーといさかいでもしていたの？』

　ちょうどその前日の朝食のときに口げんかをした、というのがメイベルの答でした。

『お手伝いが聞いていたんでしょう？』

『部屋にはいませんでしたけれど』

『そう。でもおおかた、戸口の近辺にでもいたんでしょうよ』

　メイベルのかん高いヒステリックな声がキンキンとよく通ることはわたしも知っていましたし、それにジェフリー・デンマンにしても怒ると大声を出す人でしたからね。

『いったい、何がもとなの？』

『何っておきまりのことですわ。いつだって同じことのくりかえしなんですもの。くだらないほんのちっぽけなことがきっかけで。そのうちにジェフリーがひどく理不尽なことを言いだしましたの。ですからあたしだって、思っていたことを言ってやったんですわ』

『するとあなたたちのあいだでは、口げんかはしょっちゅうだったってわけね？』

『あたしのせいじゃありませんもの――』

『ねえ、メイベル、誰のせいだってそんなことは問題じゃないのよ。こうした狭い土地ではね、一人の人のわたくしごとが、多かれ少なかれ、みんなに知れわたるものなんですからね。ある朝、あなたがた夫婦がとりわけひどいいさかいをした――その夜、だんなさんが説明のつかない病気でぽっくり死んだ。でもね、たったそれだけなの？　それとも何かもっとほかにあるの？』

『もっとほかになんて。何のことを言っていらっしゃるのか、あたしにはちっともわかりませんわ』とメイベルはふくれた顔で言いました。

『だから言ってるでしょ？　何かもっとばかなことをしたのなら、お願いだから隠しだてをしないで、はっきり言ってちょうだい。わたしはなんとか、あなたを助けてあげたいと思っているだけなんですよ』

『どなたが何をしてくださったって、どうにもなりゃあしませんわ』とメイベルは狂おしい声音で言いました。『あたしが死にでもしないかぎり』

『神さまのお摂理にもう少し信頼をおおきなさい。さあ、メイベル、まだ隠していることがありますね。わたしにはちゃんとわかっていますよ』

子どものころから、なにかメイベルが隠しだてをしているとわたしにはすぐにピンときたものでした。そのときだってずいぶん手間はかかりましたけれど、とうとう聞きだすことができたのです。メイベルはその朝、薬局に出かけて、砒素を少し買ったのです。毒薬を買うには、むろんサインしなければなりません。そこで薬屋がおしゃべりをしたというわけなんでしょう。

『かかりつけのお医者さまはどなたなの？』とわたしはききました。

『ローリンソン先生ですわ』

ローリンソン先生なら、わたしも見知っていました。いつかメイベルが指さして教えてくれたことがありましたから。はっきり申しますと、この人はなんといいますか、もうずいぶんよぼよぼのお年よりでしてね、それにわたしのように人生経験を重ねておりますと、お医者さまの診断にあやまりがないなんてことを、そうおいそれと信ずる気にはなれないものです。中には腕のいいお方もありますが、あまりかんばしくない先生がたもあります。一流の名医といわれる人でも、さて患者のどこが悪いのか見当もつかないという場合が、半分はあるものですよ。わたしでしたら、お医者さまとか、お医者さまのくださるお薬なんか、さしずめ願いさげですわ。

さて、わたしは、ここでとくと事態について考えてみたのです。それからボンネットをかぶって、ローリンソン先生のところに出かけて行きました。予想どおり、いかにもいいおじいさんで、とても親切でしたが、ひどく曖昧な話しかたをする人で、気の毒なくらい、強い近視でした。耳も少し遠く、その上、ちょっとでも腹にすえかねるようなことを言われるとすぐ気を悪くするたちでしたわ。ジェフリー・デンマンのことを切りだすと、たちまち雄弁になりましてね。食用きのこだの、毒きのこだのといろいろならべたてて、一席弁じてくれましたっけ。コックにきいてみると、その晩、料理したきのこのうちで一つ二つ少しおかしいと思ったものがあったそうなのですが、店屋がよこしたのだから心配あるまいとつい使ってしまったのだそうです。事件以来いろいろ考えてみたが、あのときのきのこはどこかおかしかったように思うとコックは言った、こうローリンソン先生は話してくれたのでした。

『そうでございましょうとも』とわたしは申しました。『きのこだったと言っているうちに、しまいにはむらさきの斑点のあるオレンジだったなどと言いだしかねませんわ。

ああいう人たちって、その気になりさえすればありもしないことまで思い出してしまうんですからね』

とにかくお医者が着いたときには、デンマンはもう口もきけないほど弱っていたようで、つばをのみくだすこともできずに、二、三分で息を引き取ってしまったそうです。ローリンソン先生は自分の診断書については、毛すじほどの疑いもいだいていませんでした。もっとも、いったいどこまで依怙地からそう思いこんでいるのか、どこまでほんとうにそう信じているのか、わたしにはあまりはっきりわかりませんでしたけれど。

わたしはそれからすぐ家にもどって、メイベルにどうして砒素なんか買ったのかと率直に問いただしてみました。

『なにか考えあってのことでしょうね？』ときめつけると、メイベルはわっと泣きだしました。

『死んじまおうと思ったんですわ。あんまりみじめで、いっそ死んでけりをつけてしまおうと思ったんです』

『その砒素はまだもっているの？』

『いいえ、すてててしまいました』

わたしは坐ったまま、あれこれ考えました。

『ジェフリーの具合が悪くなったときはどうだったの？　すぐにあなたを呼んだの？』

『いいえ、呼鈴をやかましく鳴らしたんです。五、六度も鳴らしたでしょうか、そのうちにやっとお手伝いのドロシーがききつけて、コックを起こして二人で降りて行ったんです。見たとたんにドロシーはふるえあがってしまいました。ジェフリーはひどい苦しみようで、とりとめもないうわごとばかり言っていたそうです。ドロシーはコックをその場にのこして、あたしのところにとんできました。それであたしもすぐに起きていったのですが、顔を見たとたんに、これはいけないと思いましたわ。都合の悪いことにおとうさんのつきそいのブルスターもあいにくと外泊していたものですから、ちゃんとした処置を心得ている者が一人もいなかったんです。あたしはドロシーをお医者さまのところに走らせて、そのあと、コックと二人でつきそっていました。でも二、三分もすると、もう堪らなくなって。その苦しみようって、ないんですもの。部屋にかけもどって鍵をかけてしまいましたの』

『利己主義な、不親切な奥さんですね。そんなことをするから、いっそうとやかく言われたんでしょうよ。コックがあちこちでおしゃべりをしたことでしょうしね。まあまあ、何とも困ったことね』

　さて、次にわたしはお手伝いとコックに当たってみました。コックはきのこについてひとくさり述べたてたかったのでしょうが、わたしが言わせなかったのです。きのこのことなんて、もう耳にたこができるくらい聞かされていましたからね。そのかわり、わたしはその晩の病人の容態についてくわしく問いただしてみたのです。とてもお苦しそうだった、唾をのみこむこともおできにならない様子で、しめつけられたようなかすれた声でうわごとを言っておいでだった。それもわけのわからない、まるでとりとめのないことを、と二人は申しあわせたように言うのでした。

『うわごとって、どんなことを言っていたの？』わたしはふと興味をそそられてたずねました。

『たしか、なにかお魚のことだったわね』とコックがドロシーをかえりみました。

ドロシーがそれにあいづちをうって、

『お魚をひともりとかなんとか、意味のないようなことをね。あたしはすぐにまあ、お気の毒にこれは正気じゃない、と思いましたっけ』

これだけではなんとも考えようがありません。万策つきてわたしは最後にお舅さんのつきそいのブルスターのところにまいりました。やせた五十ぐらいの女でした。

『あの晩、わたしがこちらをあけておりまして、ほんとにお気の毒なことをしてしまいましたわ。お医者さまがおいでになるまでってものは、だんなさまがおらくになるようなことを、誰も何一つしてさしあげなかったようですものね』

『うわごとを言ってらしたんですってね。でも、うわごとって、プトマイン中毒の徴候としては珍しいんじゃないかしら？』

『それは場合にもよりますけれどね』

つぎにわたしはきょうは患者さんの具合はどうかときいてみました。

ブルスターは頭をふりました。

『どうもあまりはかばかしくないようでしてねえ』

『弱っていなさるの？』

『いいえ、そうじゃございませんの。おからだのほうはしごくお達者ですわ——視力は弱っておいでですけれど。このぶんじゃ、ひょっとすると、わたしどもよりもよっぽど長生きなさるかもしれませんよ。ただおつむのほうは日ましにいけなくなっていますわ。デンマンさまご夫婦にも精神病院にお入れになるのがほんとうだと再三申しあげたんですけれどね。奥さまがどうしてもお聞きいれにならなくて』

メイベルのとりえは他人に対してやさしい気持ちをもっているということだったのです。

まあ、こういったようなわけでしてね。わたしとしてもありとあらゆる角度から検討してみたのですが、結局のところ、残された道はたった一つしかないと思いいたりました。こうした噂がたっていることですし、いっそ死体発掘許可を願い出て、ちゃんとした検屍解剖をしてもらい、根も葉もない噂話をする人たちの口を封じてしまうほかはないとね。メイベルはもちろん、なにかと文句を申しました。主としてセンチメンタルな理由からですけれど。故人の平和な眠りをさまたげる気はしないとかなんとかね。でも、わたしは頑としてゆずりませんでした。

死体解剖のことについてはあまり長たらしいことは申しあげますまい。発掘命令が出て、検屍というんでしょうか、あれが行なわれました。でも予期したような満足な結果はえられなかったのです。砒素の痕跡はみとめられなかったので——それはまあよかったのですが、報告書は〝死因不明〟という言葉を使っていたのでした。

これではわたしたちはまだ泥沼から一歩も出ていないわけです。世間では依然としてかしましく、検出できない珍しい毒薬を使ったのだとかなんとか、あいもかわらずろくでもない噂が飛んでおりますしね。わたしは検屍にあたった病理学者に会って、いくつか質問をしてみました。たいていの質問はうまくかわされてしまいましたけれど、とにかく、この人が毒きのこが死因だということはありえないと考えていることをつきとめたのです。少々思いついたこともありましたので最後にわたしは、もしこれが毒殺だとしたら、いったいどんな毒薬を使えば、ああいった症状が出るのだろうかとたずねてみたのです。それに対して病理学者から長々と説明を聞いたのですが、正直言って、おおかたはチンプンカンプンでしたわ。でも結局は、死因は何か強い植物性アルカロイドによるものではないかという意見のようでした。

わたし、考えたのですよ。もし、精神障害の悪い血がジェフリー・デンマンにもつたわっているとしたらどうだろうか、それがこうじて自殺をしたということも考えられはしないかとね。それにあの男は一時薬学の勉強をしていたことがあって、毒薬やその効能については精通していたわけです。

もちろん、わたしとしても、これが真相だなどという気はしませんでしたけれど、ほかにどう考えようもないものですからね。ほとほと途方に暮れてしまいましたの。まあね、こんなことを申しあげると、あなたがたお若いかたがたはお笑いになるでしょうけれどね、せっぱつまると、わたしはいつも短いお祈りをそっととなえることにしておりますの——道を歩いているときだろうが、バザーにいるときだろうが、ほんとに所かまわずね。そうするときまってちゃんと答があたえられるんですの。ごくつまらないことだったりいたしますよ。ちょっと見にはなんの関係もなさそうな。でも答はちゃんと出ますのよ。子どものころ、わたしはいつも聖句をベッドの頭のところにピンで留めておいたものですわ。そら、あの〝求めよ、さらば与えられん〟という句をね。ところでその朝のことなんですが、わたし、大通りを歩きながらいつものように一生懸命お祈りをしていましたの。目をしっかりつぶってね。ところが目をあけたとたんに、わたしの目にいったい何が見えたとお思いになります？」

五つの顔が多少とも興味しんしん、ミス・マープルのほうにいっせいに向けられた。しかし、その答はまったく奇想天外なものだった。

「わたしはね」とミス・マープルは印象的な口調で言ったのである。「ふと魚屋の店の窓を見たのです。中にはなまのタラがたった一匹、飾ってあったのでした」こう言って意気揚々と一座を見渡した。

「やれやれ、神よ！」とレイモンドが叫んだ。「祈りに答えて――なんとタラですか！」

「そうなんですよ、レイモンド」とまじめにミス・マープルは言った。「何も神さまのお名をみだりに口にすることはないじゃありませんかね。神さまの御手はどんなものの中にもひそんでいるのですよ。さて、わたしの目にとまったのは、タラの黒い斑点だったのです。そう、聖ペテロの親指のあとと言われているあれですわ（新約聖書のマタイによる福音書一七章二四〜二七参照。イエスはペテロに最初につれた魚の口にある銀貨を神殿の納入金にせよと言った）。言いつたえにありますわね、タラには聖ペテロの親指のあとがついているって。それを見たとたんに、わたし、思ったのですよ。わたしに欠けているのは信仰だ。ペテロのようなほんものの信仰だって。わたしは、そこでその二つのものを結びつけて考えたのです。信仰と――そしてお魚と」

　サー・ヘンリーが少々あわてふためいた様子で鼻をかんだ。ジョイスは、くちびるをギュッと嚙みしめて、笑いをこらえた。

「何からそんなことを思いついたんでしたっけね？　ああ、そうそう。もちろん、デンマンがうわごとにお魚のことを口走ったと、コックとお手伝いが話してくれたことからでしたわね。わたしはね、このふしぎな事件の解答はかならずこのうわごとの中にひそんでいるにちがいないという確信をもったのです。そしてこれをとことんまで調べあげてみようと決心して帰宅したのでした。

　みなさんはこれまでにお考えになったことがおありかどうですか。ことばの前後関係といったことにわたしどもはずいぶんと左右されるものでしてねえ。ダートムアにグレイ・ウェザズ（曇り）というところがありますけれど、その土地の農夫とでも話をしているときに、グレイ・ウェザズと言ってごらんなさいませ。相手はたぶん、あなたがあそこのストーン・サークル（原始時代の巨石建造物）のことを話しておいでになるのだと思いこんでしまうでしょうよ。あなたのほうではお天気のことを言っているおつもりかもしれませんのにね。また同じように、あなたのほうではストーン・サークルのことを話しているのに、ほかの人がその会話を小耳にはさんで、これはてっきりお天気の話だろうと早合点する場合もありうるわけですね。その一方、前に聞いた話をくりかえす場合、わたしたちはじっさいに聞いた言葉をそっくりそのまま使わずに、同じことを言っているつもりで、まったく別な言いかたをすることがあるものでしてねえ。

そこでわたしは、こんどはドロシーとコックにべつべつに会ってみたのです。まずコックに、だんなさまがひともりのお魚《ア・ヒープ・オブ・フイッシユ》とおっしゃったのはたしかか、ときいてみました。

それはもうたしかだという返事です。

『ひともりのお魚――ほんとうにそういわれたの？ なにかとくべつな種類のお魚ではなく？』

『そうですわね。とくべつなお魚でございましたよ、たしか。でもどうも思い出せませんわ。ひともりの《ア・ヒープ・オブ》――ええと、なんでしたかしら？ ふつう、お料理に使うようなお魚じゃあなかったようですわ。ええと、すずき《パーチ》（perch）でもない、かわかます《パイク》（pike）でもないし。いえ、今思うと、Pではじまるお魚じゃあなかったようですわ』

ドロシーも、だんなさまのおっしゃったのは、なにかとくべつな種類のお魚だったような気がすると申しました。

『なにかこう、ちょっと変わったたちのものでございましたわ。一山《ア・パイル・オブ》の、さあて、なんとおっしゃったかしら？』

『ひともり《ア・ヒープ・オブ》とおっしゃったの？　それともひとやま《ア・パイル・オブ》とおっしゃったの？』

『一山《パイル》とおっしゃったような気がいたしますわ。でも、そうですわね、あまりたしかなことは——ひとの言ったことを、そっくりそのまま思い出すって、とてもむずかしうございますねえ。意味もないようなことですと、とくにね。ええ、今考えてみますと、たしか一山《パイル》とおっしゃったようですわ。お魚はCではじまるものだったと思いますの。でもたら《コッド》（cod）ではないし、ざりがに《クレイフィッシュ》（crayfish）ともちがうし』

　ここからがね、わたしのお得意のところなんですよ」とミス・マープルは言うのだった。「なぜって、わたしはむろん薬のことなんぞ、なに一つ存じませんけれどね——薬なんて、ろくでもない、危っかしい代物だといつも思いますのよ、わたしは。祖母が書きのこしてくれたヨモギギクの煎薬の処方を持っていますけれどね。あれはどんな薬もかなわないくらい、よくききますわ。さて、わたしは、メイベルの家に薬のことを書いた本がなん冊かあるのを知っておりました。その一冊に索引がついていたのです。あの日、ジェフリー・デンマンはなにかとくべつな種類の毒薬をのんだにちがいないと思いましたので、とにかくその名前をつきとめてみようと思ったのです。

まずHの項を順に当たってみました。それらしいものは何ひとつ見当たりません。次にPを当たってみました。すると、もうほとんどすぐに——さあ、なにに行き当たったとお思いになります？」

ミス・マープルは晴れがましい瞬間をひきのばすように、一座をひとわたりゆっくり見まわした。

「パイロカルピンですよ。舌が思うようにまわらないので、思うようにものが言えなかったんでしょうねえ。おわかりでしょう？　パイロカルピンなんて、ただの一度も聞いたことのないコックの耳にそれがどんなふうに聞こえたか。コイを一山《パイル・オブ・カープ》というように聞こえはしなかったでしょうか？」

「いや、まったくこれはおどろきましたな」とサー・ヘンリーが言った。

「これはこれは。わたしなどにはとても考えもおよびませんよ」とペンダー牧師が言った。

「おもしろい」とペサリック氏が言った。「じつにおもしろい目のつけどころですね」

「わたしはいそいでそのページをくってみました。パイロカルピンとそれが目に及ぼす影響その他、関係もないようなことがいろいろ書いてありましたが、最後に非常に意味深長な一節にぶつかったのでした。そこには、〝アトロピン中毒の解毒剤として効能あり〟と書いてあったのです。

そのときはじめて、わたしはほんとうに夢から覚めたように、わかったのでした。ジェフリー・デンマンが自殺をするなんておよそありそうにないことだとは思ってはいましたけれどね。いいえ、わたしは、この新しい解釈はただ可能性があるというばかりでなく、唯一無二の正しい解答だというゆるぎない確信をいだいたのでした。ピッタリ理屈が合いますものね」

「ぼくは臆測はやめておきますよ」とレイモンドが言った。「つづけてくださいよ、ジェーン伯母さん。あなたがはたと気づいたというその解答を、ぼくらにすっかり話していただきたいものですね」

「わたし、薬のことなんて何も知りませんよ、もちろん」とミス・マープルが言った。「ただね、視力が弱ると眼医者さんが硫酸アトロピンの入った点眼薬をさすように言うってことをたまたま知っておりましたのでね。わたし、すぐさま二階のデンマン老人の部屋にまいりました。そして単刀直入に切りだしたのです。

『デンマンさん、わたしには何もかもわかっておりますのよ。なぜ息子さんを毒殺なさったのです？』

デンマン老人は、二分ほど、じっとわたしの顔を見つめていました——狂ってはいても、なかなか風采のりっぱな老人でしてね――それから、だしぬけに高笑いをはじめたのです。これまで聞いたこともないような恐ろしい笑い声でしたわ。ほんとうにぞっとするような。前に一度、ジョーンズさんの奥さんの気がふれたときに、あんな笑い声を聞いたことがありましたけれどね。

『そうさ。わしが、裏をかいてやったのさ。あいつよりはわしのほうがうわ手だからな。やつはわしを厄介ばらいする気でいたのさ。病院に閉じこめようってな。へえ、おあいにくさま、メイベルと二人して話しているのを聞いたんだよ。メイベルはいい子だ――わしの味方に立ってくれたからな。しかし、ジェフリーにあっちゃあ、ひとたまりもあるまいよ。結局のところ、やつの思うつぼにはまっちまうんだ。きまっているよ。しかし、その前にわしがやっつけてやったのさ、情にあつい孝行息子どのをな！　はっはっは！　夜中に忍んで行ってな。なんのことはなかったよ。ブルスターはるす。せがれどのはぐっすり眠ってござる。ベッドのそばにはいつものように水を入れたコップが置いてあった。夜中に目をさまして飲むやつさ。そこでまず水をこぼしてな――はっはっは！――それから点眼薬の瓶の中身をコップの中にあけてやったのさ。やつが目を覚まして、そうとは知らずに飲みほしちまうって寸法さ。ほんの茶さじいっぱい――なんのなんの、それでたくさんなのさ。万事お膳だてどおりにうまく行ったよ！　朝になってみんながやってきて、そっとやさしくうち明けてくれたっけ。さぞ、驚き悲しむことだろうと心配したんだな。ハッハッハッハッハ！』

というわけですの。もちろん、老人は病院に入れられてしまいましたわ。ほんとのところ、責任を問うわけにも、いきませんものね。真相があきらかになると、みんながメイベルを気の毒がりましてね。不当な疑いをかけたつぐないをしようとやっきになりましたわ。でもね、ジェフリーが自分の飲みくだしたものがなにかということに気づいて、解毒剤を一刻も早くもってきてもらおうと、さわぎたてたからわかったようなものの、そうでなかったら、ことは永久に表われなかったでしょうよ。アトロピンの徴候って、ごくはっきりしているんじゃないでしょうかね。──瞳孔がひらいたりね。でも、そら、前にも申しあげたように、ローリンソン先生はとてもひどい近眼でしたからね、お気の毒に。その薬学の本をもうすこし読んでいましたら──いろいろおもしろいことが出ておりましてね──プトマイン中毒とアトロピン中毒の徴候がいっしょに書いてありましたわ。似ていないわけでもありませんのね。でも、それからってもの、タラを見ますとね、きっと聖ペテロの親指のあとを思い出しますのよ」

長い沈黙がつづいた。

「ほんとうにあなたという方は」とペサリック氏がやがて感にたえたように言った。

「じつにすばらしい！」

「これはひとつ、スコットランド・ヤードに言って、今後はあなたのご意見をうかがうようにさせましょうかな」とサー・ヘンリーが言った。

「ですがね、ジェーン伯母さん」とレイモンドが口をはさんだ。「あなたのご存じないことが一つありますよ」

「まあ、知っていますとも」とミス・マープルは言うのだった。「夕食の少し前のことでしょう？　ジョイスをさそって夕陽を見に行ったときね。あそこはおあつらえむきの場所ですわ。近くにジャスミンの垣根があってね。牛乳屋の若い衆もあそこでうちのアニーに、婚約を教会で発表してもいいかってきいたんですよ」

「いやになっちゃうな。ジェーン伯母さん。ロマンスを台なしにしないでくださいよ。ジョイスとぼくは牛乳屋とアニーとはちがうんですからね」

「それこそ、思いちがいというものですよ。人間なんてみんな、似たりよったりですからね。ただ、都合のいいことに、あなたがたがそれに気づかないだけで」

第七話　青いゼラニウム

The Blue Geranium

「昨年こちらにうかがった折のことですがね」とサー・ヘンリー・クリザリングは言いかけて言葉を切った。

女主人のミセス・バントリーはけげんそうに客を見つめた。前警視総監サー・ヘンリー・クリザリングはセント・メアリ・ミードの村にほど近い旧友のバントリー大佐夫妻の家に客となっていたのである。

ミセス・バントリーはペンを片手に、その日の晩餐の六人目の客としていったい誰を招待しようかと、今しもサー・ヘンリーの意見を求めたところだったのだ。

「はあ？」とうながすようにミセス・バントリーは言った。「昨年おいでになったときに？」

「奥さん、あなたはミス・マープルという女性をご存じですか？」

ミセス・バントリーはびっくりして客の顔を見つめた。こんなことをきかれるとは夢にも思わなかったのだ。

「マープルさんを知ってるかですって？　知らない人なんか、ないくらいですわ。小説によく出てくるようなオールドミスで、そりゃいい人ですけれど、ずいぶんの昔ものという感じでしてよ。あの人を招いてはっておっしゃいますの？」

「びっくりなさいましたか？」

「少々ね。だってまさかあなたが――これにはきっとわけがおありになるんでしょうね？」

「しごく簡単明瞭なわけがね。昨年こちらにまいったときのことですが、居合わせた者で迷宮入り事件というやつを時をきめて論じあおうということになったのです――五、六人いました――作家のレイモンド・ウェストの思いつきですがね。めいめい自分だけが解答を知っている、取っておきの迷宮入り事件を、かわるがわる話したんですな。推理力の訓練といったねらいで――いったい誰が真相に一番近い推論をくだすかという興味からね」

「それで？」

「それが、よくむかし話にあるように——じつを言いますとね、われわれとしてはマープルさんも仲間入りをしているなんてことはほとんど念頭になかったんですよ。むろん、いんぎんな態度はとりましたがね——ああいういいお年よりの気持ちをそこないたくなかったものですから。ところが、愉快なことになりましてね。あのおばあさんはなんと、毎回、われわれの鼻をあかせてしまったのですよ！」

「何ですって？」

「本当なんです——まるでいちもくさんにねぐらを目ざしてかえる伝書鳩のように、たちまち真相を嗅ぎあてましたな」

「でもまあ、なんておかしなお話でしょう！　マープルさんて方は、ほとんどセント・メアリ・ミードから一歩も出たことがないんですのに」

「ほう。しかし、あの人に言わせるとですな、そのおかげでかえって人間性を観察する機会が無尽蔵に与えられているというんですよ——いわば顕微鏡をのぞくようにね」

「それも一理屈ありますわね」とミセス・バントリーはうなずいた。「少なくとも、人間のちっぽけな一面がわかりますもの。でも、この界隈にわたしたちの血をわきたたせるような犯罪者が住んでいるなんて、とても思えませんけれどねえ。とにかく、夕食のあとでアーサーの幽霊話でも持ちだして、試してみたらどうでしょうかねえ。あの話をうまく解決してもらえれば、わたしもとてもうれしうございますわ」

「アーサーが幽霊の存在を信じているとは初耳ですな」

「まあ、むろん、あの人は信じてなんかいませんとも。だからこそ、悩んでいるんですのよ。それというのが、あの人のお友だちの身に起こったことでしてね。ジョージ・プリチャードって、幽霊話などとはおよそ縁の遠そうな人ですけれど。かわいそうにジョージにとってはちょっと悲劇的な話なんですのよ。この妙な話が本当か――それとも――」

「それとも？」

ミセス・バントリーは答えなかった。一、二分の沈黙ののちに彼女は唐突に言った。

「あのね、わたし、ジョージが好きですの。みんなに好かれていますのよ。まさかあの人が――でも人間て、時によると突拍子もないことをしでかすものですしね――」

サー・ヘンリーはうなずいた。その点については、彼自身ミセス・バントリー以上によく知っていたのだから。

というわけでその夜ミセス・バントリーは晩餐の食卓をひとわたり見まわして（その際、ちょっと身ぶるいをしたのは、イギリスの邸の食堂の例にもれず、この食堂もとても寒々としていたからだった）、夫のバントリー大佐の右隣りにしゃんとした姿勢で腰をおろしている老婦人に目をそそいだ。ミス・マープルは黒いレースのミトンをはめ、肩に古めかしいレースの肩かけをかけて、真っ白な髪を高く結いあげた上にレースの髪飾りをのせていた。彼女はちょうど年配のドクター・ロイドと、救貧院のことや村の新任の保健婦のかんばしからぬ点などを勢いよく話しあっていた。

ミセス・バントリーは今さらのように思った。ひょっとしてサー・ヘンリーは手のこんだ冗談口をきいて、この自分をかついだのではないだろうか。あのおばあさんについて彼の言ったことが本当だなんてとても信じられない。

彼女の目はついで体格のがっしりした赤ら顔の夫の上に愛情ぶかくそそがれた。美しい人気女優のジェーン・ヘリアを相手にしきりに馬の話をしている。ジェーンは舞台より素顔の方が一段と美しいのだが、大きな青い目を見ひらいて、ときどき適当なころあいを見はからっては、「本当ですの？」とか、「まあ、そんなことって！」とか、「あらまあ」などと、つぶやいている。しかし、馬のことなど、何一つ知りもしなければ、およそ関心もなさそうだった。

「アーサー」とミセス・バントリーは、声をかけた。「あなたったら、かわいそうにジェーンを、たまらなく退屈させていらっしゃってよ。馬のお話なんかもう打ち切って、怪談でもしておあげになったら？　そら、あのジョージ・プリチャードの話」

「何だって、ドリー？　ああ、そうか。いや、あれはしかし――」

「サー・ヘンリーもお聞きになりたいんですってよ。わたしがちょっと申しあげましたのよ。あのことについてみなさんがどうおっしゃるか、うかがってみたらきっとおもしろいわ」

「まあ、おねがい、ぜひうかがわせてくださいましな」とジェーンが言った。「あたくし、怪談って、大好きですの」

「そうですね」とバントリー大佐はためらった。「ぼくは超自然的なことはあまり信じないんですが、この話だけはどうもね――。

ええと、みなさんのなかにジョージ・プリチャードをご存じのかたはおいでにならないと思いますが。じつにいい男でしてね。奥さんは――いや、故人の悪口はあまり言わないことにしましょう――とにかくこの奥さんの存命中はジョージにはおよそ気の休まるときがなかったんですよ。よく世間にいる手前勝手な半病人でしてね――実際に体も悪かったんでしょうが、とにかく病身をたてにとること、たいへんなものでしたよ。気まぐれで、わがままで、理不尽で、朝から晩までブツブツ不平ばかり言っていましてね――夫は彼女の一挙手一投足、ご機嫌を奉伺《ほうし》するのが当然だとでも思っていたんでしょう、ジョージのすること、なすこと気に入らず、彼はけんつくを食うだけでした。たいていの男なら、とうの昔に手斧で奥さんの頭を一撃して、けりをつけていたんでしょうがね。ねえ、ドリー、そうじゃないかい？」

「まったくひどい人でしたわ」と、ミセス・バントリーがきめつけた。「ジョージ・プリチャードがたとえ奥さんの頭を手斧でうちわったところで、陪審席に女の人が一人でもまじっていたら、きっと天下晴れて無罪放免ということになったでしょうよ」

「ことの起こりはぼくもあまりよくは知らないんですがね。ジョージも、漠然とした言いかたしかしませんでしたし。とにかく、ミセス・プリチャードという人は前々かららない師とか、手相見とか、千里眼とか、そういったたぐいの手合いというと、てもなく信じこんでしまう傾向があったようです。これについては、ジョージはべつに文句は言いませんでした。奥さんの気がすむなら、けっこうなことだ、ただし、自分まで仲間入りをしてさわぐなんて、まっぴらごめんだと考えていたんですな。それがまた奥さんにはおもしろくなかったんですよ。

ジョージの家の中はしょっちゅう看護婦が入れかわり立ちかわりといったあんばいでした。ミセス・プリチャードという人は、二、三週間するときまって付き添い看護婦が気に入らなくなってしまうんです。一人、若い看護婦で、うらないにひどく凝っている人がいましてね。ミセス・プリチャードも、一時はこの人でなくては夜も日も明けなかったのですが、突然けんかをして、今日かぎり出て行ってほしいといきまいたのです。その代わりに前に一度来たことのある看護婦が呼びもどされました。これはもう少し年配で、神経症気味の患者をあつかいなれた、いかにも如才のない女性でした。このコプリング看護婦はジョージの話では——とても人柄がよく——話相手としてもなかなか分別があったそうです。それに、ミセス・プリチャードがいくら癇癪を起こそうが、じれようが、気にしませんでした。

ミセス・プリチャードは昼食はいつも二階でとることにしていました。ジョージと看護婦が午後のことについて相談をするのは、たいていこのときでした。原則として、コプリング看護婦は二時から四時までを外出の時間にしていましたが、ジョージが午後家をあけたいと言えば、そこはまあ、融通をつけて、お茶のあとで暇をもらうということもあったのでした。さてたまたまこの日、彼女はゴールダズ・グリーンの妹をたずねるから、ちょっとおそくなるかもしれないと申しました。ジョージの顔はさっと曇りました。自分も家をあけてゴルフを一ラウンド楽しんでこようと手はずをととのえていたからでした。コプリング看護婦は、しかし、心配することはないと申しました。

『きょうはそろって外出しても、奥さまはべつに文句をおっしゃいませんでしょうよ、プリチャードさま』とおもしろそうに目を光らせて言いました。『奥さまのところには、わたしどもよりもずっとおもしろいお客がおいでになることになっていますからね』

『誰だね、それは？』

『ちょっとお待ちくださいましよ』とますます愉快そうに、『ええと、〃ザリーダ、未来をさぐる心霊透視家〃とかって』

『やれやれ』とジョージはうめきました。『また、新顔だな？』

『ええ、新顔も新顔、つい近ごろのお知りあいですわ。この前ご用をつとめていたカーステアズ看護婦のお世話じゃないかと思いますの。奥さまもまだお会いになっていないようですけどね。わたしに手紙を口述させたのです。今日の午後来るようにって』

『ふむ。とにかくおかげで、こっちはゴルフができるってわけだな』とジョージは透視家ザリーダなる人物に対してすこぶる暖かい気持ちをいだきながら、外出したのでした。

ジョージが帰宅して病室に行ってみると、ミセス・プリチャードは、ばかに興奮した様子でした。いつものように寝椅子にもたれて、気つけ薬をやたらと嗅いでいました。

『ジョージ、この家のことを、わたし、これまで何と言ってきまして？　はじめて足をふみいれたとたんから、なにか不吉なものを感じていたんですわ！　わたし、あのときそう申しませんでして？』

あんまり毎度のことなんでね、と言いたいのを我慢してジョージは答えました。『いいや、よく覚えていないようだね』

『わたしのことっていうと、きまって何一つ覚えていらっしゃらないのね、あなたって方は。男ってそろいもそろってみんな冷淡だわ――でも、あなたはまた格別らしいわね』

『やれやれ、メアリ、そいつはひどいな』

『とにかくね、今申しあげたように、あの人は家に入るなり、すぐそう気づきましたのよ！　ほんとに真っ青になりましたわ――おわかりになって、わたしの言ってる意味？　戸口を入ったとたんでしたわ。そうしてね、〝この家には邪気がただよっている。邪気とそして危険が。わたしにはすぐにわかった〟って言いましたの』

ジョージはこれを聞いて、不覚にもつい笑いだしてしまったのです。

『まあ、とにかく金をはらっただけのことはあったってわけだな。おもしろい思いをさせてもらったんだから』

奥さんは目をつぶって、また長いこと気つけ薬を嗅ぎました。

『あなたって方はよくよくわたしのことをおきらいなのねえ。わたしが死にかけたって、せせら笑っていらっしゃるでしょうよ！』

ジョージはあわてて、そんなことがあるものか、と抗議しました。一、二分してミセス・プリチャードは、またつづけました。

『あなたはお笑いになるでしょうけれどね、わたし、すっかりお話ししてしまいますわ。この家にこのまま住んでいると、わたしの命が危ないんですって。ほんとうですわ。あの人がはっきりそう申しましたもの』

ジョージがこれまでザリーダに対していだいていた暖かい気持ちはたちまちにして霧散しました。彼の奥さんはいったん思いこむと、あくまでも移転を主張しかねないということを知っていたからでした。

『ほかにどんなことを言ったんだね？』

『ほかにはべつに。あの人自身、すっかり取り乱してしまって。そう、ひとつだけこんなことを言いましたわ。コップにスミレがさしてありましたの。あの人はそのスミレを指さしてさけびました。〝これは早くすててしまいなさい。青い花はいけない。青い花は不吉だ。あんたにとっては、命取りだよ。よくおぼえておきなさいよ〟って。ねえ、わたし、前々から青って色がいやでたまらないって言ってましたわね。いわば本能的に警戒心がおこったんですわ』

それは初耳だと口もとまで出かかったのを賢明にもおさえて、ジョージはザリーダの風采についてききただしてみたのです。ミセス・プリチャードはとくとくとのべはじめました。

『黒い髪の毛をクルクル耳の上で丸めて――目を半眼に閉じ――そうそう、大きな黒い隈《くま》が目のまわりにありましたわ――口とあごを覆うような黒いヴェール――外国なまりの強いアクセント――歌うような抑揚で話しましたっけ。スペイン人か何かでしょう、きっと』

『ということはつまり、道具だてがすっかりそろっているってことだね』とジョージは強《し》いて快活な口調で申しました。

奥さんはたちまち目をつぶってしまいました。

『ああ、わたし、とても気分が悪くなってきたわ。看護婦をよんでくださいな。思いやりのない言葉を聞くと、どうにも切なくなってきますのよ。あなただってそんなこと、百も承知していらっしゃるんでしょうに』

コプリング看護婦が顔を曇らせてジョージのところにやってきたのは、それから二日のちのことでした。

『ちょっと奥さまのところにいらっしゃっていただけませんか。どうかすぐに。妙な手紙がまいりましたので、ひどく気が転倒していらっしゃるんですの』

ジョージが行ってみると奥さんは手紙を片手に握りしめていましたが、いきなり、

『読んでごらんなさい』とつきだしました。

手紙は香水のにおいのプンプンする紙に黒インクの大きな字で書いてありました。

〈わたしは未来を透視した。手おくれにならぬよう、ご用心のこと。満月の晩が危ない。青いサクラソウは警告、青いタチアオイは危険信号、青いゼラニウムは死の象徴……〉

ジョージは思わずふきだしかけましたが、コプリング看護婦がしきりに目くばせをしてそれこそ、警告を発するような身ぶりをするのに気づきました。ジョージはいささかぎごちない口調で言いました。

『これはたぶん、おまえをこわがらせようとしているんだよ、メアリ。とにかく青いサクラソウだの、青いゼラニウムだのって、そんなものはこの世にありゃしないんだからね』

ところが驚いたことに、ミセス・プリチャードはわっと泣きだしました。わたしの余命はもういくばくもないのだなどと、かきくどく始末です。コプリング看護婦はジョージのあとについて階段の踊り場にまいりました。

『ばかばかしい』とジョージはいきまきました。

『と思うんですけれどね』

看護婦の声がなんとなくジョージをハッとさせました。ジョージはびっくりして見つめました。

『まさか、あなたは……』

『いいえ、プリチャードさま。未来の透視なんて、わたしだって信じてはおりません——ほんとに、ばかげていますもの。ただ、どうもふしぎなのは、この茶番にいったいどういう意味があるかということでございます。うらない師って、たいていは何か下心があるものですけれど、この場合、どういう得があるでしょう？　それに——』

『それに？』

『奥さまは、ザリーダという女には、どこか見覚えがあるような気がするとおっしゃいますのよ』

『それで？』

『なんだかわたし、いやな気持ちがするんですの、プリチャードさま。それだけのことですわ』

『あなたがかつぎやだとは知らなかったな』

『かつぐわけじゃございませんわ。でも、これは妙だと思うと、いつも胸さわぎがいたしましてね』

最初の事件が起こったのは、それから四日ばかりのちのことでした。まず、ミセス・

プリチャードの部屋の様子について申しあげておかなくてはなりますまい――」

「部屋のことなら、わたしに言わせてちょうだい」とミセス・バントリーが口をはさんだ。「その部屋の壁紙は、近ごろ売りだされている、ちょうど花壇のようなぐあいに草花をあしらったものでしたわ。庭の中にいるような感じを受けましたっけ――でも、わたしは少々呆れていたんですの――だってあれだけの花がいちどきに咲くなんてことは、ありっこないんですものね――」

「園芸学的正確さをそう振りまわすことはないよ、ドリー」と大佐が言った。「きみが熱烈な園芸家だってことは、周知の事実なんだから」

「でも、こっけいですわ。ツリガネソウとラッパスイセン、ルピナス、タチアオイとユウゼンギクがみんないっしょに咲くなんて」

「それはいかにも非科学的ですな」とサー・ヘンリーがあいづちをうった。「しかし、まあ、お話をつづけていただきたいですね」

「そうでしたわね。このごったまぜの花の中にサクラソウがまじっていましたの。黄色のと桃色のと――それから――ねえ、あなた、あとはあなたがお話しなさいませよ。あなたのとっておきのお話なんですから」

バントリー大佐がひきとってつづけた。

「ミセス・プリチャードが、ある朝はげしくベルを鳴らしたのです。家じゅうの者があわてでかけつけました——てっきり臨終かと。しかし案に相違して彼女はひどく興奮した様子で壁紙を指さしました。見るとまがうかたなく、花の中に一輪、青いサクラソウがまじっているではありませんか……」

「まあ！」とミス・ヘリアが叫んだ。「ぞくぞくしてきますわ！」

「問題はですね、そのサクラソウはもともと青かったのではないかということでした。ジョージも看護婦も、そう申しました。けれどもミセス・プリチャードがどうしても受けつけないのです。その朝まで、一度もそんな色の花に気づかなかった、それにゆうべはちょうど満月だしと、それはもうたいへんな取り乱しようでした」

「わたし、その日ジョージ・プリチャードに会いましてね、彼からその話を聞いたのです」とミセス・バントリーが引き取った。「それで彼女に会って何もかも笑い飛ばしてしまおうと思ったのですけれど、ぜんぜんだめでした。こちらまでかえって心配になったほど。帰り道、ジーン・インストウに会ってその話をしました。ジーンってちょっと変わった人でしてね。『本当にそんなに取り乱していなすったの？』ってききますのよ。そりゃあ、たいへんなものでこわさのあまり、おびえ死ぬのではないかと心配になったくらいだって、わたし、言いましたの。ミセス・プリチャードってなみはずれた迷信家なんですものね。

すると、ジーンが妙なことを言ったので、ちょっとびっくりしましたわ。『そうなればかえって万事おさまりがつくのに。そうじゃないかしら？』って。とても冷ややかな、あっさりした口調でしたから、かえってギョッとしましてね。もちろん当節ははやっていますのね――乱暴なことをずけずけ言うのがね。でもいい気持ちはしませんでしたわ。ジーンはちょっと妙な微笑をうかべてわたしを見ました。『こんなことを言うと、あなたにはショックでしょうけれど――でもほんとのことなんですもの。ミセス・プリチャードの命なんて、あの人自身にとっていったい何の役に立ちますの？　何の役にも立っていませんわ。それにジョージ・プリチャードにとってはまるで生き地獄だわ。奥さんがおびえ死でもしてくれれば願ってもない幸せでしょうよ』わたし、言いましたの。『ジョージはいつも奥さんにとても親切よ』って。すると、ジーンは、『ええ、ほんとにご褒美をあげたいようないい人よ。とても魅力があるのね、ジョージ・プリチャードは。この前いた看護婦もそう思っていたようね、あの器量よしの――何て名でしたっけ？　カーステアズだったわね。確か、そのことであの看護婦はミセス・プリチャードと気まずくなったのね』

聞いていて何だかいい気持ちがしませんでした。もちろん、世間の人はよく――」

と言いかけてミセス・バントリーは意味ありげに言葉を切った。

「ええ、そうですわね」とミス・マープルがおだやかな口調で言った。「よく気をまわすものですわ、世間の人は。インストウさんってきれいなかたですの？　たぶんゴルフをなさるんでしょう？」

「ええ、スポーツは万能ですわ。それに感じのいい魅力的な人ですの。健康そうな、すっきりした感じで、落ちついた青い目がすてきで。もちろん、わたしたちはよく思ったものでしたわ、あの人とジョージ・プリチャードなら、つまり物事がこうかけちがわなかったら――とてもお似合いのご夫婦なのにって」

「仲のいいお友だちだったんですわね、そのお二人は？」とミス・マープルがきいた。

「ええええ、それはとても」

「ねえ、ドリー」とバントリー大佐が訴えるように言った。「もう話をつづけてもいいかな？」

「アーサーはね、怪談にまたもどりたいんですって」とミセス・バントリーがあきらめたように言った。

「あとの話はジョージ自身から聞いたんですがね」と大佐はつづけた。「次の月末になると、ミセス・プリチャードはまがうかたなくおびえあがっていました。カレンダーを調べて満月の晩にしるしをつけ、その晩は看護婦とジョージを部屋に呼びつけて、入念に壁紙を点検させました。タチアオイの花は桃色のも赤いのもありましたが、青いのは一輪もありませんでした。ジョージが立ち去ると、奥さんは部屋に鍵をかけてしまったのです」

「ところが夜が明けると、大きな青いタチアオイが一輪あったってわけね？」と、ジェーン・ヘリアがうれしげな口調で言った。

「そのとおり」と、バントリー大佐がこたえた。「少なくとも、まあ、当たらずといえども遠からずで、ミセス・プリチャードの頭のすぐ上のタチアオイが一輪、青く変色していたのでした。ジョージはひどくびっくりしました。それだけにまた、もちろん、まじめにとる気はしなかったのですね。彼は、これはおそらく誰かのいたずらにちがいないと言いはりました。部屋の鍵がかかっていたということ、だれ一人、コプリング看護婦さえ、部屋に入らないうちにミセス・プリチャードがこの変色に気づいたという明白な事実があったわけですが、ジョージはこれすら無視しました。

もちろん、驚いたことは非常に驚いたのですがね。それだけにまた依怙地になってしまったのでした。奥さんは家を出たいと言いましたが、ジョージが断乎としてゆるしませんでした。彼としても生まれてはじめて、超自然的なことがらを信じるような気持ちになっていたのですが、そう認める気はぜんぜんなかったのです。いつもですと、奥さんに譲歩するんですが、今度ばかりはそんな気持ちは露ほどもありませんでした。『メアリ、ばかな真似はやめたほうがいい。何もかもくだらないよまいごとだよ』と言ったのです。

つぎのひと月はまたたく間にすぎ去りました。ミセス・プリチャードは思ったほど、かれこれいいませんでした。迷信家の彼女のこととて、どうせ逃れられぬ運命とあきらめていたのでしょう。ただくりかえしくりかえし言っていました。〝青いサクラソウは警告。青いタチアオイは危険信号、そして青いゼラニウムは――死〟とね。そうつぶやきながらじっと横になったまま、ベッドの近くの壁紙の、うす赤いゼラニウムの花を眺めているのでした。

なんとも薄気味の悪い話で、やがてはこの気持ちが、看護婦にまで伝染したのです。満月の二日前に、彼女はジョージのところにやって来て、ミセス・プリチャードをどうかどこかに移すようにしてくれと頼みました。ジョージは立腹しました。

『たとえあのいまいましい壁の花が一つ残らず青くなったって、そのせいで死ぬなんてことがあるわけがない！』と叫んだのです。

『そうともかぎりませんわ。ショック死というのは今に始まったことじゃございませんからね』

『くだらんことを』とジョージははねつけました。

ジョージはもともとちょっと頑固なたちでした。こうと思いこむと、てこでも動かないというところがあったのです。けっきょく奥さん自身が花に細工をしたというだけのことで、すべては病的なヒステリカルなたくらみだったのではないか――ジョージとしてはこっそりこう考えていたのではないでしょうか。

さて運命の夜がめぐってまいりました。ミセス・プリチャードはいつものように自分の部屋のドアに鍵をかけてひきこもりました。彼女自身はたいへん落ち着いていました。いや、ほとんど意気軒昂といえるくらいでした。看護婦のほうがかえって心配になって、刺戟剤としてストリキニーネの注射をしようと言ったほどでした。ミセス・プリチャードは聞き入れませんでした。ある意味ではこのことをおおいに楽しんでいたんじゃないでしょうかね。ジョージは、そう言っていましたが」

「ということも考えられますわね」と、ミセス・バントリーが言った。「だいたいこの事件全体に、一種奇妙な魅力があったんでしょうし」

「翌朝はけたたましいベルの音も聞こえませんでした。ミセス・プリチャードは、いつもは八時ごろに目を覚まします。ところが八時半になっても、いっこうになんの物音もしないので、看護婦がドアをドンドンたたきました。それでも返事がないので、ジョージを呼んで、これはどうしてもドアをやぶって中にはいる必要があると主張したのです。結局のみを使ってこじあけたのですがね。

ベッドの上の動かない姿を見ただけで、コプリング看護婦はすぐに異変をさとりました。お医者に電話をかけてくれとジョージに頼んだのですが、むろんもう手おくれだったのです。ミセス・プリチャードは前夜のうちに死亡し、死後少なくとも八時間を経過しているというのが医者の診断でした。気つけ薬のかぎ塩がベッドの上の手もとにおかれ、おまけにそのすぐそばの壁のうす赤いゼラニウムの花が一輪、真っ青に変わっていたのでした」

「まあ、こわいお話!」とミス・ヘリアが身ぶるいをした。

サー・ヘンリーが眉をよせながら言った。

「そのほかに、何かつけ加えるようなことはないのかね？」

バントリー大佐は首をふったが、ミセス・バントリーがすばやくひきとった。

「ガスのことがありますわ」

「ガスがどうしたんです？」

「お医者が着いたときに、部屋はかすかにガスくさかったのです。そして暖炉のところのガス栓がほんの少しですけれど開いていましたのよ。ほんの少しですから、それでどうってこともなかったでしょうけれどね」

「プリチャード氏や看護婦が部屋に入ったときには気づかなかったんですか？」

「看護婦はちょっとそんなにおいがするように思ったけれどと申しました。ジョージのほうはガスくさいとは思わなかったが、妙に胸ぐるしかったと言いましたわ。でもそれもショックが強かったせいだと思って――たぶんそうだったのでしょうけれどね――それっきり忘れていたのでした。ともかくもガス中毒ということはまったく考えられませんでした。ほとんど気づかないくらいのにおいでしたから」

「話はそれでおしまいというわけですか？」

「いいや、何やかやと始末の悪い噂が飛んでね。召使たちが小耳にはさんでいたことがあったのさ――たとえばね、ミセス・プリチャードが夫に、『あなたはわたしを憎んでおいでなんでしょう。わたしがたとえ死にかけていたってせせら笑って見ておいででしょうよ』と言ったとか、それからもう少しあとの話ですが、ある日――こいつはジョージが引越しをがんとして拒みつづけているということに対してなんですがね――『ようございますとも。わたしが死ねば、あなたに殺されたんだってことがみんなに知れわたるでしょうからね』と言ったとかね。そこへもってきて、運の悪いことにジョージはその前日に、庭の小道にまく除草薬を調合していたんですよ。ちょうど年若いほうのお手伝いが現場を見たんですがね。おまけにそのあとで熱いミルクを細君のところにはこんで行く姿も見られたようなわけでね。

噂はますます尾鰭《おひれ》がついて広まって行きました。医者の死亡診断書には——といってもぼくもはっきりした言葉まで知っちゃあいませんが、ショックとか脳溢血だとか、心臓麻痺だとか、大して意味もないような医学上の言葉を使ってあったようでした。しかしですね、気の毒なこの女性が埋葬されてひと月とたたないうちに死体発掘が申請され、許可されたのです」

「検屍解剖の結果はたしかなんにも検出されなかったんだっけね」とサー・ヘンリーが重々しく言った。「火のない所にも煙が立つというまれな実例だな」

「本当にとてもふしぎな事件ですわ」とミセス・バントリーが言った。「たとえばあのうらない師ですわ——ザリーダという。居住先という住所に照会してみたのですが、まるで心当たりがないというんですの」

「青空から降ってわいたようにひょっこり現われて、またぞろ消えてしまったのさ——青空から青い花が——いや、こいつはとんだ洒落だな！」とバントリー大佐が言った。

ミセス・バントリーがまたひきとって、「それにもっとふしぎなことにはね。うらない師を推薦したはずの器量よしのカーステアアズ看護婦は、そんな人のことなんて聞いたこともないって申しましたのよ」

一同は顔を見あわせた。

「奇妙なお話ですな、まったくもって」とドクター・ロイドが言った。「まあ、いろいろ推測はできますね――しかし、どうもねえ」と首をふった。

「そのプリチャードさんて方はミス・インストウと結婚なさいまして？」とミス・マープルが静かな声音でたずねた。

「どうしてまたそんなことをおききになるんです？」とサー・ヘンリーがたずねた。

ミス・マープルはおだやかな青い目を見はった。

「とても重大なことのように思われますもの。どうなんでしょうね？　結婚なさったんですか？」

バントリー大佐は首をふった。

「われわれとしてはそういったことを期待していたんですがね。以来もう十八カ月になるんですが、近ごろでは、あまりちょいちょい会ってもいないんじゃないかと思いますね」

「それは問題ですわね」とミス・マープルが言った。

「するとあなたは、わたしと同じことを考えておいでになりますのね」とミセス・バントリーが言った。「つまりあなたは――」

「おいおい、ドリー」と夫がさえぎった。「根も葉もないことを。ひとかけらの証拠もなしにやたらに人を悪《あ》しざまにいうなんてよくないよ」

「そんな用心深い、男の人一流の言いかたはなさらないでくださいな、アーサー。男の人たちって、何か口をすべらせてはたいへんと、しょっちゅうびくびくしているんですものねえ。いずれにしても、ここだけのお話じゃありませんの？ これはわたしのおかしな想像にすぎませんけれどね。ひょっとしたら、あのジーン・インストウがうらない師に身をやつしていたんだということも考えられますわね。もちろん冗談半分に。あの人が本気でミセス・プリチャードをどうこうしようと思ったなんて、わたし、かたときも考えてやしませんのよ。でもね、もしそうだとしたら、そしてあのおばかさんのミセス・プリチャードがおびえ死してしまったのだとしたら――ねえ、マープルさんがおっしゃったのも、そういう意味だったんじゃございません？」

「いいえ、そういう意味じゃありませんわ。たとえばね、わたしが誰かを殺すとしますわね――もちろん、そんな大それたことをしようなんて夢にも思いませんし、殺すなんて――仕方のないことだと思いながらも、雀蜂を殺すことだっていやなくらいですから

――庭師だってせいぜい楽な死にかたをさせるようにしているんでしょうけれどね。あらあら、いったいわたし、なんのことを申しあげていたんでしたっけ？」

「もしもあなたが、誰かを殺すとしたらというお話でしたよ」とサー・ヘンリーが言った。

「ああ、そうでしたね。わたしが誰かを殺そうと思えばね、ショック死を計画するぐらいでこと足れりとしてはいませんわ。おびえ死をする人もいるってよく本なんかには書いてありますけれど、ずいぶん当てにならないことのように思えますわ。お話にならないくらい、神経質な人でも、世間の考えているよりはよっぽどタフですものね。わたしならもっと確実な手段を使って、よくよく計画をねったうえのことにしたいと思いますね」

「マープルさん」とサー・ヘンリーが言った。「うかがっているうちになんだか恐ろしくなって来ましたよ。わたしはどうか、お目こぼしいただきたいものですな。あなたのようなかたのお立てになる犯罪計画にかかっては、逃れようもありませんからね」

ミス・マープルはとがめるようにサー・ヘンリーをみつめた。

「そんな大それたことはわたし、考えもしないって、はっきり申しあげたと思いましたでしょ？　いいえね、わたしはただ――ある人の立場に立って考えてみようとしていたんですの」

「というのはジョージ・プリチャードのことですか?」バントリー大佐がきいた。「ジョージにかぎってそうしたことは考えられません——たとえ看護婦までがそう信じこむようになったとしてもです。というのはね、私は事件の一ヵ月ばかりのちにコプリング看護婦のところに出かけて、会ってきたんですよ。死体発掘の際にね。彼女だってどういう方法で殺人が行なわれたかということになるとまるでわからなかったようですがね——いや、じつのところ、このことについては何ひとつはっきり言おうとはしませんでしたよ——しかし、ミセス・プリチャードの死についてジョージに何らかの意味で責任があると信じていることは明らかでしたね。そう確信していましたよ」

「そうだな」と、ドクター・ロイドが言った。「結局のところ、まあ、そんなところだろうね。いったいに看護婦商売をやっていると勘というものがはたらくものでね。たしかなことは言えない、証拠もないし、しかし、何かしら直感的にピンとくるものがあるというようなね」

サー・ヘンリーが身を乗りだした。

「どうなさいました、マープルさん」と水を向けるように、「すっかり考えこんでしまわれたじゃありませんか? あなたのご見解を、われわれにも話していただけませんかな？」

ミス・マープルはびくりとして赤くなった。

「失礼いたしました。ちょっと村の保健婦のことを考えておりましたのでねえ。とてもむずかしい問題がありまして」

「この青いゼラニウム事件以上にですか？」

「さあ、それはサクラソウのことを調べてみなくてはわかりませんけれどね。バントリーさんの奥さまは黄色とピンクのサクラソウがあったとおっしゃいましたっけね。青い色に変わったのがピンクのサクラソウだとしたら、むろんなにもかもぴったり符合しますわ。でも、もし黄色のが変わったんでしたら――」

「ピンクのでしたわ」とミセス・バントリーはミス・マープルの顔をけげんそうに見つめた。一座の視線が彼女に集中した。

「そうしますと、謎はもう解けたようですね」とミス・マープルは悲しげに頭をふった。「ちょうど雀蜂の出る季節ですし。なにもかもぴったり符合しますわ。もちろんあのガスのこともね」

「すると、何か村の悲劇を思い出されたんですな？」とサー・ヘンリーがきいた。

「悲劇というわけではありませんわ。それにもちろん、犯罪になんか、およそ関係がありませんのよ。でもわたし、ふっと村の保健婦のことで今ちょうどわたしたちが困っている問題を思い出したんですの。結局ね、看護婦だってなま身の人間でしょう？　ですのにいつもちゃんとした態度をとらなければいけないし、固いきゅうくつなカラーをきちんとつけなければいけなかったり、家族の生活の中に入りこんだりではね——まあ、ときにはいろいろな問題が起こってもふしぎはありませんわ」

サー・ヘンリーがふとはっとしたように言った。

「するとあなたはカーステアズ看護婦のことを？」

「まあ、いいえ、カーステアズ看護婦じゃありませんわ。コプリング看護婦のことを申しあげておりますの。前にも一度プリチャード家に派遣されていたというのですから、魅力的な男性というプリチャード氏とちょいちょいいっしょになる機会があったわけですわね。気の毒にとんだ思いちがいをして——まあ、立ち入ったことを言うまでもありませんわね。ミス・インストウのことはぜんぜん知らなかったんでしょうね。もちろんそうと気がつくと、かわいさあまって憎さが百倍というわけで、なんとかプリチャード氏に汚名を着せてやろうとやっきになったんでしょうよ。あの手紙だけで、コプリング看護婦のたくらみだということはわかったようなものですけれど」

「手紙というと？」

「そら、ミセス・プリチャードの言いつけでコプリング看護婦がうらない師にあてて手紙を書きましたでしょう？　うらない師はやって来ました。手紙を受け取ったからだというふうに見えましたが、でもそんな人物はその住所にははじめからいないということがあとからわかったんですから、どうしたってコプリング看護婦が一役買っていたということになるじゃありませんか？　書くふりをしただけなんですよ――つまりコプリング看護婦自身がうらない師になりすましたのだというほかに、考えようがないじゃございませんか」

「いやはや、手紙のことはとんと気がつきませんでしたよ」とサー・ヘンリーが言った。

「むろん、そこが肝心かなめのところだったんですな」

「少々大胆なやり口でしたね。なぜっていくら変装をしたって、まかりまちがえばミセス・プリチャードに気づかれる危険があったわけですものね――むろんその場合にだって、冗談だと言いくるめてしまうことはできたでしょうけれど」

「さっきおっしゃいましたっけね、あなたが人を殺そうと思ったらショック死という手段だけでこと足れりとはしないって。それは、いったいどういうことなんでしょうか？」とサー・ヘンリーがたずねた。

「それだけでは確実といえないということですの。いえね、警告の手紙も青い花も、一種の擬装にすぎなかったんですわ」と間がわるそうに笑った。「軍隊用語でいえば、ほんのカムフラージュだったんですのよ」

「すると実際に使われた手段というのは？」

「わたし、何だかさっきから雀蜂にとりつかれているみたいですけれどね」とミス・マープルが弁解がましく言った。「かわいそうになん千匹となく一度に殺されて――それもたいていさわやかな夏の日にねえ。でもね、わたし、思い出すんですけれど、雀蜂を殺すために庭師が青酸カリを水にまぜたものを振っているところは、ちょうど気つけ薬のかぎ塩そっくりに見えますわね。もし青酸カリをかぎ塩の瓶の中にいれて中身を取りかえておいたら――その奥さんはかぎ塩をしょっちゅう使っていたっていうんでしょう？　手のすぐ脇においてあったっておっしゃいましたっけね。ですから、プリチャード氏が、お医者に電話をかけに行ったあいだに、看護婦が本物の気つけ薬の瓶とすりかえておいたんですわ。青酸カリは巴旦杏《はたんきよう》のようなにおいがしますから、誰かが変だと思うといけないと、注意をそらすためにガス栓をほんの少し開けておいたんでしょうね。青酸カリというものは時間がたつとなんの痕跡もとどめなくなるものだって、しょっちゅう聞いていましたけれど。でもむろん、わたしの思いちがいかもしれませんよ。ぜんぜん別な薬がいれてあったのかもわかりませんわ。でもそれは大した問題ではないんじゃありませんかしら？」

ミス・マープルは少し息を切らせて口をつぐんだ。

ジェーン・ヘリアがのり出した。

「でも青いゼラニウムやタチアオイなんかの色が青くなったのはどうしてなんでしょう？」

「看護婦は、かならずリトマス試験紙をもっているものですわ。なんのためにって――まあ、いろいろ調べるためにね。これ以上立ち入ったことは申しあげませんけれども。わたしも少しは病人の看護をしたことがあるんですよ」とほんのり頬を染めて、「酸に入れると青が赤に、アルカリにつけると赤が青に変わりますわね。赤い花の上に赤いリトマス紙を貼っておくなんて、わけもないことですわ。もちろんベッドのすぐ脇の花の上にね。奥さんがかぎ塩を使うと、強烈なアンモニアが発散して、赤い色が青く変わる。とても巧妙な思いつきですわね。プリチャード氏と看護婦が部屋にとびこんだときには、瓶の中のものはアンモニア塩じゃあなかったんですから、もちろん花はまだ青く変色してはいなかったんでしょうけれどね――もっとあとまで誰もそんなことには気がつかなかったんですわ。瓶をすりかえる際にコプリング看護婦がアンモニア塩をちょっと壁紙に吹きつけたんでしょうよ、きっと」

「まるで、その場にいあわせた人のようによくご存じですなあ」とサー・ヘンリーが感嘆した。

「ひとつ心配なのはね、気の毒なプリチャード氏と、感じのいいお嬢さんだというそのミス・インストウのことですわ。たぶん二人とも相手に対して疑惑をいだいて、強いて疎遠にしているんでしょうよ――人生なんて、ほんのつかの間にすぎ去って行きますのにね」とミス・マープルは首をふった。

「ご心配にはおよびませんよ」とサー・ヘンリーが言った。「じつをいうと、私はちょっとしたことを知っているんですよ。自分に遺産をのこすという約束をしてくれた年寄りの患者を殺害したかどでつかまった看護婦がおりましてね。かぎ塩と青酸カリをすりかえておいたんですよ。コプリング看護婦がまたしても同じ手口をつかったんですな。こんなわけですから、ミス・インストウにしても、プリチャード氏にしても、もはや真相について疑いをいだく必要はないわけです」

「まあ、うれしいじゃございませんか？」とミス・マープルが叫んだ。「もちろん、その殺人のことがうれしいんじゃありませんけれどね。とても悲しい事件ですわね、これは。世の中にはひどい悪がはびこっているってことが、このことからもわかりますわ――いったん誘惑に負けると――そうそう、それで思い出しましたけれど、村の保健婦のことでドクター・ロイドとお話をしていたんでしたっけ。あの話にも決着をつけませんとね」

第八話　二人の老嬢

The Companion

「お次はドクター・ロイド、いかがでしょう？　なにかぞっとするようなお話、ご存じありません？」とミス・ヘリアがドクターにほほえみかけた。劇場の観客を夜な夜な魅了する、あのあでやかな笑顔だった。ジェーン・ヘリアはときとしてイギリス一の美女とうたわれる美貌の持ち主である。口うるさい女優仲間はやきもちも手つだって、よるとさわると、「ジェーンが名優だなんておかしくて。演技なんてまるっきりなっていないんですものねえ――わかるでしょう？　みんな、あの目にまいっちゃうのよ」とかげ口をたたくのだったが。

その有名な目は今も今とて訴えるように、白髪まじりの初老のドクター・ロイドを見つめていた。このひとりものの医者は過去五年間というもの、セント・メアリ・ミードの村の病人たちの治療を一手にひきうけてきた。

見つめられて、ドクター・ロイドは無意識にチョッキをひっぱって（近ごろは少々きゅうくつ気味だったのだ）、なにかいい話題はないかとあわてて頭をしぼった。信じきった様子でこう話しかけてくれた佳人をむげに失望させてはならないと思ったからだった。

「あたくしねえ」とジェーンは夢みるような口調で言った。「今夜はいやっていうほど犯罪のお話をうかがってみたいような気がしますの」

「そいつはいい」とバントリー大佐が言った。「おもしろそうですな」それから軍人らしいらいらくな高笑いをして、「ねえ、ドリー、そう思わないかい？」と妻をかえりみた。

問いかけられたミセス・バントリーは、自分に課せられている女主人としての社交上の義務をハッと思い出して（たまたま胸のうちで春の花壇のことをあれこれ計画していたのだった）、せいぜい力をこめてあいづちをうった。

「おもしろそうですわね、ほんとうに」と言ったものの、なんの話かわからないので、曖昧な言いかたしかできなかったのは仕方がない。「わたし、前からそう思っていましたのよ」

「おや、そうでしたか？」とミス・マープルがいたずらっぽく目を光らせた。

「しかし、このセント・メアリ・ミードというところでは、ぞっとするようなことなんか、さっぱり起こらないんですよ、ヘリアさん。犯罪などは申すにおよばず」とドクター・ロイドは答えた。

「これは思いがけないことを聞くものだな」とサー・ヘンリー・クリザリングが言った。そして、この前警視総監はおもむろにミス・マープルのほうに向き直った。「私は、こちらにおいでのマープルさんから、このセント・メアリ・ミードというところは犯罪と罪悪のかくれもない温床だというふうにうかがっていたんだがね」

「まあ、いやですわ、サー・ヘンリー」とミス・マープルがぽっと頬を染めて抗議した。「そんなこと、申しあげたおぼえはございませんよ。わたしはただ、人間てものは村であれ、どこであれ、ほとんど変わりはないって申しあげただけですのに。ただ、村に住んでおりますと、人間性というものをごく手近で観察するチャンスや余裕があたえられるわけですけれどね」

「でもドクター・ロイド、あなたはむかしからこの村に住んでいらしたわけではなくて、世界じゅう旅をなさって、ずいぶん変わったところにおいでになったんじゃありませんの？　ときにはいろいろな出来事にぶつかりましたでしょ？」とジェーン・ヘリアはなおもあきらめなかった。

「そうおっしゃればそうですがね」とドクター・ロイドは、何かうまい話題はないかと思案しながら言った。「それはそうですが——ええと——ああ、思い出しましたよ」とホッと溜め息をもらして椅子の背によりかかった。「もう何年も前のことになりますな。ほとんど忘れかけておりましたよ。しかし、実際ふしぎな事件でしてねえ——まったく。私もたまたま奇妙なめぐりあわせで事件の鍵を握るようになったのですが、そのきっかけというのが、これまたじつに奇妙でしてね」

ミス・ヘリアは椅子をちょっと医者のほうに近づけて、唇に口紅を少々塗り、期待にみちた顔で待ちうけていた。ほかの連中も興味ありげにドクターのほうにふりむいた。

「カナリア諸島をご存じのお方がみなさんの中におられるかどうか——」と医者は話しはじめた。

「きっとすばらしいところなんでしょうね。南洋にございますんでしょう？　それとも地中海だったかしら？」とジェーン・ヘリアが言った。

「ぼくも南アフリカに行く途中で、あそこに一度立ちよったことがあるがね」とバントリー大佐が言った。「テネリフ岬の夕陽はじつにみごとだったな」

「この事件はテネリフではなくて、グランド・カナリア島で起こったんだがね。もうずいぶん前のことだ。私はそのとき少々健康をそこねて、イギリスでの開業生活をうちきって外国に行かなければならなくなったんですよ。ラス・パルマスで開業しました。これはグランド・カナリア島の首都でしてね。いろいろな意味で、ここの生活はすこぶる楽しかったですな。気候は温暖で晴天が多いし、海水浴もできるんですが、これがまたすてきに愉快だったのです（だいたい海水浴というと、私はもう目がないんでしてね）。それにまた、港町の生活はじつに魅力に富んでいましたよ。世界じゅうの港から来た船がラス・パルマスに停泊しましたっけ。毎朝、防波堤にそって散歩をしましたが、帽子屋が軒なみにならんだ通りを女性がお好みになる以上に、私にとっては興味つきないものがありました。

　さっきも申しあげたようにラス・パルマスの港には世界の各地から船が入っていました。時によるとほんの二、三時間、場合によっては一日二日も停泊していきましたがね。メトロポール・ホテルという中でも一番大きなホテルに行くと、じつに多種多様の人種、国籍の人々が目につきました。いわば一種の渡り鳥ですね、こうした連中は。テネリフに行く人たちもたいていはみな一応ここによって、一日二日と泊まっていったものです。

　私の話というのも、そもそもの発端は、このメトロポール・ホテルで起こったのです。ある一月の木曜の夕方、ホテルでダンス・パーティーがありました。私はダンスをしている連中をながめながら友人と小さなテーブルに向かいあっていました。イギリス人その他の外国人もかなりたくさんいましたが、踊っている連中の大部分はスペイン系の人たちがた。オーケストラがタンゴを奏しはじめたときに踊っていたのはスペイン人でしたった六組ばかりでしたっけ。そろいもそろってみごとなペアを組み、われわれは感嘆しながら見物していました。とりわけ一人の女性がわれわれの関心をひきました。背がすらりと高い美貌の持ち主で、体つきがいかにもしなやかでした。飼いならした、しかし野性味の残っている女豹のような優美な身のこなしようでした。彼女のまわりには何か危険な雰囲気がただよっていました。私が友人にこうもらすと彼もあいづちをうって、『ああした女にはね、何かしら因縁話がつきものさ。人生の方でほうってはおかないんだな』と言いました。

『美そのものがいわば危険な代物なのかもしれないね』と私は申しました。

『美だけじゃない。何かあるんだよ、ほかにね。もう一度あの女をとくと眺めておきたまえ。きっと何か起こるぞ。あの女の身に、もしくは彼女のせいでね。くりかえすようだが、おそらく人生のほうでほうっておくまいよ。ふしぎな異常な事件がつきまとうのさ。一目でわかるよ』

彼はしばらくして微笑をうかべながらつけ加えました。

『ちょうどあそこにいる二人の女を一目見ただけで、この連中には変わったことはおよそ起こりそうにないと見きわめがつくようにね。あの連中はまた、平穏無事な一生を送るように運命づけられているんだろうな』

私は彼の視線を追いました。その二人の女性というのは今しも到着したばかりのイギリス人の旅客でした。その夕方、ホランド・ロイド汽船会社の船が入港し、旅客がホテルに到着しはじめたところだったのです。

見たとたんに、わたしには友人の言葉の意味がわかりました。指さされたのは二人のイギリス女性で、旅行中によくあちこちで出会うような、申し分なく上品なイギリス人旅行者だったのです。年のころは、そうですね、四十くらいでしょうか。一人は色白で小柄で——ふとりすぎの気味でした。もう一人は色が浅黒く、やはり小柄で——どちらかといえば——やせぎすでした。二人とも押しだしはりっぱで仕立てのよいツイードをおとなしやかに着こなしていました。お化粧などはまるっきりしていませんでしたね。生まれのよいイギリス人に自然とそなわっている、あの物静かな自信にみちた物腰でした。どちらにもこれといってとくに目立つところはなく、同じタイプのほかの婦人たちと取り立てて違うようなことはありませんでした。ベデカー旅行案内書と首っぴきで、見たいと思ったものはかならず見落とさない、そのほかのものにはいっさい目をつぶって通りすぎてしまうという連中ですな。どこに行ってもイギリスの図書館を使い、イギリスの教会の礼拝に出席し、一人ないし両方がスケッチを少々ものする、というふうでね。私の友だちが言ったように、どんな事件も椿事《ちんじ》もおよそこの二人には起こりそうに思われませんでした。たとえ彼女たちが世界のなかばを旅してまわろうともね。私はこの二人から例の半眼を思わせぶりにとじたミス・曲線美に、目を移してほほえんだのでした」

「気の毒な人たちですわね」とジェーン・ヘリアが溜め息をついた。「女として、せいぜい自分を美しく見せる努力をしないなんて、およそばかげていると思いますわ。ボンド・ストリートのあの美容師ね——ヴァレンタインていう——あの人はほんとうに魔法使いのよう。オードリ・デンマンもあの人のところに行きますのよ。オードリっていえば、あの人の出た《凋落》ってお芝居を、ごらんになりまして？　第一場の女学生はほんとうにすばらしうございましたわね。でもオードリはもう五十にはなっていますのよ。ほんとのところおっつけ六十ですわ。あたくし、偶然知っているんですけど」

「お話をつづけてくださいませよ」とミセス・バントリーが言った。「曲線美のスペイン人のダンサーのお話なんてすてきですわ。うかがっていると自分がおばあさんだってことや、ふとりすぎていることなんぞ、つい忘れてしまいますもの」

「残念しごくなんですが」とドクター・ロイドが弁解するように言った。「じつを申しあげると、私の話の主人公はそのスペイン美人ではないんですよ」

「まあ！」

「ええ、結局友人も私もとんだ思いちがいをしていたというわけです。スペイン美人にはこれといったことは、何ひとつとして起こらなかったんですよ。船会社の事務員と地道な結婚をしましてね。私が島を去るころにはもう五人の子持ちになって、そろそろふとりはじめていましたっけ」

「ちょうど、イズレイル・ピーターズのところの娘みたいにね」とミス・マープルが言った。

「女優になったんですけれど、とても形のいい足をしているので、無言劇で主人公の男役をふられましてね。あんなことをしているんじゃあ、先々ろくなことはあるまいとみんな噂していましたのに、結局セールスマンと結婚して、けっこういい奥さんにおさまってしまいましたわ」

「村の同類がまた出てきましたな」とサー・ヘンリーが低い声でつぶやいた。

「私の申しあげようとしている話というのは、例の二人のイギリス女性のことなんですよ」とドクター・ロイドが言った。

「何か、その二人の身に起こりましたの？」とミス・ヘリアがささやくように言った。

「そうなんです、あることがね——それも到着の翌日に」

「まあ」とミセス・バントリーがうながすように言った。

「私はふとした好奇心から、その夜、外出したついでにホテルの宿泊客名簿をのぞいたんですがね。二人の名前はすぐにわかりましたよ。バッキンガムシャー、コートン・ウイアのリトル・パドックスという住所で、ミス・メアリ・バートン、ミス・エイミ・デュラントと書いてありました。そのときは私も、そのご本人たちと近く再会することになるなんて、夢にも思いませんでしたよ。それもすこぶる悲劇的な状況のもとに出会おうとはね。

　その翌日、私は友人たちとピクニックに行く計画を立てていました。島を自動車で横断して弁当もちでラス・ニーヴズ（とかなんとか言いましたな——あまり古いことで、はっきり覚えていませんがね）まで行くことになっていたのです。その気になれば海水浴もできるという奥まった入江でした。予定どおりに出かけたのですが、出発が少々おくれたので、途中でひと休みをして弁当を食べ、それからラス・ニーヴズに行ってお茶まで一泳ぎしようということになったのです。

　ところが浜辺に近づくにつれて、なにかたいへんな騒ぎがもちあがっているらしく、その小さな村の人々が総出で海岸に集っている様子です。連中はわれわれを見るとすぐに車にかけよって、取りのぼせた声で説明をしはじめました。われわれのスペイン語はあまり自慢できるようなものではありません。事情をきくまでに相当の手間がかかったのですが、やっとのことで彼らの言おうとしていることがわかったのです。

むてっぽうなイギリス婦人が二人、海水浴をするために海に入ったのだが、そのうちの一人が沖に出すぎて、泳ぎ帰ることができなくなったらしくもがきはじめた。そこへ、もう一人が泳ぎついて助けようといろいろやっているうちに力つき、あわやという瀬戸ぎわに一人の男がボートを漕ぎだして二人を岸につれもどった。しかし、最初溺れたほうの婦人は、それっきり息を吹きかえさなかった、こういう話なのです。

事情がやっとわかったので、私はすぐに人垣をおしわけて、海岸におりて行きました。はじめ見たときには、昨日のイギリス婦人だとは夢にも思いませんでしたね。黒いメリヤス編みの海水着を着こみ、きっちりした緑色のゴムの海水帽をかぶった小ぶとりの女性が気づかわしげに私を見あげましたが、前に見たことがある人だという気は少しもしなかったのでした。彼女は友人のむくろのかたわらにひざまずいて、慣れない手つきで人工呼吸らしいものをやっていましたが、私が医者だと名乗ると、ホッと安堵の溜め息をもらしましたっけ。私は彼女に、近くの漁師の小屋に行って冷えた体をこすってもらったうえで乾いた服に着がえなさいと言いつけました。私どもの一行の婦人が一人、つきそっていっしょに行きました。一方私は、溺れた婦人のむくろにむかって百方手をつくしましたが、すでに何の効果もありませんで、こときれているのは見るからにあきらかでした。しまいには私も不本意ながらあきらめざるをえなかったのでした。

そこで私は漁師の小屋にいる人々のところにまいりました。悲しい知らせをつたえなければならなかったのです。生きのこったほうの婦人はもう自分の服にちゃんと着がえていましたので、こんどは一目で私も前夜到着したイギリス婦人のうちの一人だなと気がついたのでした。彼女は悲しいニュースをかなり落ちついた態度で聞きました。故人を哀惜して愁嘆に暮れるというよりは、どうやらこのおそろしい事故にすっかりショックを受けた形でした。

『かわいそうなエイミ！　なんてことでしょう！　海水浴ができるって、そりゃあ、楽しみにしてたんですわ。泳ぎは達者ですし、どうしてこんなことになったのか、わたしにはどうしてもわかりませんわ。いったい、どうしたんでしょうか。先生はどうお思いになります？』

『こむらがえりでしょうね、おそらく。どんなふうなことだったのか、話してくださいませんか？』

『わたしたち二人してしばらく泳いでおりましたの。二十分ぐらい泳いだでしょうか。わたしはあがろうと思ったのですが、エイミはもう一度沖に出て一人で泳いでくると申しました。そのうちに、突然あの人の悲鳴が聞こえました。助けを求めているのだと知って、わたしは大急ぎで泳いでいきました。わたしが近づいたときはまだ浮いていたんですけれど、気でもちがったようにしがみつくので、わたしまでとうとういっしょにもぐってしまいました。あの男の人が、ボートで助けにきてくれたからよかったようなものの、あぶなくわたしまで溺れ死ぬところでしたわ』

『よくあることですよ。溺れかけている人を救うのはなまやさしいことではありませんん』

『ほんとうにこわいこと』とミス・バートンはつづけました。『わたしたち、ついきのう着いたばかりですの。この島のあかるい陽ざしや、わたしどものささやかなお休みを心から喜んでおりましたのにね。それがまあどうでしょう――こんな――こんなおそろしいことがおこるなんて』

わたしはミス・バートンにむかって、故人のことをもっとくわしく話してくれと頼みました。お役に立つことは何なりとするつもりでいるが、スペインの官憲がことの次第について充分なっとくのいく説明を求めるだろうしと言ったのでした。ミス・バートンは一も二もなく私の求めに応じてくれました。

故人のミス・エイミ・デュラントは彼女のコンパニオンで、数カ月ばかり前に彼女のところに来た。二人の仲はしごく円満だったが、ミス・デュラントという人は自分の家族のことなどは、ほとんど口に出したことがなかった。なんでも幼いころに孤児となって、伯父に育てられ、二十一歳のときから自活して来たということだった……

とまあ、こんな話だったのですよ」とロイド医師はちょっと言葉を切って、またつづけた。今度はいかにもこれで言うだけのことは言ったと言わんばかりの口調だった。

「こんないきさつだったのです」

「なんだかよくわかりませんわ、あたくし」とジェーン・ヘリアが言った。「お話ってそれだけですの？　とてもいたましいけれど――でもゾッとするっていうのとはちがいますわね？」

「後日談があるんだろうな、さしずめ」とサー・ヘンリーが言った。

「そのとおりだよ、後日談がね。事件当時にすでに、ちょっと妙なことがありましてね。もちろん私は漁師たちにいろいろ事情をきいてみましたよ。かれらの目撃したことについてね。かけがえのない証人ですからね。ところが、一人の女が妙な話をしたんですよ。そのときはたいして気にもとめなかったんですが、あとになってひょっと思い出しましてね。この女はですね、ミス・デュラントが声をあげて呼んだときにはべつにまだどうということもなかったのだ。そこへもう一人の女性が泳ぎついて、故意にミス・デュラントの頭をおさえて沈めたのだといったのです。さっきも申しあげたように、私はたいして気にもとめずに聞いていたんですよ。あまりに突拍子もない話ですからね。こういったことは海岸から見ると実際とはずいぶんちがって見えるものですし、ひょっとしたらミス・バートンは、こう死にもの狂いでしがみつかれては、二人とも溺れ死んでしまうと考えて、友人を一時的に失神させようとしたのかもしれませんしね。このスペイン女の話を聞くと、まるで——そう、まるでミス・バートンが故意にコンパニオンを溺れさせようとしていたように聞こえましたがね。

くりかえすようですが、私も当時はこの話をあまり信用しませんでした。あとになって思い出したんですよ。われわれが一番苦労したのは、このエイミ・デュラントという婦人の身もとを洗うことでした。親類などおよそありそうになかったのですから。ミス・バートンと私は、二人して故人の所持品を調べてみました。まず所書《ところがき》が一つ見つかったので、そこに手紙を書いてみたのですが、その住所というのは結局ミス・デュラントが手持ちの家具などを置くために借り受けていた部屋だったのです。宿のおかみはなんにも知りませんでした。部屋を借りにきたときにいっぺん会っただけだったのです。そのときミス・デュラントは、自分はいつも好きなときにふらりと帰ってこられる自分自身の部屋というものを確保しておきたいのだと言っていたそうです。この部屋には一つ二つ上等な古めかしい家具と、王立美術院派の画集が置いてありました。また売立てのときにでも買ったらしい品物のごたごた入ったトランクが一つありましたが、そのほかにはこれといって手がかりになるような所持品も見当たらなかったのです。ミス・デュラントはおかみさんにむかって、自分は子どもの時分に父母とインドで死に別れ、牧師をしていた伯父に育てられたのだと言ったそうです。ただし、父かたの伯父とも母かたの伯父ともはっきり言わなかったので、デュラントという名前を手がかりに探すというわけにもいかなかったのでした。

神秘的といっては当たらないでしょうけれど、これだけではどうにもなりません。世の中にはこうした孤独な婦人がずいぶんたくさんいるんでしょうね。ミス・デュラントに似た境遇で、やはり気位が高く、同じように自分について語らない人たちがね。ラス・パルマスに残された彼女の所持品の中には写真が一、二枚ありました。けれども少々古びて色もさめているし、そのうえ、額に入れるためにまわりを切り取ってあるので、写真屋の名前もわかりませんでした。それから古ぼけた銀板写真が一枚ありました。これは母親か、それともたぶん祖母あたりのものではないかと思われました。

ミス・バートンは彼女を採用する際に、照会先を二つ聞いていました。一つは失念してしまったのですが、もう一つの方はさんざん頭をひねったすえにやっと思い出しました。それはオーストラリアに渡っているある女性の名前でした。さっそくそこへ問い合わせてみましたが、返事を入手するまでにはむろん、ずいぶん手間がかかってしまいました。しかもやっときた返事を読んでみると、べつになんということはなかったのです。ミス・デュラントは付き添いとして自分につかえてくれたことがあるが、たいへん有能な気持ちのよい女性だった。しかし、私生活とか親類のことなどは、自分は何一つ知らないという書面だったのです。

というようなわけで——まったく何ということもなかったのです。ただ、二つのことが重なっているためになんとなく不安な気持ちがしたのですね。まずこのエイミ・デュラントという女性については、誰も何一つ知らないということ、それにあのスペイン女の奇妙な言いぐさです。そう、それからもう一つ、つけ加えておきましょう。私が最初に死体の上に身をかがめたときのこと、ミス・バートンはちょうど小屋のほうに歩きだしていたんですが、ふとふりかえった顔を私はちらと見たのです。なんというか、狂おしいばかりに気づかわしげな表情が浮かんでいたんですよ。一種悩ましげな不安そうな面持ちが、私の脳裡にまざまざときざみつけられたのでした。

そのときはべつに気にもとめなかったんですがね。これはきっと友人のことがひどく心配なのだろうと解釈したのでした。しかしあとからわかったのですが、二人はそれほど情愛こまやかな間柄でもなかったようです。どちらも相手のために身も心もささげつくしていたというわけではないし、身も世もない愁嘆ぶりは見られなかった。ミス・バートンはエイミ・デュラントを好いていた。彼女の死は大きなショックだった——ただそれだけのことだったのです。

そうするとふしぎなのは、どうしてあんなにはげしい不安の色が浮かんだのかということです。この疑問がくりかえしくりかえし私を悩ましたのです。その表情から受けた感じについては私がまちがっているとはどうしても思われませんでした。やがて私の心のなかに、いやおうなしに一つの答が形をとりはじめたのでした。もしかしてあのスペイン女の言ったことがほんとうだとしたら。つまり、メアリ・バートンがわざと、冷酷にもエイミ・デュラントを溺死させようとしていたのだったら。彼女は助けの手をさしのばすように見せかけて、相手を故意に水の下に沈めた。ボートが来て、助けあげられ、人気のないさびしい浜辺に引きあげられた。そこへ私という人間が現われたのです。思いもかけないことでした。医者、それもイギリス人の医者が！　エイミ・デュラントよりももっと長時間水中に沈んでいた者でも、人工呼吸を受けて息を吹きかえした例があることを彼女は知っていました。しかし、ともかくも自分の役割を演ずるほかはなかった——自分が手を下して殺した女のそばに私を一人残して。ですから立ち去りぎわにちらりとふりかえったとき、彼女の顔にははげしい不安の色があらわれていたわけです。エイミ・デュラントは息を吹きかえして真相を語りはしないだろうか？　そう心配したのだと、私は想像をたくましくしたのでした」

「まあ、今度はほんとうにぞくぞくして来ましたわ」とジェーン・ヘリアが言った。

「こう考えてみると、事件は俄然陰惨な様相を帯びるようになり、エイミ・デュラントという女性がますます神秘的な存在となったのでした。エイミ・デュラントとはそもそも誰でしょう？　なぜ、とるに足らぬコンパニオンにすぎない彼女が、雇い主の手で殺されねばならなかったのでしょうか？　その死の海水浴のかげには、いったいどんな物語がひそんでいたのでしょうか？　エイミ・デュラントはほんの数カ月前からメアリ・バートンに仕えるようになったばかりです。メアリ・バートンは彼女をともなって外国旅行に出かけました。そしてグランド・カナリア島に上陸した翌日にこの悲劇が起こったのです。二人とも品はよいが、ごくありきたりの洗練されたイギリス婦人にすぎなかったのに！　殺人事件だなんて、突拍子もない話だ、私はこう自分に言いきかせました。とんでもない思いすごしだと」

「じゃあ、それっきり何もなさいませんでしたの？」とミス・ヘリアがたずねた。

「お言葉ですがね、私に、いったいなにができたでしょう？　べつにこれという証拠もないんですからね。目撃者の多くはミス・バートンと同じような証言をしました。私自身がいだいた疑惑にしたところで、単なる想像かもしれない瞬間的な表情にもとづいているだけなんですからね。私にできたこと、また実際にやってみたことといえば、エイミ・デュラントの親類関係について広範囲にわたって調査が行なわれるように尽力するというだけのことでした。次にイギリスに帰ったときに、私はミス・エイミ・デュラントに部屋を貸したおかみさんに会ってみたのです。お聞きおよびのような結果しかえられませんでしたがね」

「でも何か妙だという感じがなさったんですわね？」とミス・マープルが言った。

ドクター・ロイドはうなずいた。

「なんでこれほどまでに想像をたくましくするのかと、われながらなかば恥ずかしくも思いました。ああした上品な気持ちのよいイギリス婦人にそんないまわしい没義道な犯罪の疑いをかけるなんて、おまえはいったいなんの権利があって、そんなことを考えるのかとね。ミス・バートンはその後数日間島に滞在していましたが、私はできるだけいんぎんにふるまうように心がけました。スペイン警察との折衝にあたってもいろいろと助力しましたしね。外国で同国人に会った場合、イギリス人としてなしうるかぎりの助力をおしみませんでした。しかし、ミス・バートンの方では、私が彼女を疑っていることと、嫌悪の情をいだいていることをちゃんと察していたに相違ありません」

「ミス・バートンはどのぐらいの間、島に滞在していましたの？」とミス・マープルがまたきいた。

「二週間ばかりだったと思います。ミス・デュラントの死体は島で埋葬されました。ミス・バートンは、それから十日ばかりしてから、イギリス行きの船に乗りこんだように思います。事件のショックですっかり気持ちを乱されていたので、はじめの計画のように島で冬ごしをするなんてことはとてもできないと思ったのですね。自分ではそう言っていましたっけ」

「ほんとうにそう見えまして？」とミス・マープルがたずねた。

ドクター・ロイドはためらった。

「そうですな。ちょっと見たところは、べつにどうもなかったようですが」と当たらずさわらずの返事をした。

「たとえばね、それ以来、急にふとりだしたなんてことはありませんでしたか？」

「あなたは――いや、妙ですな、それをお聞きになるとは。そういえばね、ええ、おっしゃるとおりだったようです。なんだかふとりはじめたように見えましたっけ」

「まあ、なんていやらしいんでしょう」とジェーン・ヘリアが身ぶるいをした。「それじゃあ、まるで、いけにえの生き血を吸って肥《こ》える吸血鬼みたいじゃありませんの」

「しかし、考えようによってはね、私がとんだ気の毒な疑いをかけていたのかもしれないんですよ」とドクター・ロイドはつづけた。「いよいよ島を去る前に、彼女は私にあることを言いおいていったのですが、これは私のいだいていた疑惑とはおよそちがう方向をさし示していたんですよ。良心というものにしても、非常に緩慢に反応するたちのものがあるんじゃないですかな――犯した罪のゆゆしさを自覚するまでにかなりの時日がかかるというような。

　ミス・バートンがいよいよあすはカナリアを去るという晩のことでした。私にきてほしいという伝言があったのです。私がまいりますと、彼女はまず、私がこれまでに彼女のためにした数々のことについてしみじみ感謝の意を表しました。むろん私は、そんなことはなんでもない、ただこうした場合、誰でもするようなことをしたにすぎないと申しましたよ。それっきりちょっと会話がとぎれたのですが、やがて彼女はだしぬけに私にむかってひとつの質問を発したのです。

『どうお思いになりますでしょう、ドクターは？　人間が自分の手で法を行使するのは正しいことでしょうか？』

私は、それは少々むずかしい質問だ、けれども自分個人としては正しくないと思うと答えました。法は法だ、守るのが当然だとね。

『法が無力の時にもですの？』

『おことばの意味がよくわからないんですがね』

『うまく説明できないんですけれど、つまり社会によってはっきりいけないことだと考えられているような——たとえば犯罪行為とされているようなことでも、正当な理由があればさしつかえないのではないかということですの』

私がそっけなく、おそらくこれまでにも何人かの犯罪者がそんなふうに考えたのではなかろうかと申しますと、ミス・バートンはちょっとたじろぎました。

『そんなおそろしいことって』と彼女はつぶやきました。『そんな——』

それから語調を変えましてね、なにかよく眠れるような薬をいただけないかと言いました。近ごろはどうも安眠できないでいる、このあいだのあの——と言いかけてちょっとためらって——あのおそろしいショック以来と言うのでした。

『たしかにそのせいですか？　何か心配ごとでもおありになるんじゃありませんか？気にかかるようなことでも？』

ミス・バートンは、こちらの気持ちをかんぐるようにはげしく私の言葉を打ち消しました。

『心配ごとから眠れなくなる場合もありますからね』と私はなにげなく申しました。

ミス・バートンはちょっと考えこむ様子でしたが、

『とおっしゃるのは未来のさまざまのことについての心配ですの？　それともどうにも取り返しのつかない過去についての心配ですの？』とたずねました。

『どちらにしても』

『だって、すんだことでくよくよしたってなんにもなりませんでしょう。過去を引きもどして――ああ、ほんとうに何になるでしょう！　考えないことですわ、いっそなにも考えずにいることですわ』

結局私はあまり強くない睡眠剤を処方して、暇を告げたのでした。帰る道々私は、いったい彼女が言ったのはどういう意味だったのだろうかとふしぎに思いました。

〝過去を引きもどす〟――いったい何を、もしくは誰を引きもどすというのだろうか？

この最後の会見はある意味では、このあとで起こった事件の前奏曲になっておったのですな。もちろんそんなことが起こるなんて当時は思いもしなかったのですが、しかし、いざ起こった時にも、私は意外という気持ちはいだきませんでした。なぜって私はメアリ・バートンから終始良心的な女性という印象を受けていたからです——弱気の犯罪者ではなく、はっきりした信念をもった女性、信念にしたがって行動し、信念がゆらがないかぎりはおよそくじけそうにない女性というようなね。私たちがかわしたあの最後の会話の折には、彼女はすでにこの信念にたいして疑いをさしはさみはじめていたのではないか、私はこう想像しました。あのとき彼女の言葉を聞きながら私は、この人の心の中には魂を責めさいなむおそろしい悔恨がかすかながらもきざしはじめているのではないかと思ったものでしたからね。

事件は、コーンウォールの小さな海水浴場で起こりました。ここはその季節には少々さびれていました。そうですね、三月の下旬だったでしょうか。私は新聞でその記事を読んだのです。そこの小さなホテルに一人の女性が滞在していた——名前をミス・バートンといった。どうも様子がおかしい変わった婦人で、みんながそれに気づいていた。なにかブツブツとつぶやきながら夜中に部屋の中を歩きまわったりするので、両隣りの客が安眠を妨害された。この女性は、ある日、土地の牧師をたずねて、きわめて重大なことを一つ告白したいと思うと言いだした。ところが、自分はある犯罪を犯していると言いかけただけで、ぷいと立ちあがってまた伺うからと立ち去った。牧師は、少々頭がおかしいのではないかと思って、その告白をまじめにとらなかった。

ところがそのあくる日、彼女はホテルの自室から姿を消して、行方知れずになった。検屍官にあてた一通の遺書があった。それは次のような文面のものだった。

きのうは牧師さまにお目にかかってすべてを申しあげようと思ったのですが、所詮ゆるされぬことでした。あの人が邪魔をしたのです。今となっては残されたつぐないの道はただ一つ、命をもって命のつぐないをするほかありません。わたしもあの人と同じように深い海の底に溺れて死ななければならないのです。わたしはこれまで、自分の取った道はまちがってはいないと信じてまいりました。けれどもそうではないということが、やっとわかってきたのです。エイミのゆるしを乞おうと思うなら、あの人のところに行かなくてはなりません。わたしの死はだれの責任でもないということを明らかにするために、これを書きのこす次第です。

メアリ・バートン

彼女の衣服は、宿に近い人気のない入江の波うちぎわで発見されました。そこで服をぬいで、覚悟の上で沖にむかって泳ぎ出したものでしょう。そこは潮流が速くて、泳ぐには非常に危険な場所として知られていました。

死体はついに発見されずじまいでした。しかし、しばらくして死亡が推定されたのです。調べてみるとミス・バートンは富裕な婦人で、財産は十万ポンドにのぼりました。遺言状もべつになかったので、財産は残らず彼女の一番近い親類の手にわたりました。これはオーストラリアにいる従妹の一家でした。新聞はカナリア諸島で起こった悲劇について控えめに言及して、つまるところミス・デュラントの死のショックがミス・バートンの精神の平衡を失わせたのだろうという推論をくだしていました。検屍廷でも、こういう場合によく言われるように、一時的な心神喪失による自殺ということでけりがついたのでした。

エイミ・デュラントとメアリ・バートンの悲劇の幕はこうして閉じられたのです」

長い沈黙がつづいた。ややあってジェーン・ヘリアが大きく息をのんで言った。

「まあ、そんなところでおやめになってはいけませんわ――お話のやまにさしかかったんですのに。つづけてくださいませよ」

「しかし、ヘリアさん。これはつづきものの小説とはちがいます。実際にあった話ですからね。実話というやつは、勝手なところで急におしまいになるものなんですよ」

「でもあたくし、つづきをうかがいたいわ」

「今度はわれわれが頭を使う番なんですよ、ヘリアさん」とサー・ヘンリーが説明した。

「メアリ・バートンはなぜコンパニオンを殺害したか、というのがドクター・ロイドがわれわれに提供された問題なんですから」

「それでしたらね」とミス・ヘリアは言った。「いろいろな理由があったかもしれませんことよ。つまり――さあ、わからないわ。ただむしょうに神経にさわったってだけのことなのかもしれませんし、嫉妬心というものが働いたのかもしれませんわね。ドクター・ロイドはかげの男のことなんて一言もおっしゃいませんでしたけれど、でも外国航路なんかでは――よく言いますでしょう、船上の恋とかなんとか――」

ミス・ヘリアは少々息を切らせてだまった。聞き手は、なるほど、ジェーンの形のよい頭はまったくの見かけ倒しで、中身はからっぽだとつくづく思ったのだった。

「わたしはね、いろいろあてずっぽうを言ってみたいわ」とミセス・バントリーが言った。「でも一つだけに限らなくちゃいけないんでしょうね。そうね、わたし、こう思いますのよ。ミス・バートンのお父さんという人はエイミ・デュラントのお父さんを破滅させて一財産作りあげた、それでエイミが復讐しようと考えたんですわ。あら、でも、それでは話がまるで逆ね。癪にさわること。金持ちの雇い主がしがないコンパニオンを殺すなんて、まあ、いったい、どういうことなんでしょうねえ。ああ、わかったわ。ミス・バートンにはエイミ・デュラントに失恋したあげくに自殺した弟があったんですわ。

ミス・バートンは静かに時の熟するのを待ち、エイミの境遇が苦しくなったときを見はからってコンパニオンとして雇い、カナリア諸島まで誘いだして念願の復讐をとげた。ねえ、こういうのはいかが？」

「お見事ですな」とサー・ヘンリーが言った。「ただ、ミス・バートンに、はたして弟がいたかどうかということがわかっていないわけですが」

「それが推理というものですわ。弟でもいなくっちゃ、まるで動機というものがありませんもの。だからいたにちがいないということになりますのよ、おわかりになりまして、ワトスンさん？」

「うまい筋書きだがね、ドリー。しかし、当て推量にすぎないんだから」と夫のバントリー大佐が言った。

「むろん、そうよ。だってわたしたちにできることって、せいぜいあてずっぽうをいうことだけじゃありませんの。およそ手がかりというものがないんですもの。あなたもやってごらんなさいませよ」

「まったくのところ、なんと言っていいか、ぼくにはさっぱりわからないんだよ。しかしね、誰か男のことで仲たがいをしたというヘリアさんの考えかたには一理屈ありそうじゃないか。ねえ、ドリー、これは誰か身分の高い坊さんかなんぞがからんでいるのかもしれんぞ。二人がそれぞれに法衣に刺繍をして意中の人に贈ったんだが、当の高僧はミス・デュラントから贈られた方をまず着たのさ。そんなことにちがいない。最後にミス・バートンは牧師のところに出かけて行ったろう。そういうたちの女は男前のいい坊主というと、コロリとまいってしまうのさ。よくある話じゃないか」

「私はもう少しうがった説明をしてみたいと思うね」とサー・ヘンリーが言った。「まあ、これも臆測の域を出ないだろうが。ミス・バートンはもともと精神的に少々おかしかったんじゃないかと思うんだよ。こういった例は、みなさんのご想像以上に多々あるんでしてね。狂気が昂じて、ある種の人々を世の中から抹殺するのが自分の義務だというふうに信ずるようになったんでしょうな――おそらくいわゆる過去のある女性といったような人々をね。ミス・デュラントの過去についてはあまり知られていません。ですから、これは単なる想像ですが、なにかいわくつきの過去があったということも大いに考えられるわけです。ミス・バートンはこのことを知って、彼女を抹殺してしまおうと決心したんですな。のちになっていったい自分の行為は正しかったのだろうかという疑念になやまされるようになって、悔恨にうちひしがれたのです。その死の次第なども完全な狂気を物語っておりますよ。いかがですか、マープルさん？　賛成だとおっしゃっていただきたいものですな」

「失礼ですけれど」とミス・マープルは申しわけなさそうにほほえんだ。「わたしはどうも、ミス・バートンの最後は彼女が非常に頭のよい、策略にたけた婦人だということを示しているように思いますの」

ジェーン・ヘリアがふと小さな叫び声をあげた。

「まあ、ばかでしたわ、あたくし！　もう一度当ててみてもよろしい？　むろん、そうにきまっていますわ。脅迫ですのよ！　コンパニオンがミス・バートンを脅迫していたんですわ。でも自殺をしたってことが、どうして頭のいい証拠なのか、あたくし、やっぱり、マープルさんのおっしゃる意味がわかりませんわ。ぜんぜん」

「いや、マープルさんはね。セント・メアリ・ミードでちょうど似たような事件が起ったことのあるのをご承知なんですよ」

「あなたって方はいつもわたしのことを笑いものになさいますのね、サー・ヘンリー」とミス・マープルが怨《えん》ずるように言った。「でもほんとうのところ、ちょっとトラウトおばあさんのことを思い出しましたのよ。あの人はすでに死んでいる三人のおばあさんの名義の養老年金をあちこちの教区でただどりしていましてね」

「複雑巧妙な犯罪のようですな。しかし、私にはどうもそれが今われわれが当面しているこの問題に手がかりをあたえるとは思われないんですが」

「もちろんそうでしょうとも——あなたのようなお方にとりましてはね。でも世の中にはひどく貧しい一家もおりますのよ。その養老年金が、子どもたちにとってはたいへんなありがたみを持っていたんですわ。ほかの社会層のかたにはなかなかおわかりにならないでしょうがねえ、それはとにかく、わたしの申しあげたかったのはね、この事件はひとえに、年をとった女なんて、みんな似たりよったりだという一事にかかっているということでしたの」

「というと？」とサー・ヘンリーが狐につままれたような顔をした。

「わたしって、どうも説明がまずくていけませんわ。つまり、ドクター・ロイドがはじめに二人のイギリス人女性のことを描写なさったときに、どっちがどっちともわからないくらい似ていたとおっしゃいましたでしょう。ホテルにいたほかの人たちにしてもはっきり見わけはつかなかったんじゃないでしょうか。一日二日もすればむろん話はべつですけれども、でも着いた翌日に一人が溺死したんでしょう？　生き残ったほうがミス・バートンだと名乗れば、そうでないかもしれないなどと誰が思ったでしょうか？」

「そうするとあなたは——ふうむ、なるほどね」とサー・ヘンリーがゆっくり言った。

「だってそうとしか、考えられませんものね。ミセス・バントリーが、たった今ちょっとおっしゃいましたねえ、なぜ、金持ちの雇い主がしがないコンパニオンを殺したりなんかしたのだろうって。逆の場合のほうがずっともっともらしいじゃございませんか。世の中にはよくあることですわ」

「でしょうかね？」とサー・ヘンリーが言った。「どうもいささかショックですな」

「けれどもむろん、ミス・バートンの服を着なければならなかったんでしょうし、少し窮屈だったんでしょうね。ですからよそ目には少しふとりはじめたように見えたわけです。当然殿がたは、本人がふとったのだとお考えになりますわね。服が小さくなったのだとはお思いにならずに――服が小さくなったというのも正確な言いかたではありませんけれど」

「でも、エイミ・デュラントがミス・バートンを殺したのだとしたら、いったい、それによってどんな得がありましたの？」とミセス・バントリーがきいた。「化けの皮をかぶりとおすわけにもいかなかったでしょうに」

「ほんの一カ月か二カ月のことだったのですわ。そのあいだというものはあちこち動きまわって、知った顔と出会わないようにしていたのです。ある年齢の婦人は、みな似たりよったりだとわたしが申しましたのは、そういう意味だったのですわ。パスポートなんて写真の顔がちがうなんてことに気がつく者はいなかったんでしょうね――パスポートなんていいかげんなものですからね。やがて三月にはいると、そのコーンウォールの土地に行って、さんざんおかしなふるまいをしてわざと人目を引いたわけです。前もってこうした準備工作をしておけば、海岸にぬぎすてられた衣類が見つかったり、書置きを読んだりしたあげくには、だれ一人常識的な結論など思いもつかないでしょうからね」

「常識的な結論といいますと？」とサー・ヘンリーが言った。

「死体が発見されずじまいということですわ」とミス・マープルがきっぱり言った。「こちらの気をそらすようなこしらえものの手がかりがこうもたくさんそろっていなかったら、死体がないというこの事実が隠れもない厳然たる事実としてみんなの注意を引いたのでしょうがね。こしらえものの手がかりというのは、犯行が行なわれたらしいという暗示とその後につづく悔恨というお芝居もふくめてですよ。死体が見つからなかったということこそ、もっとも重要な事実なのですわ」

「とおっしゃるのは——」とミセス・バントリーが言った。「つまり後悔なんぞぜんぜんしなかったということですの——自殺ではないということなんですかしら？」

「自殺なんぞするものですか！　この点でも、トラウトおばあさんと同じですわ。あの人もみんなの注意をほかにそらすのがうまかったんですけれど、わたしというこのミス・バートンにしてもつかりましたのでねえ。悔恨に責めさいなまれているというこのミス・バートンにしても、わたしにははっきり見すかせますわ。自殺なんてとんでもない！　オーストラリアにでも行ってしまったんでしょうよ、わたしの臆測が当たっているとすれば」

「まったくそのとおりでしたよ、マープルさん」とドクター・ロイドが言った。「ほんとうにピタリとお当てになりましたね。いや、またしても意外なことが起こりましてねえ。あの日、メルボルンで私はまったく、腰をぬかさんばかりに驚いたんですよ」

「妙なめぐりあわせとおっしゃったのはそのことですの？」

ドクター・ロイドはうなずいた。

「ええ、ミス・バートン――いや、エイミ・デュラントですか――それはまあ、どちらでもよろしいが――彼女にとっちゃあ、私にめぐりあったのが運のつきでしたよ。私はその後、船医になってしばらく航海に出ましてね。メルボルンに上陸して町を歩いていると、ぱったり出っくわしたのが、てっきりコーンウォールで溺死したと思いこんでいた例の女性だったのです。彼女の方でもこちらに気づき、大胆きわまる手段に出たのです――いっさいを私に打ち明けましてね。変わった人でしたな。ある種の道義感がまるっきり欠けておったんでしょうね。九人姉弟の長女で、一家そろって赤貧洗うがごとき状態だったんですな。一度イギリスにいる金持ちの従姉にあてて窮状を訴えたのですが、素気なくはねつけられてしまったのです。この従姉と彼女たちの父親がむかし、けんか別れをしましてね。しかし、こちらは是が非でも金を手にいれなければならないような状況だったのです。末の三人が病身で高価な医療を必要としておりましたので。このとき、エイミ・バートンは即座に冷酷きわまりない殺人計画を立てたらしいのですね。彼女はただちにイギリスに出かけて行きました。保母になって行きの旅費をかせいだのです。それからやがて従姉のミス・バートンのコンパニオンの地位につきました。エイミ・デュラントと名乗ってね。この間、部屋を一つ借りておき、家具などもいれ、エイミ・デュラントという架空の人格を作りあげておいたわけです。ミス・バートンを溺死させるというのは、とっさの思いつきでした。かねて機会をねらっていたのですがね。それから大芝居を大づめまで演出して、オーストラリアに帰ったという次第です。しかるべきときが来ると彼女は近親者として弟たちともどもミス・バートンの遺産を相続したのでした」

「なんとも大胆な完全犯罪だな」と、サー・ヘンリーが言った。「ほとんど完全といえるでしょうな。カナリア諸島で亡くなったのがミス・バートンだとわかっていたら、当然エイミ・デュラントに疑いがかかり、親族関係があることが明るみに出たかもしれませんしね。しかし、彼女がミス・バートンになりすまして自殺をしたといういわば二重犯罪のために、その方面の疑惑がうまく一掃されたようなわけでね。まあ、ほとんど完全犯罪といえるでしょうな」

「それで彼女はその後どうなりましたの？　あなたはどういう処置をおとりになりまして、ドクター・ロイド？」とミセス・バントリーがたずねた。

「私は非常に奇妙な立場に立たされたわけですよ、奥さん。証拠といっても法律上問題になるようなものはほとんどありません。それに医者として私には一目でわかったのですが、エイミ・バートンは一見いかにも健康そうで元気にしてはいましたが、おそらくこのさき長くはあるまいという疾病の徴候がはっきり出ておったのです。私は彼女の家までついて行って、家族にも会いました――じつに気持ちのよい人たちでしたっけ。長姉である彼女をたいへん敬愛していましたが、姉がおそろしい犯罪者などとは思ってもいませんでしたね。証拠もないのに、幸せそうな一家に悲しみをもたらして、いったいなんになるでしょう？　彼女の告白は私以外には誰の耳にもはいっておりません。私は自然の手にすべてをゆだねました。エイミ・バートンは私が会ってから六ヵ月後に世を去りました。彼女が最後の日まで晴ればれと悔いのない日々を送ったかどうかと、私は折にふれて考えたものでしたよ」

「まさか、そんなことはねえ」とミセス・バントリーが言った。

「わたしはそう思いますよ。トラウトおばあさんがそうでしたもの」とミス・マープルが言った。

ジェーン・ヘリアがかるく体を揺すって言った。

「まあ、とってもスリルのあるお話でしたわ。でもね、二人のどっちがどっちを殺したのか、うかがっているうちにわからなくなってしまいましたわ。それにトラウトおばあさんて人、このお話にどういう関係がありますの？」

「べつに関係はないんですよ。ただね、村にそういう名前の人がいたってことですの——あまりいい人間ではないんですけれどね」

「まあ、村のお話ですか？」とジェーンが言って、「でも、村になんか、何ひとつ、とくべつなことは起こりませんでしょう？」と溜め息をついた。「あたくしだって村に住んでいたら、利口な女とは言えなくなってしまうでしょうよ」

第九話　四人の容疑者

The Four Suspects

迷宮入りの、したがって相応の刑罰を受けていない犯罪のことが、ひとしきり話題にのぼっていた。みんながかわるがわる意見をのべた。バントリー大佐、ふくよかで、感じのいいミセス・バントリー、ジェーン・ヘリア、ドクター・ロイド、そして年老いたミス・マープルまでが。ただ一人、一度も口を開かなかったのは、こういった話題にかけては最適任者と目《もく》される人物だった。前警視総監サー・ヘンリー・クリザリングはじっとすわったまま、しきりに口髭をひねって――というよりは撫でて――いた。そしてまるで何かこっそり考えておもしろがっているように、にんまりと微笑を浮かべていた。

「サー・ヘンリー」と、ミセス・バントリーが堪りかねて呼びかけた。「なにか一言おっしゃってくださらなくっちゃ、わたし、大声をたてますよ。いったい罰せられずにすんでいる犯罪ってたくさんございますの、それともぜんぜんございませんの？」

「あなたは新聞の見出しのことでも考えておいでなんでしょうな、奥さん。〈警視庁またも黒星〉とかなんとかいう。それからおもむろに迷宮入り事件の数々がずらりとならぶという寸法なんでしょうが」

「そうした事件は、全体からするとごくわずかなんだろうがねえ」とドクター・ロイドが言った。

「そうなんだよ。解決ずみの多くの事件や犯人の処罰については、めったに報道されないんでね。しかし、今みなさんが問題にされているのはそういった事柄ではないんじゃないかな。だいたい未発見の犯罪とか、未解決の事件とか言うが、この二つはまったく別な事柄でね。未発見の事件という場合には、警視庁がまだ聞きおよんでいない、発生の事実からして誰一人知らない事件のすべてをも含むわけだから」

「でもそういった事件はあまりたくさんはないんでしょう？」とミセス・バントリーが言った。

「さあ、どうでしょうか？」

「まあ、いやや、おとぼけになって！　まさか、たくさんあるっておっしゃるんじゃございますまいね？」

「わたしはかなり多いと思いますよ」とミス・マープルが言った。いかにもチャーミングなこの老婦人は一時代前の人らしい落ち着いた口調で、平然とこう言ってのけたのだった。

「おやおや、マープルさん、思いきったことをおっしゃいますな」とバントリー大佐が言った。

「申すまでもなく、世間には間のぬけた人間がザラにおりますからね。こういった人間は何をやってもたちまち露見してしまいます。でも、ばかとはいえない人たちもかなりいるものですわ。そういった人たちにしっかりした道義の観念があればよいのですけれど、そうした連中がとんでもない悪事を企てだしたら、いったいどんなことになるかと思うと、思わずゾッとしてしまいますわ」

「お説のとおりですよ。じっさい、なかなかどうして目はしの利く人間もたくさんいますからね。犯人のとんだ不手際から犯罪が明るみに出るという場合があるものですが、そうした折々、私は、これが成功しなかったからいいようなものの、もしもなんの支障もなしに行なわれたとしたら、はたして真相を知りえただろうかと自問自答するのですよ」

「それは容易ならぬ問題だな、じつに、クリザリング」とバントリー大佐が言った。

「たいへんなことじゃないか」

「まあね」

「何を言ってるんだ！　じつにゆゆしい問題だよ」

「犯罪者が罰せられもせずにノホホンと暮らしているなんてけしからんときみは言うんだろうが、しかし、はたしてそんなものかね？　法の手では罰せられなかったかもしれない。しかし、因果というものは法の網の外でも働くよ。天網恢恢《てんもうかいかい》疎《そ》にして漏らさずなどと言えば陳腐な言いぐさになってしまうが、私に言わせれば、およそこれ以上の真理はないのさ」

「かもしれんな。たぶんね。しかし、問題の重要さに変わりはないよ——重要というのはだね——」と大佐は少々戸惑ったように言葉を切った。

サー・ヘンリー・クリザリングは微笑した。

「百人に当たってみれば、九十九人までは疑いもなくきみと同じ考えかたをするだろうさ。しかし、大切なのはね、ほんとのところ、犯罪じゃあないんだ。無実のほうだよ。誰もそれに思いいたらないがね」

「なんのことをおっしゃってるのかしら。あたくしにはちっともわからないわ」とジェーン・ヘリアが言った。

「わたしにはよくわかりますよ。トレントさんの家でバッグに入れておいたお金が半クラウンなくなっているのを奥さんが見つけなすったとき、そのことでいちばん迷惑をしたのは、通いのお手伝いのアーサーのおばさんでしたものね。もちろんトレントさんのところの人たちは、てっきりおばさんが盗ったのだと思いこんでしまいましてね。気のいい人たちですし、アーサーの家が、大家族のうえに主《あるじ》がひどい飲んだくれだということを知っていたものですからね――ええ、もちろん、とやかく角が立つようなことは言いたくなかったのでしょうけれど、それ以来、あの人に対する気持ちがまるっきり違ってきちまいましてね。留守をあずけなくなりましたし。こんなことからおばさんとしても前とちがっていづらくなってきますわね。そのうえほかの人たちまで、あの人に対してとかく警戒するようになりましたし。ところがそのあげくにとつぜん、泥棒は家庭教師だということがわかったのですわ。開けっぱなしになっていたドアごしに盗みの現場が鏡に映るのを、奥さんが見てしまったのです。これなんか、ほんの偶然のきっかけからですけれど――わたしは神さまのお示しと呼びたいと思いますね。サー・ヘンリーが今おっしゃったのはこういった意味のことじゃないかと思うんですよ。たいていの人は誰がお金を盗ったのかということにばかり、興味をもつんでしょうけれど――それが結局思いもかけない人物だったんですからねえ――推理小説によくあるように！　でも生き地獄にもひとしい苦しみを味わったのは、かわいそうにアーサーのおばさんでしたよ。まったくなんの罪もなかったんですからねえ。あなたはこういうことをおっしゃるおつもりだったんじゃありませんか、サー・ヘンリー？」

「そのとおりですよ、マープルさん。私の言いたいと思うことをズバリおっしゃってくださいましたね。あなたのお話に出てくるお手伝いはこの場合、運がよかったようなものです。無実だということが知れたんですから。しかし、根も葉もない疑惑の重荷にうちひしがれて一生を送る人間もいるかもしれませんよ」

「何かとくべつな例を思いうかべておいでになりますの、サー・ヘンリー？」とミセス・バントリーがすかさず言った。

「じつはそうなんですよ、奥さん。非常に奇妙な事件があるんです。殺人が行なわれたということは、疑いのないところなんですが、どうにもそれを証拠だてることができそうにありませんでね」

「毒薬を使ったんでしょうね、きっと」とジェーンがささやくように言った。「はっきりした徴候の残らないような毒薬でも」

ドクター・ロイドが落ち着かぬ様子で身じろぎをした。サー・ヘンリーが首をふった。

「それはこの場合にはどうもねえ。南米のインディオが矢じりにぬる秘密の毒薬なんて代物ではなかったんですから。いっそそんな種類のものだったらよかったと思うくらいですよ。この場合の殺人の手口というのは、もっとずっと散文的で――まったくの話、あまりありきたりで、それを手がかりに犯人をつきとめることができそうにないんですよ。一人の老紳士が階段から落ちて首の骨を折ったというだけのことです。毎日どこかしらで起こってるような事故の一つだったのです」

「でも真相はどういうことなんですの？」

「誰にわかりますか、そんなことが？」サー・ヘンリーは肩をそびやかした。「うしろから一突きしたものか、木綿糸か、ひもを階段のてっぺんに渡しておき、あとから抜けめなく取り去ったのか？　それは永久に謎でしょうな」

「しかし、きみはそれが――なんというか、つまり、ただの事故だというふうには考えていないらしいね？　それはどうしてだ？」とドクターがきいた。

「少々長い話になるがね――しかし、まあ、殺人事件だということについては、われわれとしてはかなりはっきりした確信をもっているんだよ。誰の犯行かということをはっきり言いきることはできそうにないがね――証拠が薄弱すぎて。しかし、この事件には今一つ、別の面があるんですよ。さっきお話ししたような一面がね。このたくらみを遂行する機会をもっていたと思われる人物が四人いたわけです。そのうちの一人が犯人だとすると、あとの三人にはなんの罪もないということになります。しかし、真相が判明しないかぎり、潔白な三人も、依然としていまわしい疑惑の影にまといつかれているわけですからね」

「いっそ、その長いお話とやらをうかがわせていただいたほうがよさそうですわね」とミセス・バントリーが言った。

「まあ、そう長話をするにもあたらないでしょうがね」とサー・ヘンリーが言った。

「はじめのところはかいつまんで申しあげられますよ。ドイツのある秘密結社に関係のある部分はね――黒手団といいまして――ちょうどあのカモラ（一八二〇年ごろイタリアのナポリにあった政治的犯罪的秘密結社）のような団体です。カモラといえばたいていの人がすぐ想像する、そのような秘密結社でしてね。やはり脅迫とテロをことととしていました。大戦後に突如現われ、驚くほどの広範囲に広がり、数えきれない人間がその犠牲となって倒れました。警察当局もやっきになって弾圧しようとしたのですが、うまくいきませんでした。何しろ秘密はごく厳重に守られておって、一味を裏切るように団員を抱きこもうとしても、手なずけられるような人間を見つけることがほとんど不可能にひとしかったんですからね。

イギリスではこの結社についてはあまり噂にのぼりませんでしたが、ドイツでは驚くほどの勢力をふるいましてね。結局ローゼン博士という一人の人物の努力で黒手団もようやく解体、一味はちりぢりになったのです。このローゼン博士は一時は諜報機関の仕事に頭角をあらわした人物ですが、自分から一味に加わって、内部の機構に入りこみ、今申しあげたようにその解体の原動力になったのです。

しかし、この結果、彼は当然ねらわれる身となりました。そこで、いっそドイツを離れたほうが身のためだ、少なくともしばらくはその方が賢明だろうということになったのです。で、ローゼン博士はイギリスに来ました。私はベルリン警察から、彼についての書面を受け取っていました。彼は私をたずねてきて、個人的に面談をしましたが、冷静なあきらめに似た見解をもち、自分の将来について、じつにはっきりした予想をしておりましたね。

『やつらは私をかならずつかまえるでしょう、サー・ヘンリー。これはもう確かです』と申しました。りっぱな風貌の大柄の男で、たいへん響きの深い声をしていましたな。抑揚がいささか喉音ぎみなので、わずかにドイツ人と知れました。『これはもうわかりきったことで、今さらどうということはないのです。覚悟はできています。もともと危険を承知で、この仕事についたんですからね。とにかく手をつけたことは残らずやりとげましたし。あの一味がふたたび力を結集するということは、今後ともあり得ないでしょう。しかし、一味の多くは野放し状態ですからね。やつらはやつらにできる唯一の復讐をするでしょう、私の命を奪おうと試みるでしょう。結局は時間の問題ですよ。しかし、私はそのときをできるだけ後《おく》らせたいと願っているのです。非常に興味のある資料を少々集めていますのでね。私の一生涯の総決算です。できればこの仕事をかたづけてから死にたいと思います』

　およそあっさり言ってのけたのですが、一種崇高なその態度に私は感嘆せざるを得ませんでした。私はすぐに、こちらとしてもできるかぎりの対策を講じるから、安心してほしいと申しましたが、ローゼン博士は私の言葉をこともなげに斥《しりぞ》けてしまいました。

『私の命はおそかれ早かれ、いつかはやつらの手中に落ちるでしょうよ。その日がきても、どうか心を痛めないでいただきたいものです。もちろん、そちらとしてもできるかぎりのことをしてくださったあげくでしょうし』

　それから彼は今後の計画をざっと聞かせてくれました。ごく単純なものでした。彼はまず、静かな生活を送りながら著述をすすめていけるような田舎に小さな家を一軒持ちたいと言いました。そして結局サマセットのある村――キングズ・ナートンという村をえらんだのです。駅から約十キロ、文明の手もふしぎとまだおよんでいない、静かな村でした。彼はそこにたいへん住み心地のよい小さな家を買って、いろいろと手を入れ、模様がえをすると、しごく満足して住みついたのでした。家族は姪のグレタ、秘書、ほとんど四十年近くもローゼン博士に仕えてきたドイツ人の家政婦、それに外まわりの用事をする庭師でキングズ・ナートン生えぬきの男が一人いました」

「それが四人の容疑者というわけだね？」とドクター・ロイドが言った。

「そう、これが四人の容疑者さ。あとはもうこれといって話すこともない。キングズ・ナートンの生活は五カ月ばかりは平穏無事に過ぎました。その五カ月目に椿事《ちんじ》が起こったのでした。ローゼン博士はある朝、階段からころげ落ちて、半時間後に死体となって発見されました。事故の起こったと推定される時刻には家政婦のゲルトルードはドアを閉めた台所で仕事をしていたので、なんの物音も聞かなかった――こう言いました。フロイライン・グレタは庭で球根を植えていたと言うし、庭師のドブズは納屋で一服していたそうです。秘書は散歩に出かけていたと言いましたが、これまた証人はいませんでした。アリバイを持っている者は一人もいない――互いの誰かの言い分を裏づけることができる者もいなかったんですよ。しかし、ただ一つ、確かなことがありました。外部の者の犯行であるはずはない、ということです。キングズ・ナートンのような小さな村に見慣れない人間が現われたりすれば、かならず目に立ちます。表玄関のドアも裏の戸口も鍵がかかっていましたが、家の者はみなそれぞれ合鍵をもっておりましたし、どうしても容疑はこの四人にしぼられるのです。しかも、その四人中の誰を取っても、どこから見ても信頼するに足る人間と思われるようなわけでしてね。グレタはローゼン博士の実の弟の娘ですし、ゲルトルードは四十年間も忠実につとめあげた女です。ドブズにしても、キングズ・ナートンから一歩と出たことがありません。それに秘書のチャールズ・テンプルトンは——」

「そうだ、どういう男なんだね、その秘書というのは？　どうもその男がくさいとぼくはにらんでいるんだがね。彼のことではどういったことがわかっているんだい？」とバントリー大佐がきいた。

「いや、私の知っている素性からして、彼に対する容疑はぜんぜん問題にならなかったのさ——少なくとも事件当時にはね」サー・ヘンリーが重々しい口調で言った。「じつをいうとね、チャールズ・テンプルトンは私の部下だったんだ」

「ほう！」とバントリー大佐はすっかり意表をつかれた形だった。

「そうなんだよ。私としても誰か腹心の者を博士の身辺に置きたかったし、といって村人のあいだにとかくの噂が起こってもまずいと思ったのでね。ローゼンが実際に秘書を求めていたので、私がテンプルトンをその仕事につけてやったのさ。育ちはよし、ドイツ語を流暢《りゅうちょう》に話すし、それにたいへん有能だった」

「じゃあ、あなたはいったい誰を疑っていらっしゃいますの？」とミセス・バントリーは、何がなんだかさっぱりわからないという声音だった。「だって、誰もかれもみんな――ねえ、およそ人殺しなんかしそうもないように聞こえるじゃありませんの？」

「ええ、表面的にはね。しかし、別な観点から見ることもできますからね。フロイライン・グレタは、ローゼン博士の姪でとても美しい女性ですが、戦争は弟が姉に、父が息子に敵対するというような実例を一再ならず見せつけましたからねえ。世にも美しいしとやかな少女が、驚くほど思いきったことをやってのけたんですから。同じことがゲルトルードの場合にも言えます。それに彼女の場合には、ほかの原因も働いていたのかもしれませんしね。主人と口論をしたとか、長らく忠実に仕えたあげくだけに、根の深い恨みがましい気持ちがあった、それがつのりつのってとか、ああした階級の女たちは時としてびっくりするほど強いひがみをいだいているものですし。それにドブズはどうでしょう？　家族と何の縁故関係もないからと言って、疑惑の埒外《らちがい》においてしまって、いいものでしょうか？　金銭というものはたいへんな力をもっていますからね。なんらかの方法でドブズに接近した者があって、手もなく買収されたのかもしれませんしね。なんらかというのは、一つのことだけは確実と思われたからです。なんらかの通信ないし指令が外部からとどいたにちがいないということですよ。そうでなければ、どうして五ヵ月もの猶予期間があったのか、説明がつきません。いや、秘密結社の連中がかげで活躍していたにちがいありません。ローゼンが彼らをほんとうにおとしいれた人物なのかどうか、確証がつかめないままに、裏切行為が確かに彼のしわざとわかるまで犯行をのばしていたのでしょう。やがてすべてが疑いをいれぬほど明らかになったので、いよいよスパイに指令を発したに相違ないのです――〝殺せ〟という指令をね」

「まあ、こわいこと！」とジェーン・ヘリアが身ぶるいした。

「しかし、その通信はどんな方法でとどけられたのでしょうか？　その点を私は明らかにしたいと思ったのです。それこそ、この問題を解決しうる唯一の鍵ですからね。四人のうちの一人に何らかの方法で連絡あるいは通信があったにちがいない。いったん指令がくだれば犯行を遅らせるわけはないのです。命令を受け取るが早いか、ただちに犯行を行なう――これが黒手団のやりくちでしたからね。

私はこの点にさぐりを入れてみました。あなたがたがごらんになったら、重箱のすみをつつくような細心さだとおかしくお思いになったでしょうな。その朝、ローゼン家にやってきたのは誰々か？　私は誰一人として除外しませんでした。ここにリストがありますがね」

サー・ヘンリーはポケットから封筒を取り出して、一枚の紙をぬき出した。

「肉屋が羊の頸肉を持参。調査して、確認。

食料品屋の店員がコーンの粉を一包、砂糖二ポンド、バター一ポンド、コーヒー一ポンドを持参。同じく確認ずみ。

郵便屋。フロイライン・ローゼンに二通のカタログ、ゲルトルードあてに村の女からの手紙。ローゼン博士に三通。うち一通には外国の切手がはってあった。テンプルトン氏に二通、うち一通には、やはり外国切手がはってあった」

サー・ヘンリーはここでちょっと言葉を切って、封筒から一束の書類を引っぱり出した。

「その手紙というのをごらんになりたいとお思いのお方もおありかもしれませんがね。受け取り人からじかに私に手渡されたもの、紙屑籠から拾い集めたもの、いろいろです。見えないインクか何かで別な文句が書きそえてないかなどということは、申すまでもなく専門家によってすでに調査ずみです。ですから、そうした手品じみた小細工の可能性はありえないんですよ」

一同はその手紙を見ようと頭を寄せた。カタログは種苗店と、ロンドンの著名な毛皮商からのものだった。ローゼン博士あての二通の請求書は草花の種の代金を請求した土地の店のものと、ロンドンの文具商からのもの。もう一通の手紙というのは次のような文面だった。

親愛なるローゼン様――ドクター・ヘルムート・スパートの家から帰ったところです。帰る途中でぱったりエドガー・ジャクソンに出会いました。エドガーとアモス・ペリーは青島《チンタオ》から帰ったばかりなのです。あまりいい旅ではなかったようで、正直言って《イン・オール・オネスティー》、わたしは別にうらやましいとも思いませんでした。おり返しご近況をお知らせください。前にも申しあげたように、ある人物にご注意なさいますよう。誰のことか、おわかりでしょうね。あなたはあいかわらず同意なさらないでしょうが。ごきげんよう。

ジョージーナ

「テンプルトンあての郵便はごらんのように仕立屋からのこの勘定書と、それからドイツにいる友だちからの手紙でした。この手紙をテンプルトンは、困ったことに散歩のあいだにやぶって捨ててしまったと言うのでした。最後がゲルトルードが受け取ったこの手紙です」

シュワルツさま、金ようの夕方、教会の親ぼく会においでいただけるとうれしいです。牧師さんもおいでを望んでおられます。だれでも歓ゲイです。ハムのあの作りかたはたいへんケッコーでした。あつくおれい申します。では親ぼく会でお目もじかなわれますよう。

あらあらかしこ
エマ・グリーン

ドクター・ロイドは一読、かすかに微笑した。ミセス・バントリーもほほえんだ。

「この手紙は嫌疑の埒外においてさしつかえないんじゃないかな」とドクター・ロイドが言った。

「私もそう思ったんだがね」とサー・ヘンリーが言った。「しかし、念には念を入れて、ミセス・グリーンという人物が実在しているかどうか、その親睦会というのが実際に開かれたかどうか、確かめてみたよ。用心にしくはなしだからね」

「こちらのマープルさんがいつもおっしゃるとおりにね」とドクター・ロイドがにこにこしながら言った。

「おやおや、マープルさん、あなたはなにか、白昼夢でも見ておいでのようですな？いったい、何を考えていらっしゃるんです？」

ミス・マープルはハッと我に返って言った。

「うっかりしておりまして。いえね、ただどうして〝正直いって〟という正の字がわざわざ大文字で書いてあるのかとふしぎに思いましたのでね」

ミセス・バントリーが手紙を手に取った。

「まあ、ほんとですわ。じゃあ、これは――」

「ええ、奥さまならきっと、気がおつきになると思いましたのよ」

「この手紙ははっきり警告しているね」とバントリー大佐が言った。「何よりもその点に、興味を引かれたんだがね。これでぼくはなかなか目はしが利くのさ。正面切った警告だが――しかし、いったい誰のことを指しているんだか」

「これについては、少々奇妙なことがあるんだがね」とサー・ヘンリーが言った。「テンプルトンから聞いたんですが、ローゼン博士はこの手紙を朝食の時に開き、そのままポンとそれをテンプルトンのほうに投げてよこして、いったいどこのどんな男からきたのか、見当もつかないと言ったそうなんですよ」

「どこのどんな男だなんて」とジェーン・ヘリアが言った。「だってジョージーナとわざわざ女名前のサインがあるじゃありませんの？」

「男か女か、そこははっきりしませんな」とドクター・ロイドがいった。「この手蹟ではジョージとも読めるし――まあ、ジョージーナでしょうがね。しかし書体から見ると、男のようだ」

「そいつはおもしろいな」とバントリー大佐が言った。「そんなぐあいにテーブルごしにほうってよこして、何がなんだかわからないという様子をしたってことはね。その場にいた誰かの表情を読もうと思ったんだろうな。誰の顔だろう？――姪のか、それとも秘書のか？」

「家政婦でないとも言いきれませんことよ」とミセス・バントリーが引き取った。「ちょうどテーブルに朝食をはこんでいるところだったかもしれませんもの。でも、わたしにわからないのは――この手紙、何だか変ですわ――」と眉をよせて、手紙にまた目を走らせた。ミス・マープルが寄ってきた。その指がつとあがって手紙にさわった。二人は何かしきりにささやきあっていた。

「でもなんだって、その秘書って人は自分にきた手紙をやぶいてしまいましたの？」とだしぬけにジェーン・ヘリアが言った。「よくはわかりませんけど――妙ですわね。それにどうしてまたドイツからなんか？　もちろん、あなたがおっしゃるように、その人の身元がとっても確かでしたら――」

「サー・ヘンリーはそうはおっしゃいませんでしたよ」とミス・マープルがすばやく顔

をあげて言った。「四人の容疑者とおっしゃいましたわ。つまり、その四人の中にはテンプルトン氏もはいっているわけですわ。そうじゃございませんか、サー・ヘンリー?」

「そうなんですよ、マープルさん。私は苦い経験を通じて一つのことを思い知ったのです。疑惑の余地がないなどときめてかかるようなことは、どんな場合でもしないに越したことはありません。今までに四人のうち、三人については、ことによったら犯人かもしれないと考える根拠をいろいろ申しあげましたがね、ありえないことと思えるにしても。ただチャールズ・テンプルトンについては、事件当時はそうした見方をしなかったわけです。しかし、今申しあげたような原則にのっとって、ついにはテンプルトンについてもそうせざるをえなくなったのですな。その結果、次のことを認めなければならなくなりました。陸海軍や警察内部にも、裏切分子は相当数はいりこんでいるということをね。そう認めるのは私としてもまことに不本意なんですが。とにかく私はチャールズ・テンプルトンが黒だと思われる点を冷静に調査してみたのです。

まず、今ヘリアさんが私におたずねになったのと同じことを自問自答してみました。いったいどうして家じゅうでただ一人、彼だけが受け取った手紙を私にさし出すことができなかったのか? しかもドイツの切手の貼ってある手紙を? それになぜ、ドイツから手紙などきたんだろう？

このあとのほうの疑問はごく何げないものですから、直接彼にむかってきいてみましたよ。答は簡潔しごくでした。母親の妹がドイツ人のところにとついでいる。手紙はその娘である従妹からきたものだと言うのです。つまり私は、これまで耳にしたことのない事実をあらたに一つ知ったわけです――チャールズ・テンプルトンにドイツ人と縁故関係があるという。この事実はテンプルトンを容疑者のリストにくわえるに充分です――それはもう確かに。彼は私の部下です。私としては個人的にもその人柄が気に入っていましたし、ずっと信用してきたのですが――厳正な立場というものからして、彼が四人のうちで一番疑わしい人物となったことは認めざるを得なくなったのです。

しかし、問題は――確証がないということです……ひょっとしたら、私は真相をいつまでもつかめないかもしれません。問題の焦点は殺人者の処罰ではありません。私にとってそれよりも百倍も重大だと思われるのは、信頼に値する人物の一生がこのためにめちゃめちゃになってしまうのではないかということです。それもかりそめの疑惑のためにね――私としてはどうしても無視するわけにはいかない疑惑のために」

ミス・マープルが一つ咳をしてから、遠慮がちに言った。

「あのう、サー・ヘンリー、あなたが気にかけておいでになるのは、このテンプルトン青年のことなんでしょうか？」

「さよう、ある意味ではね。理論的に申せば、四人の誰についてもでしょうが、実際にはそうではありません。たとえばドブズですが、彼に対して私がいかに強い疑惑をいだいていたところで、彼の生涯がそれによって左右されるということはまずないでしょう。村の者はローゼン博士の死がありきたりの事故死でないなんて誰も思っていないのですからね。ゲルトルードの場合は影響はもう少し大きいでしょう。たとえば、フロイライン・ローゼンの彼女に対する態度が多少ともちがってくるにちがいありません。しかし、彼女にとっては、それもおそらくそう重大な問題ではありますまい。

次にグレタ・ローゼンですが、まあ、これが問題なんでしてね――グレタは非常に美しい娘ですし、チャールズ・テンプルトンがまたすこぶる風采のりっぱな青年です。この二人が五カ月というもの、ほかに気晴らしのたねとてなく、一つ屋根の下に起きふししてきたんですから、おさだまりの結果が生まれたのです。二人は相愛の仲となりました――口に出してそう認めるところまでは行きませんでしたがね。

そこへこの破局です。三カ月ばかり前のこと、私がキングズ・ナートンから帰って一日二日したある日、グレタ・ローゼンが私を訪ねてまいりました。伯父の死後のあと始末もすんだので、家を売りはらって、近くドイツに帰ることになっているというのです。

私はいちおう隠退したという立てまえになっておりましたが、私人としての私に会いにきたのですな。その用件というのがごくプライヴェートな事柄だったものですから。最初は遠まわしにいろいろ言っていましたが、やっとのことで切りだしました。いったい、私自身はどう考えているかというのですね。彼女は言いました。ドイツの切手のはってある手紙については、自分としてもさんざん悩んだ——チャールズがやぶいてしまったという手紙だ——あれは実際に何でもなかったのだろうか？　もちろん隠された事実などないと思うし、彼の言うことを信じてもいる。でも、ああ、すべてがはっきり腑に落ちさえしたら——彼が無実だという確信が持てれば——と、まあ、こういうわけなんですね。

おわかりでしょう？　私の場合とまったく同じ気持ちなんですよ、彼女も。信じたいと思いながら——いまわしいひそかな疑念が——おさえてもおさえても、執念ぶかく首をもたげるのです。私は彼女にむかって、腹蔵のない話をしました。そして彼女にも同じことを求めました。いったいあなたはチャールズを愛していたのか、彼のほうでも同じ気持ちだったのか——そうたずねました。

『ええ、それは確かですわ。少なくともこれまではね。わたしたち、とてもしあわせでした。毎日がほんとうに楽しくて。二人とも、わかっていましたの——お互いの気持ちが。いそぐことはない——時がくれば、と考えていました。いつかは彼が打ち明けてくれるだろう、そうしたらわたしもと。それが——ああ！　おわかりでしょう、なにもかも一変してしまいました。わたしたちのあいだを黒雲がへだてて——二人ともすっかり他人行儀になってしまいましたの。会っても、何を話してよいのか——あの人にしても、わたしと同じだと思いますわ……二人とも、くりかえしくりかえしつぶやいていますの。〝あの人ではないという確信がもてれば……〟って。どうか、サー・ヘンリー、お願いですわ。おっしゃってくださいまし。〝だいじょうぶです。誰があなたの伯父さんを殺したとしてもチャールズ・テンプルトンではありませんよ！〟って。ああ、お願いですわ！』

ところがいまいましいことに」とサー・ヘンリーはこぶしでテーブルをたたいた。「私としては、そう言いきるわけにはいかなかったのです。二人の仲はしだいしだいに疎遠になって行くでしょう。疑惑の影が幽霊のように二人のあいだに立ちはだかっているのですから——思いきりよく葬り去ることのできない幽霊がね」

サー・ヘンリーは椅子の背にもたれた。その顔は疲れはてて生気がなかった。彼は一、二度悄然《しょうぜん》と頭をふった。

「なんとも手のくだしようがないのです。もしも——」と言いかけて、ぐっと上半身を起こした。かすかな気まぐれな微笑がちらりとその顔に浮かんでいた。「マープルさんのご助力でも仰げればべつでしょうが。いかがですか、マープルさん、あの手紙はあなたのお得意の筋あいのものではありませんかな？　教会の親睦会についての手紙ですよ。あれを読まれて、何かの出来事とか、誰かのことでもふっと思い出されませんでしたか、すべてを明らかにしてくれるようなことを何か？　幸せになりたいと願っている、気の毒な若い二人を助けるために、何とかお力ぞえを願えませんか？」

ほんの気まぐれのようなその言葉のかげには、何かしら真剣なものがこもっていた。サー・ヘンリーはこのかぼそい古風な老婦人の推理力を非常に高く評価するようになっていたのだ。彼はその目に希望にも似た色をうかべて、じっと彼女の顔を見つめた。

ミス・マープルは咳ばらいを一つして、レースのしわをのばした。

「ほんとうにね、わたし、ちょうどアニー・ポールトニーのことを思い出していましたのよ。手紙の意味は申し分なくはっきりしておりますわ。ええ、バントリーさんの奥さまとわたしにはね。親睦会のことを書いた手紙ではなくて、もう一つの方ですの。あなたは、サー・ヘンリー、もっぱらロンドンにお住まいですし、庭いじりになんか興味がおありにならないから、気がおつきにならなかったんでしょうけれど」

「はてね、気がつくって、いったいなににです？」

ミセス・バントリーが手をのばして、カタログを一つぬき出し、開くなり、もったいをつけて読みはじめた。

「ドクター・ヘルムート・スパート（Dr Helmuth Spath）。ライラック色の見事な花。きわめて長い固い茎をもっている。切花によし、庭園によし。けんらんたる美しさをもつ新種」

「エドガー・ジャクソン（Edgar Jackson）。あざやかな煉瓦色。姿の美しい、菊に似た花」

「アモス・ペリー（Amos Perry）。はなやかな赤色。飾りばえがする」

「チンタオ（Tsingtau）。はでやかな橙色。庭園によし、切花としても長もちする」

「正直《オネスティー》（Honesty）！」

「ね、頭文字は大文字ですよ」とミス・マープルがつぶやいた。

「オネスティー（Honesty）。あわいばら色。大輪のみごとな花」

それからミセス・バントリーはカタログをほうり出して、爆弾でも落とすように力をこめて言った。

「ダリアの品種だったんですよ！」

「それぞれの頭文字をならべてごらんなさい。死（D―E―A―T―H）となりますわ」とミス・マープルが説明した。

「しかし、手紙はローゼン博士自身に宛ててあったんですがね」とサー・ヘンリーが異議をとなえた。

「そこが奸智《かんち》に長けたところですのよ。それと、そら、警告を発しているところがね。こんな場合、いったい博士はどうするでしょうかね。知りもしない人間から手紙を受け取った。これまで聞いたこともない名前がゴタゴタ書きならべてある。もちろん、秘書のほうに投げてよこすでしょうね」

「すると、結局——」

「まあ、いいえ！」とミス・マープルがいった。「秘書じゃございませんとも。秘書の方にほうったからこそ、はっきり彼のしわざじゃないとわかるようなものじゃございませんか。テンプルトンが犯人だとしたら、手紙を見つけられるようなヘマはしなかったでしょうよ。それに、ドイツの切手のはってある自分宛ての手紙をやぶいたりしてあとからあやしまれるような手ぬかりをするはずもありませんわ。まったくの話、彼の無罪は——いうならば、輝くばかり明らかですわ」

「すると誰が——？」

「それはもう疑う余地がないと思いますけれどね。同じ朝食のテーブルについていた人物がもう一人いましたでしょう？　こうした状況のもとですから、手紙に手をのばして読むのは当然のことでしょうね。まあ、そんなことだったのでしょう。ほら、同じ便で彼女のところに園芸のカタログが届いていましたわね」

「グレタ・ローゼンだったのか」とサー・ヘンリーがゆっくり言った。「すると彼女の訪問というのは？」

「殿がたはみなさん、こうしたかけひきを見すかすことがおできにならないんですねえ。わたしたち年よりが気をまわすと、まるでおいぼれ猫みたいに意地の悪い見かたをするとお思いになるんじゃありませんかしら？　まあね、あいにくと人間は同性のことについては目はしがきくものですわ。二人のあいだに何かわだかまりができたんでしょうね、きっと。テンプルトンがとつぜん、なんとも説明のつかないような嫌悪の念をいだくようになったんでしょう。それこそ、本能的に彼女に対して疑惑を感じ、その疑惑をうまく隠しおおすことができなかったんでしょうよ。グレタ・ローゼンがあなたのところを訪問したのは、悪意からでしょうね。彼女に対してはそう強い疑いの目はむけられていなかったんでしょうに、ただあなたの疑惑をテンプルトンに向けさせようという魂胆から、わざわざそんな行動をとったのですわ。彼女が訪問するまでは、あなたもテンプルトンについてそうはっきりした疑惑はもっていらっしゃらなかったんじゃございませんか？」

「いや、なにも私はその、彼女の言ったことからどうというようなことはけっして――」とサー・ヘンリーが弁解しかけた。

「殿がたはみなさん、こうした事柄をお見とおしにならないようですからね」と、ミス・マープルがおだやかに言った。

「すると、あの娘は」と、サー・ヘンリーは言葉を切って、またつづけた。「冷酷きわまる殺人罪を犯しながらぬけぬけと罰をまぬがれたのか！」

「まあ、そんなことはございませんとも、サー・ヘンリー」とミス・マープルが言った。「罰をまぬがれるなんてことはありません。あなたにしても、またわたしにしても、そんなことは信じておりません。ついさっき、おっしゃったことを思い出してくださいまし。そうですとも、グレタ・ローゼンが罰をまぬがれることはございません。まず、彼女はたいへん奇妙な一味に加わっているわけですし――ゆすりやテロリスト、つきあいの相手としてはまったくろくでもない手合いです。たぶん彼女もその連中の手でみじめな末路を見るんじゃありませんかしら。あなたもおっしゃったように、犯人のことを気にかけたってはじまりませんわ――大切なのは、無実の人たちなんですから。テンプルトンという人はいずれそのドイツ人の従妹と結婚することになるんでしょうがね――手紙をやぶいたということからして、あやしうございますものね——あやしいと申しましても、今晩しきりに使ってまいりましたのとでは、意味がまるでちがいますけれどね。グレタが、読ませてほしいなどと言いだしたら困ると思ったのだと考えられないこともありませんわね。ええ、ここにはちょっとしたロマンスがひそんでいるにちがいありませんよ。それからドブズのことですが——あなたもおっしゃったように、彼の場合はそう大した問題でもないでしょう。せいぜい今日のお茶受けにはどんなご馳走を出してもらえるかといったことばかり、考えていたにちがいないんですから。そう、それから気の毒な年よりのゲルトルードがいますわ。それでわたし、ふっとアニー・ポールトニーのことを思い出しましたの。アニーはかわいそうな人でしてね。五十年も忠実につかえてきたあげくにミス・ラムの遺言状をどうかしたという疑いをかけられたのです。証拠なんて一つもありませんでしたのにね。かわいそうに、忠実なアニーのことですから、そりゃあ、胸がつぶれるほどの苦しみようでしたわ。アニーが死んだあとになってから、その遺言状が出てきましたの。ラムさんがせいぜい安全なところにしまおうと思って、お茶箱の隠しひきだしに入れておいたのが、わかったんですけれどね。でもかわいそうに、アニーはもうこの世にいませんでしたもの。

その気の毒なドイツ人のおばあさんにしたって、わたし、とても気がかりですわ。人間、年をとると、妙にひがみっぽい気持ちになりかねないものですから。わたしはテンプルトン氏よりも、むしろゲルトルードのほうを気の毒に思いますわ。テンプルトン氏は若くて男前がよく、女の人たちにちやほやされるたちのようですからね。あなたからゲルトルードに書いてやってくださいますわね。サー・ヘンリー？　疑いがすっかり晴れたと言ってね。忠実に仕えてきたご主人に死に別れ、そのうえ、あらぬ疑いをかけられていると感じて、すっかりふさぎこんでいるんでしょうからねえ……ほんとうに考えるだけでも、たまりませんわ」

「書きますとも、マープルさん」と言ってサー・ヘンリーはミス・マープルをふしぎそうに眺めた。「しかし、私にはどうも、あなたというかたがわかりませんな。あなたのものの見かたは、私が予期したものとは、いつもひどくちがっているんですがね」

「わたしのものの見かたなんて、井の中の蛙のようなくだらないものなんじゃないでしょうかね」とミス・マープルはつつましく答えた。

「しかし、あなたは国際的事件と呼んでしかるべき謎を、ものの見事に解いておしまいになりましたからな。もちろん、あなたのお答が正しいと、私は信じておりますよ」

ミス・マープルは頰をほんのり染めた。それから少し誇らしげに言った。

「わたしはね、むかしの水準からすれば、かなり高い教育を受けたと思いますの。姉といっしょにドイツ人の家庭教師に勉強を習いましてね。いわゆるフロイラインですわ。たいへんセンチメンタルな人で、花言葉なんか、教えてくれましてね。花言葉って、近ごろではすっかりないがしろにされていますけれど、あれもなかなかおもしろいものですわ。たとえば黄色のチューリップは〝望みなき恋〟を表わしますし、えぞ菊は〝嫉妬〟にもえて御身の足もとに死す〟という意味なんですよ。あの手紙のサインはジョージーナとしてありましたっけ。同じ言葉が、たしか、ドイツ語ではダリアのことだったと思うのですよ。むろん、その手紙が鍵で、すべてを明らかに示していましたのよ。ええと、ダリアの花言葉は何だったかしら？　どうしても思い出せませんわ。近ごろよく物忘れをしましてね」

「死という意味ではないんでしょうね？」

「いいえ、そうじゃありませんわ。たしか。ほんとうに恐ろしい事件ですわね。世の中には、ずいぶん悲しいことがあるものですわ」

「まったくね」とミセス・バントリーが溜め息をついた。「それにしてもこうして庭に花があり、いいお友だちにかこまれているってほんとうに幸せですわね」

「おやおや、われわれ友人は二の次にされましたよ」とドクター・ロイドが言った。

「毎晩、楽屋のあたくしのところへ紫色の蘭をとどけてくれる人がありましたのよ」とジェーン・ヘリアが夢みるようにいった。

「あなたのご好意をお待ちしています、という意味なんですよ、それは」とミス・マープルが晴れやかな声で言った。

サー・ヘンリーがおかしな咳ばらいをして、そっぽを向いた。

ミス・マープルが急に叫び声をあげた。

「思い出しましたわ。ダリアの花言葉はね、〝裏切りと二枚舌〟でしたわ」

「なるほど。いや、まったく」とサー・ヘンリーが言った。

そして今さらしく嘆息したのだった。

第十話　クリスマスの悲劇
A Christmas Tragedy

「わたしは一つ抗議したいのですがね」とサー・ヘンリー・クリザリングが言った。

一座を見わたした彼の目はおだやかながらいたずらっぽく光っていた。バントリー大佐はグッと足を前にのばし、マントルピースを、まるで査閲中に不都合な兵隊を見つけたときのようなきびしい目で見すえていた。ミセス・バントリーは、今しがた郵便で届いた球根のカタログをこっそり見ていた。ドクター・ロイドはジェーン・ヘリアを惚れぼれと見つめていた。見つめられている当の美貌の若い女優は、桃色にみがきあげた自分の爪をつくづくと眺めていた。ただ一人、あのミス・マープルだけがシャンとした姿勢で坐っていた。そのうす青い目は今しもサー・ヘンリーのまなざしを受けとめて、キラリと光った。

「抗議ですって?」とミス・マープルはつぶやいた。

「重大きわまる抗議ですよ。われわれ六人がここにこうして集っている、両性の代表者が三人ずつ。そこでわたしは虐げられた男性群を代表して抗議したいのですがね。今晩は三つ、話を聞きましたな――ところが語り手はもっぱら男性にかぎられていたのですよ。わたしは女性のみなさんが正当な義務を果たしておられないということについて抗議したいのです!」

「まあ!」とミセス・バントリーが憤然といった。「義務はそれなりにりっぱに果たしたと思いますわ。みなさんのお話を傾聴したじゃありませんか? 女らしいつつましやかな態度で――しゃしゃり出て脚光をあびようなどとは思わずに」

「ごりっぱな言い分ですがね。しかし、いけませんよ。アラビアン・ナイトといういいお手本もありますからね、いざ、語りたまえ、シェーラザード姫!」

「あら、わたしのこと?」とミセス・バントリーが言った。「でも何をお話したらいいのか、わかりませんわ。わたしなんて血なまぐさいこととか、怪事件とは、およそ縁のない生活をしてまいりましたもの」

「何も血なまぐさい話とかぎらなくたっていいんですよ。しかしね、ご婦人がたのなかにもお一人ぐらいは、取っておきの怪事件というのをお持ちあわせの方がおいでになるんじゃありませんかな？　さあ、いかがですか、マープルさん――〈日雇い女のふしぎなめぐりあわせ〉とか、〈母の会の怪事件〉とかいった事件でもありませんか？　このセント・メアリ・ミードで私を失望させないでいただきたいものですな」

ミス・マープルは首をふった。

「あなたが興味をおもちになるような事件なんて、何一つございませんよ、サー・ヘンリー。それはもちろん、この村にだってちょっとした妙な事件はありますわ――むきエビが、そら、雲隠れした話がありましたしね。でもね、結局のところ、みんな、日常のつまらない出来事ですし、あなたのような方が興味をお持ちになるような事件ではございませんわ――そりゃ、人間性というものをずいぶんはっきり見せつけてくれますけれど」

「あなたのおかげで私なども、人間性に対してすこぶる興味をおぼえるようになってきましたがね」とサー・ヘンリーがまじめに言った。

「あなたはいかがですか、ミス・ヘリア？」とバントリー大佐が聞いた。「あなたのような方はずいぶん面白い経験をなさったんでしょうね？」

「そう、まったくな」とドクター・ロイドが言った。

「あたくし？　あたくしに――あたくしの身に起こったことを何か話せとおっしゃいま

すの？」

「でなければ、ご友人のどなたかにね」とサー・ヘンリーが言いそえた。

「あらまあ！」とジェーンは言葉をにごした。「あたくしになんか、出来事らしい出来事なんて、何一つ起こらなかったように思いますのよ——そういった種類のことはね。花に妙なことづてがついていたり、そういうことでしたら——でも男の人ってもともとみんなそういうふうなんですもの。そうじゃありません？　あたくし、ついぞ——」と言いかけて、なにかぼんやり考えこんでしまったらしい。

「さて、それでは、そのエビのお話でもうかがうほかなさそうですな」とサー・ヘンリーが言った。「お願いしますよ、マープルさん」

「あなたというかたはよくよくご冗談がお好きですのね、サー・ヘンリー。エビの話なんてほんのお笑いぐさですわ。でも、そう言えば——一つございますよ——出来事などというなまやさしいものではなくて——もっとずっと深刻な——まあ、悲劇ですわね。それにわたしも、ある意味ではかかりあいになっておりますし。わたしのしたことについては後悔はしておりません——後悔どころですか。もっともセント・メアリ・ミードで起こった事件ではございませんがね」

「それは残念ですな、しかし、まあ、我慢するといたしましょう。あなただったら、きっと興味ぶかい話を聞かせてくださるでしょうからね」

サー・ヘンリーはさあ、伺いましょうという姿勢をとった。ミス・マープルはかすかに顔を赤らめて、

「じょうずにお話できると、いいんですけれどね」と心配そうに言った。「どうかすると、すぐ横道にそれてしまいますから。知らないうちについつい脱線しましてね。事実を順を追って思い出すってこと、これがなかなかむずかしうございますのね。話がへたでもかんべんしていただかなくては。ずいぶん前のことなんですよ。

前にも申しあげたように、この事件はセント・メアリ・ミードとはなんのかかわりもございません。じつはね、ある水療院《ハイドロ》に——」

「水上飛行機のことですの？」とジェーンが目を見はった。

「おわかりにならないでしょうね、あなたには」とミセス・バントリーが言いかけると、バントリー大佐が口ぞえした。

「とんでもないところですよ、水療院《ハイドロ》というのはまったく！　まず早起きをしなけりゃならない、いやみったらしい味の水を飲まされる。ばあさんたちがあちこちにすわって意地の悪い井戸端会議。いや、まったくうんざりしますよ」

「まあ、アーサー」とミセス・バントリーがおだやかに言った。「あなただって、あそ

こに行ったおかげで体調がよくなったんじゃありませんか?」

「ばあさん連中があれこれとスキャンダルを交換して日を送っているんです」とバントリー大佐は嘆かわしげに言った。

「それがどうやらほんとのところらしうございますね」とミス・マープルが言った。

「わたしにいたしましても――」

「いやいや、マープルさん」と大佐がとんでもないというような口調で言いかけた。

「私は何も――」

頬を上気させ、片手をかるくふってミス・マープルがそれをおしとどめた。

「でもおっしゃるとおりでございますもの、バントリーさん。ただ申しあげておきたいと思いますのはね――ちょっと考えをまとめさせてくださいましよ――ええ、そうですわ。スキャンダルを交換するということについてでございますがね――確かにずいぶんさかんなようですね。よく非難されますわ。ことに若い人たちが手きびしうございますね。わたしの甥にもの書きがいますけれど――なかなか気のきいた本を書くんでございますよ――この甥がなんの証拠もなしにひとさまのことを悪しざまに言うことについて、たいへん耳の痛いことを申しておりましてね。ですけどわたしはね、そういうことを非難する若い人たちはまず考えてからものを言うようにしてほしいと申したいんですの。

事実にじかに当たって調べてみようとしないんですから。かんじんなのはね、いわゆるおしゃべりが真相を語っている例がいかに多いかということですわ。だいたいそういうことを頭からけなす人たちにしても、わたしの言うように真相にあたって調べてみれば、十中九までは噂どおりだということがわかるんじゃないかと思いますの。それだからかえって、気をわるくするんですわ」

「インスピレーションが働くというわけですか？」とサー・ヘンリーが言った。

「いえ、まあ、とんでもない！　場数をふみ、実際の経験からわり出すんですのよ。たとえば、エジプト学者は、あの奇妙な小さな甲虫の印形を、一目見ただけ、さわっただけで、紀元前どのぐらいのものか、それともバーミンガム製の模造品か、すぐに言いあてるそうでございますね。どうしてわかるのかと聞かれても、はっきりした目安のようなものをあげるわけにいかない場合があるとか。いわば直感的にわかるんでしょうね。一生のあいだそうしたものを扱ってきたからなんでしょうねえ。

　それがわたしの言いたいことなんですの（思うようにじょうずに申しあげられませんでねえ）。甥のいわゆる〝無用の長物のばあさん連中〟はいったいに時間をもてあましています。興味の対象といえば主として人間なんですのね。ですから、まあね、その道にかけてはいっぱしの専門家ですわ。近ごろの若い人たちといえば――わたしなどの若い時分には口に出さなかったようなことを、おかまいなしに話したりしますけど、おなかの中はむじゃきなもので、なんでも額面どおりに信じこんでしまいます。誰かがそっと警告しようとすると、『あなたは一時代前に流行したような、品のいい道徳主義をふりまわすんですね――しかし、そういう見かたは、台所の流しのようなもので――』と」

「流しのどこがいけないんです？」

「そうですとも」とミス・マープルが力をこめて言った。「どこの家にもなくてはならないものですからねえ。でもむろん、ロマンティックでないということはたしかですわね、流しなんて。打ち明けて申しますとね、わたしにも感情というものがございますから、ひとのなにげない言葉のはしばしにむごたらしく心を傷つけられることもございますよ。さて、殿がたは家事むきのことなどにはいっこうに興味がおありにならないでしょうけど、うちにいたお手伝いのエセルのことはちょっと申しあげておかなければと思いますの。なかなか器量のいい娘でして、骨身を惜しまない子だったんですが、わたしには一目で、アニー・ウェブや、気の毒なミセス・ブルイットのところの娘さんと同じタイプだということがわかりました。きっかけさえあれば、自分のものと人さまのものとの見さかいがつかなくなるたちだということがね。ですから、わたしはひと月で暇を出し、正直でまじめだという保証状を書いてやりましたが、エドワーズさんのご隠居には内々で、あの娘はお雇いにならない方がいいと思うと申しあげておきましたの。甥のレイモンドはひどく立腹しましてね。そんな意地の悪い話は聞いたことがないといきましたよ——ええ、意地が悪いと非難しましたっけ。さて、エセルは結局レディー・アシュトンにお仕えしました。わたしとしてもおつきあいもないあの方にまでとやかく申しあげる筋合はございませんしね——ところがまあ、どうでしょう？　奥さまの下着のレースはすっかり切り取ってしまう。ダイヤモンドのブローチを二つ盗む——本人は夜中に行方をくらましてそれっきりなんだそうでございますよ」ミス・マープルは一息ついて、またつづけた。「この話は、これから申しあげるケストン鉱泉水療院でおこった事件となんのかかわりもないじゃないかとみなさんはお思いになるかもしれませんけれど——ある意味ではたしかに関係がございますんですよ。サンダーズ夫妻がいっしょにいるところを一目見た瞬間、どうしてわたしが、この男は奥さんを殺す気でいるという確信をいだいたか、それをいまの話がはっきり説明してくれるわけでございますからね」

「なんですと？」とサー・ヘンリーが身をのり出した。

ミス・マープルはおだやかな顔をサー・ヘンリーのほうにむけて言った。

「そうなんですの、サー・ヘンリー、わたし、疑う余地のないくらい、はっきり確信を持ってしまいましたんです。サンダーズ氏というのは大柄な男ぶりのよい赤ら顔の男でして、磊落《らいらく》で人好きのするたちでした。奥さんに対してもこのうえなく愛想のよい態度をとっていましてね。でも、わたしにはすぐにピンときたのです！　この男は奥さんを殺す気でいるって」

「しかし、どうもそれは、マープルさん――」

「ええ、わかっておりますわ。甥のレイモンド・ウェストでもやはりそう申しますでしょうよ。証拠などひとかけらもないくせにってね。でもわたし、ウォルター・ホーンズをおぼえておりますの。グリーン・マン館を経営していた男ですけれど。ある晩、つれだって帰る途中で、奥さんのほうが川にころげ落ちて死んでしまったんですの――ホーンズはその結果、たいへんな額の保険金をものにしましてね！　あの人ばかりじゃありませんわ。大手をふってそのへんを歩きまわっているような連中にいくつか、同じようなケースがございますわ――そのうちの一人などはわたしたちと同じ社会層の男ですのよ。この人はある夏の休みに奥さんとスイスに山登りに行きました。わたし、奥さんにやめたほうがいいと言ったんですけれど――さぞ怒ることだろうと思ったのに、怒りはしませんでしたが――まあ、笑いとばされてしまいましたの。わたしみたいな変わり者の年よりが、だいじなハリーのことを悪しざまにいうなんておよそこっけいに思えたのでしょうね。結局、事故がおこって——奥さんは死にましたわ。ハリーは再婚しましたわ。でもわたしに何ができたでしょう？　わたしにはわかっておりました。でも証拠というものがまるでなかったんですから」

「まあ！　マープルさん、あなたはまさか——」とミセス・バントリーが叫んだ。

「奥さま、こうしたことは世間にはずいぶんちょいちょいございますんですよ——ほんとに。それに、殿がたの場合はかくべつ誘惑に負けやすいんでしょうね。女より強いだけに。事故らしく見せかけられさえすればいいんですから。さっきも申しましたようにね、サンダーズ夫妻についてもわたしすぐにそう直感しましたの。いっしょに路面電車に乗っていたときのことですけれど、満員で、三人とも、二階席に坐っていました。ところが、サンダーズ夫妻とわたしが立ちあがっておりようとしたとき、サンダーズ氏が平衡を失って、奥さんのほうにぐっと倒れかかったので、サンダーズ夫人はまっさかさまに階段をころげ落ちてしまいました。さいわいなことに車掌が屈強な青年だったので、うまく抱きとめてくれたのです」

「でも、それはほんのはずみだったんじゃないでしょうか？」

「もちろん、ほんのはずみですわ——いかにもはずみらしく見えましたものね。けれどもサンダーズ氏は一時は商船に乗り組んでいたこともあるそうで。波にもまれている船の上で体の平衡を保つことのできる人間が、わたしのようなおばあさんでもちゃんと立っていられる電車に揺られたぐらいでよろけるわけがないじゃありませんか？　まさかねえ！」

「とにかく、あなたがそういう確信をいだかれたということはわかりましたよ」とサー・ヘンリーが言った。「そのときその場で」

老嬢はうなずいた。

「わたし、そう確信しましたの。それから間もないある日、通りを横切っておりましたときに、またもう一度同じようなことがありましてね。わたしの確信はますます強まったのでした。そこでねえ、サー・ヘンリー、おうかがいしたいのですけれど、わたしにいったい何ができたでしょうか？　ここに一人の人のよい、結婚生活に満足しきっている幸せな奥さんがあります。その人がほどなく殺されようとしているのですよ」

「いや、まったく、あなたには度胆をぬかれますな、マープルさん」

「それは近ごろのたいていの人たちと同じように、あなたが事実を直視しようとなさらないからですわ。そんなことがあるはずはないとお考えになりたいのでしょうね。でも事実は事実ですわ。わたしにはわかっていました。でもどうにも手の打ちようがなくてねえ。警察に行くことなんかできやしませんし。その若い奥さんにそう言ってみたところで、どうにもならないことはわかりきっていました。夫に身も心もささげつくしているのですからね。そこで、わたしは、せいぜいこの夫婦について調べてみることを心がけたのです。編みものをしながら炉ばたにすわっていると、ずいぶんいろいろなことを聞きこむ機会があるものですわ。ミセス・サンダーズ（グラディスという名前でした）は問わず語りに身の上話をしてくれましてね。二人は結婚していくらもたっていない様子でした。夫の方はそのうちにちょっとしたまとまった財産を相続することになっているのだが、さしあたっては夫婦ともお金につまっている。じつを言うと、自分のわずかばかりの収入に頼って暮らしているようなわけだ、といったことを、わたしはやがてミセス・サンダーズから聞きだしたのでした。よくある話ですわね。ミセス・サンダーズは、自分の年金にしても元金に手をつけられないので困っているとこぼしていました。どこかに分別のある人がいて、そう配慮しておいたんでしょうね。でも確かに自分のものにはまちがいはないのだから、自分の意志一つで、相続人を指定できるのだ――こういうことも聞かされました。二人は、結婚するとすぐにめいめい遺言状を作って、まさかのときには相手に遺産をのこすように計らったそうですの。いかにも涙ぐましい美談のように聞こえますわね。もちろん、ジャックの相続問題が思うように解決したら――

今のところ、わたしたちはほんとうにお金に困っている——今借りている部屋も最上階の召使部屋に隣りあっているようなありさまだ——火事でもあったら危険だと心配している。窓のすぐ外に非常階段がついてはいるけれどというような話だったのです。わたしはそっと、バルコニーはついているかとたずねてみました——バルコニーなんて、とても危険な場所でございますからね。ひと押しされたら——ねえ、それっきりでございますからねえ！

とにかくわたしはミセス・サンダーズにバルコニーに出て行かないように、約束させました。不吉な夢を見たのだと申しましてね。奥さんもこれは気にしましたわ——時によると、迷信もなかなか便利なものですわね。ミセス・サンダーズは色白であまり冴えない顔色の人でした。大きなまげを、うなじでくしゃくしゃと丸めていましたっけ。人の言うことをすぐ信じこむたちで、わたしの言葉を夫にくりかえして聞かせていましたが、サンダーズ氏は妙な目つきで、わたしの方をちらちらと盗み見していましたわ。サンダーズ氏のほうは、そんなことをやすやすと信じるたちではなかったのですね。わたしがあのとき、いっしょの電車に乗りあわせていたことも知っていましたしね。

とにかくわたしは気がかりでなりませんでした——ただもう心配で。どうやってサンダーズ氏のたくらみの邪魔をしたものか、見当もつかなかったのですからね。水療院《ハイドロ》で起こることなら、防ぐこともできましょう。ほんの二言三言、あやしんでいるということをにおわせるだけで、こと足りるでしょう。けれどもそれでは結局、犯行を先送りさせるだけのことです。思いきった手段をとるほかはあるまい——なんとかうまくわなをしかけるほかない、わたしはだんだんこう考えるようになったのでした。もしもあの男に誘いをかけて、わたしの仕組んだやりかたで、妻の命をねらうように持ちかけることができれば——そうすれば、たちまち化けの皮がはげて、ミセス・サンダーズもいやおうなしに真相を知ることになるだろう。そのためにひどいショックを受けることはまあ、しかたないだろうと」

「いや、まったく、あなたには私もどきどきさせられますな。いったいどんな計画をお立てになったんですか？」とドクター・ロイドがきいた。

「ええ、ほんとにこれならというらまい計画を立てるところだったんですけれどね——」と、ミス・マープルが答えた。「でも相手が悪がしこすぎたのですわ。サンダーズはいたずらに時を待ってはおりませんでした。わたしが疑いをいだいているのではないかと気をまわして、こちらがはっきりした確信をもつ前に、ことを起こしたのです。事故ではあやしまれるだろうと思って、殺人事件を仕立てあげたのですよ」

一座の人々ははっとかすかに息を呑んだ。ミス・マープルはうなずいて、唇をキュッと結んだ。「わたしの申しあげようが、あまりだしぬけすぎましたでしょうかね？　とにかく、事実を正確におつたえすることにしましょう。この事件を思い出すごとに、わたし、いつもたまらなくやりきれない気持ちにさせられてしまいますの。こんなことが起こらないように、なんとか手を打つべきだったと思われましてね。でも神さまが一番よくご存じでいらっしゃいましょうよ。わたしとしてはできるだけのことはしたつもりですの。

　その日はどういうのでしょうか、何か妙に無気味な雰囲気があたりにただよっておりました。みんなの上になにか重苦しいものがのしかかっているような感じがあったのです。とんでもないことが起こるという予感がね。まず、ポーターのジョージですが、なん年もこの水療院《ハイドロ》につとめて、みんなと顔なじみでしたのに、気管支炎から肺炎をおこして、とうとう四日目にぽっくり死んでしまったのです。とても悲しいできごとでした。誰もがびっくりして、めいりこんでしまいましてね。それもクリスマスのつい四日前になって。それからメイドの一人で――とてもいい娘が――指の傷から破傷風のばいきんがはいってまる一昼夜わずらっただけで、やはり死んでしまったのです。

　わたしは応接間にミス・トロロプやお年よりのカーペンターさんといっしょに坐っておりました。カーペンターさんは――こうしたことをいい気晴らしのように思って――

ひどくうれしそうに言ってなさいましたわ。

『覚えておいでなさいよ。これだけじゃあすみませんからね。よく言いましょう？〝二度あることは三度ある〟って、このことわざにまちがいないってことは、わたし、自分の経験からよくよくわかっているんですよ。きっとそのうちにもう一人死人が出ますよ。うけあいますとも。それも遠からずね。二度あることはかならず三度あるんですから』

カーペンターさんが頭をふりたてて編み棒をカチカチいわせながらこう言いおわったとき、わたしがひょいと頭をあげると、戸口にサンダーズ氏が立っていました。ほんの一瞬、彼は仮面をぬいだ本来の姿を見せていました。わたしはその表情をはっきりと読みとりました。カーペンターさんの縁起でもない言葉が、彼の頭に殺人のたくらみをつぎこんだにちがいないと、わたしは死ぬまで信じますわ。心の動きまで見てとれるようでしたわ。

やがて彼はいつものように愛嬌をふりまきながら、部屋に入ってまいりました。

『クリスマスのお買物のご用はありませんか？　ケストンに出かけますが』

一、二分ばかりしゃべったり笑ったりしたあげくに、出て行きましたが、わたしは気が気でなくなって、すぐに申しました。

『ミセス・サンダーズはどちらにおいででしょう？　どなたか、ご存じありませんか？』

ミス・トロロプが、ミセス・サンダーズなら、友人のモーティマー夫妻の所にブリッジをしに行ったと言ったので、わたしの気持ちも一応落ちつきました。でも、まだひどく胸さわぎがして、どうしたらよいかと思い迷っていました。三十分ばかりして、自分の部屋にあがって行く途中で、わたしのかかっているコールズ先生が階段を降りていらっしゃるのに行き合ったのです。リューマチのことでちょうどご相談したいと思っていたところでしたので、わたしはコールズ先生にわたしの部屋に寄っていただきました。そのとき先生が（これはまだ公になっていないがと言って）、メイドのメアリが亡くなったことを話してくださったのです。このことがつたわるのを支配人が好まないので、内聞におねがいしますと言われました。もちろん、わたしはメアリが死んだ直後からついさっきまで、わたしたちがその話で持ちきりだったことなどは、一言も口に出しませんでした――こうした話はいくら隠しても、たちまちのうちに広まってしまいますし、コールズ先生のように経験のある方なら、そんなことは重々ご承知でしょうにね。でもコールズ先生という方は、自分の信じたいと思ったことを信じる、猜疑心というものを持ちあわせない単純なかたでした。そのあと間もなくわたしがハッとしたのも、先生のこの気質を知っていたからだったのです。

先生は立ち去りぎわに、サンダーズ氏からそのうちに家内を一度、診《み》てやってほしいと言われているとおっしゃったのです。近ごろどうも気分がすぐれない——消化不良の気味なんじゃないかと言っていたそうです。

ところが折も折、その日、グラディス・サンダーズはわたしにむかって、自分はもともと胃は丈夫で、それだけはありがたいと思っていると話したばかりだったのでした。

おわかりでしょうね、これを聞いたとたんに、サンダーズ氏に対するわたしの猜疑心が百倍にもふくれあがったのでした。準備工作をしているのだ、しかし、いったい、なんの？　いっそすべてをコールズ先生にうちあけてしまおうかと思い迷っているうちに、先生は行ってしまわれました——もっとも、その気になったところで、どういうふうに話したものか、わたしとしても言葉に苦しんだことでしょうよ。部屋を出ると、当のサンダーズが階段を降りて来るのに行き合いました。外出の服装をして、何か町にご用はありませんかと、もう一度ききました。わたしとしては、いんぎんな調子をくずさずに受けこたえするのがやっとでしたっけ。それからわたし、まっすぐにラウンジに行ってお茶を注文しました。ちょうど五時半でしたわ。

さて、それからあとのことはできるだけ正確にお話ししたいと思うんですの。七時十五分前、まだわたしがラウンジにいるところへサンダーズ氏がはいってきました。二人の紳士といっしょで、三人ともお酒を飲んでこられたようでした。サンダーズ氏はその友人たちと別れると、わたしがミス・トロロプと坐っているところにつかつかやってきました。妻へのクリスマス・プレゼントについて、わたしたちの意見をきかせてほしいと言うのです。夜のパーティーの際などにふさわしいハンドバッグを贈りたいのだと申しました。

『なにしろ、みなさん、こういうがさつな船乗りですから、どんなものがいいのか、さっぱりわからないんですよ。これはどうかと言って店から三つばかり届けてきたのがあるんですがね。目のあるかたがたのご意見をうかがいたいんです』

わたしたちはもちろん、お役に立てばうれしい、よろこんで拝見しようと申しました。すると彼はちょっといっしょに二階に来ていただけないか、下に持ってきてお見せしているところへ家内がいつ帰ってこないともかぎらないからと申しました。そこでわたしたちはいっしょに二階にあがって行きましたの。つぎに起こった出来事をわたしはけっして忘れないでしょう――思い出すと、今でも小指の先までうずくようですわ。

サンダーズ氏は寝室のドアをあけて、スイッチをおしました。その光景を一番先に見たのは誰だったでしょうか――

ミセス・サンダーズは床にうつぶせに倒れて死んでいたのでした。

わたしはまっ先にかけよってひざまずき、すぐ手を取って脈を見ました。なんの反応も感じられません。腕はつめたく硬直していました。頭の脇に砂をつめた靴下がありました――凶器でしょうね――ミス・トロロプは意気地のない人で、戸口のところで呻き声をあげながら、頭をかかえこんでいます。サンダーズは大声で、『家内が、家内が』と言いながら、死体のところにかけよりました。わたしはいそいで彼を押しとどめました。そのときはもうてっきり彼の犯行と思いこんでおりましたから、なにか取るか、隠そうという気なのかもしれないと考えたのでした。

『なにひとつ、おさわりになってはいけませんよ。しっかりなさいまし、サンダーズさん。ミス・トロロプ、あなたは下に行って支配人を呼んできてくださいませんか』

わたしはその場に残って、死体の脇にひざまずきました。サンダーズを死体のそばにひとり残しておくのはどうかと思ったのです。それでも、その愁嘆ぶりが芝居だとしたら、たいした演技だとみとめざるを得ませんでしたわ。茫然として、なにがなんだかわからない様子で、ほとんど気でもおかしくなったように見えましたものね。

支配人はすぐにやってまいりました。部屋をすばやく調べると、わたしたちをみんな追い出して鍵をしめ、自分で保管しました。それから警察に電話をかけたのです。警察がくるまでには、なかなか手間がかかりました（あとからわかったのですが、電話が故障していたのです)。支配人は使いを警察署まで走らせなければなりませんでしたし、水療院《ハイドロ》は町はずれの荒野《ムア》のはてに建っていたものですからね。警察がくるまで、カーペンターさんにはうんざりさせられましたわ。二度あることは三度あるという自分の予言がたちまちにして実現したので、すっかり気をよくしていましてね。サンダーズは頭をかかえて庭に出て、うめきながら、いかにも悲しげな様子であちこちと歩きまわっていたそうです。

さんざん待ちあぐんだ末に、それでも警察がやっときてくれました。支配人とサンダーズ氏はいっしょに二階にあがって行きました。しばらくしてからわたしも呼ばれたのでまいりますと、警部がテーブルにむかってなにか書きとめていました。聡明そうな男で、見るからに好感がもてました。

『ジェーン・マープルさんですね?』

『はい』

『死体が発見された時にちょうど現場においでになったそうですが』

わたしはそのとおりだと言って、起こったことを逐一正確に申しのべました。質問に筋道だった返事のできる人間にはじめて出会って、かわいそうに警部はさぞかしほっとしたにちがいありません。わたしの前に、サンダーズだの、エミリ・トロロプのような人間を相手にしなければならなかったのですからね。ミス・トロロプはすっかり取り乱していたでしょうし——そういったたちの人なんですの、意気地がないったら！　自分ひとりのときならとにかく、人前では感情をおさえなくちゃいけないって、母からよく言われたのを思い出しますけれどね」

「まさに金科玉条ですな」とサー・ヘンリーがおごそかに言った。

「わたしが陳述をおわると、警部はいいました。

『ありがとうございました。ところでもう一度、死体をごらんいただくようにお願いしなくてはと思うんですが、あなたが先ほど部屋にはいられた時にも死体はやはりこういう姿勢だったでしょうか？　何かこう、動かしたというようなことは？』

サンダーズ氏がさわろうとしたのをわたしが止めたのだと申しますと、警部はそれはよかったと言うようにうなずきました。

『サンダーズ氏は、たいへん取り乱しておられるようですな？』

『はあ、そのようですわね——ええ』

〝そのよう〟という言葉にかくべつ力をこめたつもりはありませんでしたのに、警部は少々きっとした目つきで、わたしを見つめました。

『とすると、死体は発見当時とそっくりそのままというわけですね？』

『帽子のほかは』

警部はハッと顔をあげました。

『それはどういう意味です。帽子がどうかしましたか？』

そこでわたしは、帽子はあのときにはグラディスの頭にのっていたのに、今見ると体のすぐ脇に置いてある。もちろん警察の方がそうしたのだと思っていたがと申しました。けれども警部は、力をこめてそれを否定しました。まだなに一つ動かしてもさわってもいないのだというのです。彼はうつぶせに倒れているあわれなむくろを、当惑げに眉をよせて眺めていました。グラディスは外出の服装をしていました――大型のえんじ色のツイードのコートで、グレイの毛皮がえりもとについています。赤いフェルトの安っぽい帽子が頭のすぐ脇に置かれていました。

警部はしばらくじっと立ちつくしたまま、しきりに眉をよせて考えていましたが、ふと思いついたように言いました。

『はじめて死体をごらんになったときにイヤリングをしていたかどうか、あるいは故人にふだんからよくイヤリングをつける習慣があったか、ひょっとして覚えていらっしゃいませんかね？』

さて、幸いなことに、わたしはものごとをこまかく観察するたちでございます。わたしは死体の帽子のつばのすぐ下のあたりに真珠がキラリと光っていたのを思い出しました。そのときはべつにとくに気にもとめなかったのですが。そこでわたしは警部の質問をはっきり肯定することができたのでした。

『それでわかりましたよ。被害者の宝石箱が荒らされていたのです――とくに値うちのあるものが入れてあったというふうでもないのですがね――指環も、指からはずされていました。犯人はイヤリングを取るのを忘れて、犯行が発見されてから、もう一度まいもどったのでしょう。大胆きわまるやつですな！　それともひょっとすると』と警部は部屋をぐるりと見まわして、ゆっくり言いました。『この部屋に隠れていたのかもしれませんよ――ずっと』

けれどもわたしはこれを打ち消して、ベッドの下をのぞいてみたけれど、なんの形跡もなかったと説明しました。それに支配人も衣裳戸棚を開けてみましたし。部屋にはそのほかには人ひとり隠れられるような場所はありませんでした。衣裳戸棚の中にしつらえた帽子戸棚には鍵がかかっていましたし、どのみち、棚が幾段にもついた浅いものですから、人間が隠れられるわけはありません。

わたしがこう説明すると警部はゆっくりうなずきました。

『あなたがそうおっしゃるなら、確かでしょう。とすると前にも申しあげたように、犯人は引きかえしてきたんですな。大胆なやつですよ』
『でも、支配人がドアを閉めて、鍵を持って行ったんですよ！』
『そんなことは問題じゃありませんよ。バルコニーもあるし、非常階段というものもありますからね――夜盗はそこから侵入したんでしょう。おそらくやつの仕事中をあなたがたが邪魔したんでしょうな。それであわてて窓からぬけ出し、みなさんが出て行かれたあとでまたもどってきて、やりかけた仕事をつづけたんですよ』
『警部さんは、たしかに夜盗のしわざだとお考えなんでしょうか？』
警部はそっけない口調で答えました。『そう見えますがねえ』
けれども、その語調は何となくわたしをホッとさせました。この人なら、サンダーズの愁嘆ぶりを額面どおりに受け取りはしないだろうと感じたのでした。
まあね、率直に申しあげるとわたしは、フランスの人たちが固定観念《イデ・フィクセ》とよぶものにすっかり取りつかれていたんですわね。サンダーズという男が妻に対して害意をいだいていたということを、はっきり承知しておりましたのでね。わたしがおよそがまんできないのは、偶然の一致というたわけた考えかたですの。サンダーズ氏についてのわたしの見かたがあくまでも正しいということ――それはもう確かでした。あの男は悪党です。悲嘆にくれている夫の役をサンダーズがいくらもっともらしく演じたって、わたしはかたときも騙されませんでした。でも茫然自失といったその様子はじつにたくみだと感じ入ったのを覚えておりますわ。ほんとうにいかにも自然な悲しみようでしてねえ——おわかりでしょうか？　さて、警部と話をしたあとで、わたしがそれまでとちがって妙にあやふやな気持ちになったことは認めなければなりません。なぜって、もしサンダーズが犯人だとしたら、非常階段のところからこっそりもどって妻のイヤリングをわざわざ取っていくなんてことをするわけがありませんものね。分別のある人間ならそんなことをするはずはありません。サンダーズは実際、とても利口な男でしたし——だからこそ、わたし、警戒していたんですわ」

ミス・マープルはひとわたり聞き手を見わたした。

「わたしがどういうことを申しあげようとしているか、たぶんもうおわかりになったでしょうね。この世の中にはよく意外なことが起こるものですわ。わたしははっきりとした確信をもっておりました。だからかえって真相が見えなかったのでしょうね。結果は、ですから、わたしにとってはたいへんなショックでした。だって、サンダーズ氏が犯人のはずはないということが、どうにも疑う余地のないくらい、はっきりと立証されたのでしたから——」

ミセス・バントリーが驚いたように、ハッと息をのむのが聞こえた。ミス・マープルは彼女の方に向き直った。

「わかりますよ。わたしがお話をはじめたときには、こんなことをお聞きになろうとはお思いにならなかったでしょうからね。わたしも同じでしたの。でも事実は事実です。自分がまちがっていたということがわかったら、はじめから謙虚に考え直さなければね。じっさいに手を下そうと下すまいと、サンダーズ氏は精神的には殺人者同様です——その点では、わたしのかたい信念をくつがえすようなことは何一つ、起こらなかったのでした。

さてみなさんは、事実をそっくりそのままお聞きになりたいとお思いでしょうね。ミセス・サンダーズはさっきも申しあげたように、その午後は友人のモーティマー夫妻といっしょにブリッジをして過ごしました。六時十五分ごろに別れたそうです。友人の家から水療院《ハイドロ》までは、歩いて十五分ばかりの道のりでした。急げばもっと短い時間で帰りつくでしょう。ですから六時半ごろにはもう帰院していたにちがいありません。帰ってきたところを誰も見かけなかったのですから、たぶん横の入口からはいって、まっすぐに自室に急いだのでしょう。そこで着がえをして（ブリッジのパーティーに着ていった薄茶色のコートとスカートが戸棚につるしてありました）、もう一度出かける支度をしていたところを一撃のもとにやられたのでしょう。たぶん誰におそわれたのかということとも知らずに死んでいったのではないでしょうか。砂袋って、あれでなかなか効果的な凶器なのですね。それから考えると、犯人はその部屋の、たぶん大きな衣裳戸棚の中にでも隠れていたのではないかと思われました――おそらくミセス・サンダーズが開けなかった戸棚の中にね。

さて、その日のサンダーズ氏の行動ですが。まずさっきも申しあげたように、五時半か――もう少しあとで外出をしました。一、二軒の店で少し買物をして、六時ごろにグランド鉱泉ホテルに行き、そこで二人の友人と出会ったのです――あとからいっしょに水療院《ハイドロ》までついてきたという二人です。三人はビリヤードを少ししてから、ハイボールをだいぶ飲んだようです。この二人は（ヒッチコックにスペンダーといいましたが）六時以後はずっとサンダーズと行動を共にしていたそうです。水療院《ハイドロ》までサンダーズを送ってきたのですからね。サンダーズはこの二人と別れると、まっすぐにわたしとミス・トロロプの坐っているところにやってきました。それが七時十五分前ごろでした。――ところが、そのころにはミセス・サンダーズはもう死んでいたはずです。

わたしがこのサンダーズの友人という二人の男たちと、じかに話をしてみたことも申しあげておきましょうね。人好きのしない、品のよくない男たちでしたが、ただ一つのことだけはわたしとしても確信しました。つまり、サンダーズが二人とずっといっしょにいたというのは、嘘いつわりのないところだということです。

もう一つ、明らかになった事実がありました。ブリッジの最中にミセス・サンダーズに電話がかかってきたらしいのです。リトルウォス氏と名乗っていました。電話からもどって来たミセス・サンダーズは何かよほどうれしいことでもあるらしく、そわそわしていました——そのせいか、一つ二つとんでもないヘマをやりましてね、あげくのはてに思ったよりも早く引きあげたということでした。

サンダーズ氏は奥さんの友人でリトルウォスという名の男を知っているかときかれて、そんな名前は聞いたこともないと答えました。ミセス・サンダーズのとった態度も、それを裏づけているように思われたのです——彼女自身も電話に出るまではリトルウォスなどという名前は、およそ心あたりがないといった様子を見せていたのですからね。けれども電話を終えて帰ってきた彼女は、頬を上気させてにこにこしていました。ですから、電話をかけてきたのが誰であったにしても、リトルウォスというのは本名ではなかったのではないかと思われました。これだって、何だか妙じゃございませんかね。

ともかくも問題はこうして依然として残っていました。およそありそうにない強盗説か——それともミセス・サンダーズが誰かに会うために外出の支度をしていた、そこへその誰かが非常階段から、彼女の部屋に入ってきて、口論でもしたのか？　それとも卑怯にも彼女の不意をおそったのか？」

ミス・マープルは口をつぐんだ。

「それで？」とサー・ヘンリーがきいた。「どうなんです？」

「どなたか、当ててごらんになりませんか？」とミス・マープルはいった。

「わたし、こういうことって、およそ苦手なんですの。でもサンダーズにそんなちゃんとしたアリバイがあるのは残念みたいですわね。あなたが納得なさったのなら、非のうちどころのないアリバイなんでしょうけど」とミセス・バントリーが言った。

ジェーン・ヘリアが形のよい頭をふと動かしてたずねた。

「帽子戸棚に、どうして鍵なんかかかっていましたの？」

「まあ、よくそこに気がおつきになったこと」とミス・マープルが笑顔を向けた。「わたしもちょっと不審に思いましたの。もっとも理由はしごく簡単でした。その戸棚の中には、刺繍をしたスリッパが一足とハンカチーフがはいっていましたの。かわいそうに、グラディスが夫にクリスマス・プレゼントをしようと思ってこっそり刺繍しかけていたのですわ。戸棚の鍵はハンドバッグの中にはいっていました」

「まあ、わかってみれば、そうおもしろいことでもありませんのね」とジェーンが言った。

「いいえ、それどころか」とミス・マープルが答えた。「それこそ、興味しんしんたるところですわ――おかげで犯人の計画がすっかり狂ってしまったんですから」

一座の人々はいっせいにミス・マープルを見つめた。

「わたしにも二日間というものはまったくわかりませんでしたけれどね。さんざん考えたあげくに――ほんとにだしぬけに、何もかもはっきり腑におちたのです。わたしは警部のところに行って、ある実験をしてみてくださいと頼みました。警部はわたしの言うとおりにしてくれました」

「どんなことをお頼みになったのです?」

「グラディスの頭に帽子をかぶせてくださいと頼んだのですわ――もちろん、かぶせられやしませんでしたよ。ぜんぜん合わないんですものね。グラディスの帽子じゃなかったんですから」

ミセス・バントリーが目をまるくした。

「だってはじめに死体が発見されたときには、ちゃんとかぶっていたんでしょう?」

「グラディスの頭にかぶせてあったわけじゃないんですからね――」

ミス・マープルはこの言葉がみんなの胸に深く印象づけられるように、しばらく間を置いてからまたつづけた。

「わたしたちは、死体をグラディスのものと決めてかかりましたけれどね。顔を見たわけではなかったのです。うつぶせになっていましたでしょう？　帽子に隠れて、何も見えなかったのです」

「でもミセス・サンダーズは確かに殺されたのでは……？」

「ええ、もっとあとになってね。わたしたちが警察に電話をかけたりしてさわいでいるころには、グラディス・サンダーズはまだピンピンしていたんですよ」

「すると誰かが彼女の替玉になっていたとおっしゃるんですか？　でもあなたがさわってごらんになったときには――」

「ええ、れっきとした死体でしたけれどね」とミス・マープルは重々しく言うのだった。

「しかし、それじゃあ、なにがなんだか、さっぱりわからんな」とバントリー大佐が言った。

「死体なんてそうたやすく手にはいる代物じゃないですよね？　いったい、その――最初の死体をどう始末したんです？」

「犯人がもとにもどしておいたんですよ。悪どいたくらみですわね、まったく――でもとても頭のいい思いつきですわ。わたしたちが応接間で話しているのを聞いて、ふっと思いついたんでしょうね。女中のメアリの死体がある――どうしてあれを使わないんだって。覚えていらっしゃるでしょう？　サンダーズ夫妻の部屋は召使部屋と同じ階にありましたからね。メアリの部屋は二つ先でした。葬儀屋は暗くなってからでなくてはこないでしょうし、彼はそれを計算に入れたんです。サンダーズはメアリの死体をバルコニーづたいに運んで（その季節には五時といえばもう暗うございますから）、妻の服を一そろいと大きなえんじ色のコートを着せました。ところが帽子戸棚には鍵がかかっていたのです！　しかたがないので、メアリ自身の帽子を一つ取ってきました。誰も、そんなことに気づく者はいないだろうと思ってね。それから砂をつめた靴下を死体のそばに置きました。そのうえでアリバイを仕組むために外出したのですよ。

まず、妻に電話をしました。――リトルウォスと名乗って。どんな話をしたのか、それはわかりませんが、さっきも申しあげたように、グラディスはごく信じやすいたちでしたからね。とにかく、ブリッジの方は早めに引きあげるように、ただし水療院《ハイドロ》にはすぐには入らないようにと言いつけました、そして七時に水療院《ハイドロ》の庭の非常階段の近くで落ちあうように取りきめたのです。何か思いがけないものを見せるとでも言ったのでしょう。

それから友だちとつれだって水療院《ハイドロ》にもどり、ミス・トロロプとわたしが彼といっしょに死体を発見するように取りはからったのです。死体をあおむけにしようというそぶりさえ見せたのですからね――それをまあ、わたしがわざわざ止めたのですよ！　それから警察に使いが走り、サンダーズはよろめくようにして庭に出て行ったのです。

殺人がすでに起こった以上、そのあとのアリバイなど、誰も求める者はありません。彼は庭で妻と落ちあって、非常階段づたいに自室に導き入れました。死体のことについて、いいかげんなことをあらかじめ話しておいたのかもしれませんね。そして彼女が死体を見ようと身をかがめたとたんに、砂をつめた靴下をとりあげて一撃したのです。

ああ、ほんとうに！　考えるだけでも胸が悪くなってきますわ。いまだに！　それからいそいでコートとスカートをぬがせ、それをつるしてもう一つの死体からぬがせた服を着せたのですね。

でも帽子だけがどうしてもぴったりしなかったのです。メアリは頭を刈りあげていましたし、グラディス・サンダーズのほうは大きなまげをつけていましたから、サンダーズはやむをえず、帽子を死体の脇に置きました。だれも気づかないようにと祈りながら。それから、メアリの死体を彼女の部屋にもどして、もう一度ちゃんともとどおりにしておいたのです」

「およそありえないことのように思えますがねえ」とドクター・ロイドが言った。「一か八かという大きな危険をおかしていたわけですからね。警察が早いとこやってきたかもしれないんですし」

「電話が故障していましたでしょう？　あれも彼の細工だったんですよ。そう早いとこ、警察にこられては困りますからね。でも警官は寝室にあがって行く前に、支配人の部屋にしばらく寄って行きましたし。サンダーズの犯行の弱点といえば、死後二時間をへた死体と、半時間にしかならない死体のちがいに気がつく者があったら、それっきりだということです。ですが犯行を最初に発見する人間には、どうせ専門的な知識はあるまいとたかをくくっていたのでしょう」

ドクター・ロイドがうなずいた。

「犯行は七時十五分前かそこらに行なわれたものと考えられたんでしょうな。実際はせいぜい七時か、七時二、三分というところだったのにね。警察医の検屍は、早くとも七時半ごろだったでしょうし。はっきりしたことは言えなかったと思いますよ」

「わたしこそ、すべてを推理できるはずでしたのにね」とミス・マープルは言うのだった。「グラディスの手を取ったときには、もう氷のように冷えきっていたんですから。その少しあとで警部が、まるでわたしたちが部屋にはいる直前に犯行が行なわれたような言いかたをしていたんですのにねえ──なのにわたしときたら、何一つ気がつかないで！」

「あなたはずいぶんいろいろなことに気づいていらっしゃったと思いますよ、マープルさん」とサー・ヘンリーが言った。「その事件はわたしの就任前のものでしょうな。耳にした覚えがありませんから。それで結局どうなりました？」

「サンダーズは絞首刑になりました」とミス・マープルはきっぱりと言った。「けっこうなことでしたよ、まったく。あの男を法の手にひきわたすにあたって、自分の果たした役割をわたしは少しも後悔しておりません。死刑の是非ということについてとやかく言われますが、人道主義的見地から死刑をためらうなんておよそ我慢なりませんわ」

ミス・マープルのきびしい顔がふと和らいだ。

「かわいそうなグラディスの命を救えなかったってことで、わたし、幾度自分を責めたでしょう。でもねえ、一足とびにとんでもない結論にとびついてしまう、わたしのようなおばあさんの言いぐさに、いったい誰が耳をかたむけてくれるでしょうかね？　まあね、結局はどっちがよかったのか、わかりませんわね。幸せなうちに死ぬ方が、不幸せな生活を送って幻滅の悲哀を感じ、一夜にしておそろしい様相をおびるようになった世界にあくせく生きながらえるより、グラディス自身にはずっとよかったかもしれませんもの。あの人はあの悪党を愛し、信じていました。ついぞその正体を悟ることなく死んだんですからね」

「でしたら、まあ、幸せですわよね。あたくしだって――」と言いかけて、ジェーン・ヘリアはあわてて口をつぐんだ。

ミス・マープルはすべてを手に入れている、この美女を見やって、静かに二、三度うなずいたのだった。

「わかりますよ、わたしには。よくわかりますわ」

第十一話　毒　草

The Herb of Death

「さあ、ミセス・B」とサー・ヘンリー・クリザリングが励ますように言った。

女主人のミセス・バントリーは興ざめしたように非難がましく相手を見かえした。

「ミセス・Bなんていやですわ。前にもはっきりそう申しあげましたよ、わたし。ミセス・Bなんて、品のない呼び名」

「ではシェーラザード姫」

「ますますいけませんわ。シェ——なんでしたっけね？　とにかくお話なんて、わたしにはできませんことよ。嘘だとお思いなら、アーサーにきいてごらんなさいまし」

「きみはね、個々の事実をつたえるぶんにはなかなかじょうずだよ。ただそれをうまくつなぎあわせて修飾を加える段になるとね」とバントリー大佐が言った。

「それなのよ」と言って、ミセス・バントリーはテーブルにのせて眺めていた球根のカタログをパラパラとめくりながら言った。「今まで、みなさんのお話をうかがっていて、わたし、どうしてああもじょうずにお話になれるのかって、感心していましたのよ。『彼が言いました』『彼女が言いました』『わたしはふしぎに思いました』『彼らはこう考えました』『みんながそうほのめかしました』……わたしにはとてもできませんわ。ほんとですのよ！　それに、お話しするようなことは、何一つありゃしないんですものね」

「それはどうも信じられませんな、奥さん」とドクター・ロイドが白髪まじりの頭をことさららしくふって見せた。

ミス・マープルが静かな声で言った。

「おできになりますとも――」

ミセス・バントリーはなおも頑強に首をふりつづけた。

「わたしの毎日が、どんなに平凡か、みなさんはちっともご存じないんですわ。召使のこと、キッチンの下働きの女の子をさがす苦労、出かけるといっても、せいぜい服をあつらえに行ったり、歯医者に行ったり、それからアスコット競馬や（アーサーはきらいですけど）庭のこと――」

「それそれ」とドクター・ロイドが言った。「庭が出てまいりましたな。あなたが何に熱をあげておいでか、それはもう周知の事実ですよ、奥さん」

「庭を持っているって、すてきでしょうねえ」と、若くて美しい女優のジェーン・ヘリアが言った。「土を掘りかえしたり、手が台なしになったりということさえなければね。お花ってあたくし、大好き」

「庭ですか」とサー・ヘンリーが言った。「では、手はじめにそれを取りあげたらどんなものでしょうかね？　さあ、ミセス・B、毒ある球根、死の水仙、死の薬草といった題でいかがですか？」

「妙ですわね、あなたがそれをおっしゃったのは！」とミセス・バントリーが言った。「今、ふっと思い出しましたのよ。アーサー、そら、クロッダラム・コートの事件をおぼえていらして？　ほら、あのときのことよ。サー・アンブローズ・バーシーの。ほんとうにいんぎんな気持ちのよいお年よりだと思いましたわね、わたしたち？」

「覚えているともね。そう、あれはふしぎな事件だったな。まあ、話してごらんよ、ドリー」

「あなたからお話しになってちょうだい」

「ばかなことを。さあ、自分でやってみるんだよ。ぼくはすでに義務を果たしているんだからね」

ミセス・バントリーは深く息を吸いこんだ。手を組み合わせて、いかにも苦しげな表情を顔に浮かべて、早口に一気に話しはじめた。

「お話しすることってあんまりありませんのよ。死の薬草——とおっしゃったので、ひょいと思い出したんですけれど。もっともわたし、自分ではセージと玉ねぎ事件と呼んでいましたわ」

「セージと玉ねぎですって？」と、ドクター・ロイドが問いかえした。

ミセス・バントリーはうなずいた。

「そのお料理がもとで事件がおこったんですの。そのとき、アーサーとわたしはサー・アンブローズ・バーシーのお邸のクロッダラム・コートに滞在していましたの。ある日、誰かが手ちがいから（でも手ちがいにもほどがあるって、わたし、つくづく思いますわ）ジギタリスの葉をたくさんセージにまぜて摘んだんです。晩餐のお料理の鴨の中にこれが詰物になっていましたの。おかげでみんな、ひどい中毒をおこして、かわいそうにお嬢さんが一人——サー・アンブローズが後見をしてらしたお嬢さんですけれど——それがもとでなくなってしまったのです」

ミセス・バントリーははたと口をつぐんだ。

「まあまあ」とミス・マープルが言った。「なんておいたわしい」

「ええ、ほんとうに」

「それから？」とサー・ヘンリーが言った。

「それだけですわ。これですっかり申しあげてしまいました」

一同は啞然とした。長い話ではないと聞いていたが、これほど短いとは。

「しかし、奥さん」とサー・ヘンリーが抗議した。「それだけということはありますまい。いや、実際、今うかがったのは悲劇的な事件にはちがいありませんがね。しかし、どう考えても、なぞというようなものじゃないですな」

「そうね、ほんと言うと、もう少しつづきがありますのよ。でも、むろん、それをお話ししてしまったら、何もかもみなさんにわかってしまいますもの」

文句があるなら言ってみろというように一座を見わたしながら、ミセス・バントリーは情けなさそうに言った。

「だからわたし、事実を上手に飾っておもしろおかしくお聞かせするなんてことはとてもできないって申しあげましたのに」

「ふうむ」とサー・ヘンリーは、坐り直して、片眼鏡をはめ直した。「いや、まったく、シェーラザード姫、これは新機軸ですな。われわれの考察力への挑戦というわけですか。

故意にそういう運びになさったのだと疑えないこともありませんがね——つまり、われわれの好奇心をそそるためにね。手っとり早いところ、〝二十の扉〟式に二、三回みんなでかわるがわる質問をするという趣向ですな。マープルさんからはじめていただきましょうか？」

「わたしはね、コックのことを少しうかがってみたいと思いますよ。よっぽどばかな女だったんでしょうね。それとも経験が浅かったのか」

「ほんとうにばかな女でしたわ。オイオイ泣いて、セージだと言ってわたされたので、そうでないなんて夢にも思わなかったんだと申しましたっけ」

「自分でものを考えるたちじゃなかったんでしょうね、そのコックは。かなり年のいった女で、お料理はじょうずだったんでしょうけれど」

「ええ、すばらしい腕をもっていましたわ」とミセス・バントリーが答えた。

「今度はあなたの番ですよ、ミス・ヘリア」とサー・ヘンリーが言った。

「あら、あの——あたくしが質問をする番てわけですの？」とジェーンはひとしきり考えたあげくに、情けなさそうな声で言った。「ほんとに——あたくし、何をうかがったらいいのか、わかりませんわ」

美しい瞳が訴えるようにサー・ヘンリーを見つめていた。

「登場人物《ドラマティス・パーソニー》はいかがです?」見つめられて、サー・ヘンリーが笑って言った。

ジェーンはぽかんとしている。

「つまり登場順に人物を紹介していただこうという趣向ですよ」

「あら、ほんと、それって、いい思いつきですわね」とジェーンが言った。

ミセス・バントリーはすぐ、指を折ってかぞえはじめた。

「まず、サー・アンブローズ――シルヴィア・キーン（この人、あとでなくなりましたのよ）、――シルヴィアの友だちで邸に泊まりに来ていたモード・ワイ。色の浅黒い醜い顔の娘でしたけれど、それでいて、何か一種の魅力のようなものをただよわせていましてね――ときどきいますわね、そういう娘さんが。いったい、どういうわけであんな印象をあたえるのか、わたし、いつもふしぎなんですけれど。それから、サー・アンブローズと本の話をしようと思ってやってきたカール氏という人がいましたわ――本といってもいわゆる珍書ですの――ラテン語の妙な古文書で――かびくさいような羊皮紙のね。それからジェリー・ロリマー――この人はいわばお隣りさんでした。フェアリーズ荘って屋敷がサー・アンブローズ屋敷と地続きでしたの。それからミセス・カーペンターといって、中年のものやわらかなお猫さんって感じの人がいましたわ。いつでもどこかしらの家にべったりはいりこんでいるようなたちの人ですの。シルヴィアのコンパニオンだったんじゃないでしょうか」

「私の番ですかな」とサー・ヘンリーが言った。「ヘリアさんのお隣りだから、そういう順序になるんだろうと思いますが。いろいろうかがってみたいことがありますよ。まず幕があがるまでのことを洗いざらい、ざっとうかがっておきたいと思いますがね、奥さん」

「はあ」とミセス・バントリーは気乗りのしない様子でつぶやいた。

「まず、サー・アンブローズですが、どんな人物です？」

「そうですわね。たいへん風采のりっぱなお年よりでしたわ——いえ、お年よりといっても——六十は出ていらっしゃらなかったと思いますよ。ただ体がお弱くて——心臓がお悪かったんですの、二階にもご自分ではあがれないくらい——それでわざわざエレベーターを取りつけさせたりしていらっしゃったんでしょう。たいへんチャーミングな人となりで、品のいい老紳士という言葉がぴったりくるようでしたわ。あわてたり取り乱したりということは、あのかたにかぎっておよそなかったでしょうね。雪のような白髪で、とくにお声に魅力がありましたわ」

「けっこうです。サー・アンブローズの人となりがよくわかります。次にミス・シルヴィアですが——姓はなんといいましたかね？」

「シルヴィア・キーンです。きれいな人で――ほんとうにたいへんな美人でしたわ。金髪で、皮膚がすきとおるようで。あまり利口とはいえなかったでしょうけれど。いえ、じつを申しあげると、少々頭の弱い人でしたね」

「おいおい、ドリー」とバントリー大佐が異議をとなえた。

「アーサーは、むろん、そうは思いませんでしたのよ」とバントリー夫人はすまして言ってのけた。「でも、ほんとに、少しぬけていましたわ――耳を傾けるだけの値打ちのあることとなんて、一度だって言ったためしはなかったんですもの」

「ぼくの会ったうちでもとびきり幽艶な美女だったな」とバントリー大佐が力をこめて言った。

「テニスをしているところなんぞ――まったく魅力的だったよ。それにとても明るくてね――まったくチャーミングな娘だったっけ。物腰がまたすてきにかわいらしいんだ。若い男たちはみんな、そう思っていたようだったね」

「それはね、あなたの思いちがいというものよ。近ごろの青年は、そうした若さだけでは魅力を感じませんわ。あなたみたいな道楽じいさんだけですわ、アーサー、若い娘にたあいもなくまいってしまうのは」

「若いだけではだめね、ほんとうに。S《エス》・A《エー》がなくてはね」とジェーンがあいづちをうった。

「S・Aといいますと？」とミス・マープルがたずねた。

「セックス・アピールですわ！」

「ああ、わたしの若い時分に、〝目にものを言わせる〟とよく言った、あれですね」

「悪くありませんな、その言いまわしは」とサー・ヘンリーが言った。「コンパニオンのことをあなたは猫のようなとか、おっしゃいましたっけね、奥さん？」

「ええ、でも猫じゃありませんのよ。猫とお猫さんじゃ、まるで感じが違いますもの。大柄でふっくらした色白の顔で、よく猫がのどをごろごろ鳴らしているような声で話をする人がありましょう？　とてもあたりがよくてね。アデレイド・カーペンターがちょうどそういうふうでしたわ」

「年かっこうは？」

「そうですわね。四十歳ぐらいでしょうか。邸にはもうかなり長いこと住んでいましてね。シルヴィアが十一のころからでしょうか。とても如才のない人でしたわ。世間によくいる、夫に先だたれて生活が苦しくなり、身分の高い親類はあるけれど、手持ちのお金というものがまるっきりないという境遇の未亡人ですわ。わたしはあまり好きじゃありませんでした――でもわたしって、ほっそりした、長い白い手の人というと、だいたい虫の好かないたちですのよ。お猫さんタイプはもちろんのこと」

「カール氏という人は？」

「どこにでもいるような、中年の猫背の男ですわ。似たようなタイプが多いから、まぎらわしうございますね。かびくさい古ぼけた本のことを話すときにかぎって、熱弁をふるうたちでね。この人のことは、サー・アンブローズもあまりよくご存じなかったようですわ」

「隣家のジェリーという青年は？」

「たいへんチャーミングな人で、シルヴィアと婚約していました。それだけにいっそう悲劇的でしてね」

「あのう――」とミス・マープルが言いかけてやめた。

「はあ？」

「いえ、大したことではないんですの」

サー・ヘンリーはミス・マープルの方をいぶかしげに見やったが、やがて考えこんだような口調で言った。

「するとその若い二人は婚約をしておったんですね。かなり前からですか？」

「一年ほど。シルヴィアがまだ若すぎるからと言って、サー・アンブローズが反対しておいででしたの。でも一年の婚約期間も過ぎたので、サー・アンブローズもとうとう折れなすって、近く結婚式があげられることになっておりました」

「ほう！　そのお嬢さんには財産でもあったんですか？」

「ほとんど何も——せいぜい年に百ポンドか、二百ポンドってところでしょうね」

「あてがはずれたろう、クリザリング」とバントリー大佐が笑った。

「今度はドクター・ロイドの番だな。こちらはひっこむとしましょう」とサー・ヘンリーが言った。

「わたしの好奇心は主として職業的なものですがね」とドクター・ロイドが言った。

「検屍の際にどういう医学上の事実が明らかになったかということを、まずうかがいたいと思いますね——奥さんがご記憶なら——もしくはご承知なら」

「わたしも大ざっぱなことしか知りませんのよ。なんでもジギタリンの中毒とか——よろしいんでしょうか、ジギタリンで——？」

ドクター・ロイドがうなずいた。

「ジギタリス、別名キツネノテブクロというやつは心臓に影響するんですよ。ですからある種の心臓病の特効薬になっていましてね。非常に奇妙なケースですな、これは。ジギタリスの葉を調理したものを食べたことから、命にかかわるような大事にたちいたったなんて、普通じゃ、考えられないことですからね。いったい毒草を食べるとたいへんだ、毒のある木の実を食べると命とりだなんて言いますが、これは大いに誇張された言いかたでしてね。主成分のアルカロイドにしても、細心の注意と準備のすえにはじめて抽出されるものなんですが、このことを心得ている人間はほとんどいないようです」

「いつだったか、ミセス・マッカーサーから、特別な種類の球根をミセス・トーミーに送ってきなすったんですけれどね。トーミーさんの家のコックがうっかり玉ねぎとまちがえてお料理に使ってしまったので、お家じゅう、たいへんな中毒で苦しんだということがありましたっけ」とミス・マープルが言った。

「しかし、誰も死んだ者はなかったんでしょうな？」とドクター・ロイドが言った。

「ええ、誰も」

「あたくしの知っている人で、プトマイン中毒で死んだ人がいましたけれどね」とジェーン・ヘリアが言った。

「横道にそれるのはそのぐらいにして、犯罪の捜査をつづけようじゃありませんか」とサー・ヘンリーが口をはさんだ。

「犯罪ですって？」とジェーンがびっくりしたようすで言った。「あたくし、事故だとばかり思っていましたけれど」

「事故だとしたら、ミセス・バントリーが、わざわざ話されるわけはないんじゃないですかな。いや、見かけはいかにもただの手ちがいからおこったことのようだが——そのかげに何か凶悪なものがひそんでいるんじゃないかという気がしますな。こういうケースがあるんですよ。ハウス・パーティーによばれたお客が晩餐後、歓談をしていました。その部屋の壁にはありとあらゆる種類の古風な銃器がかかっていました。ほんの冗談半分に客の一人が、ふるい大型ピストルをつかんで、一人の男につきつけました。射つぞとかなんとか言ってね。ところがそのピストルには実弾がはいっていましたので、ズドンと一発、相手は即死してしまったのです。警察当局としてはこの場合まず、誰がひそかに弾丸《たま》ごめをしておいたのかということ、第二に誰がこんな悪ふざけを演じさせるような方向に会話をもっていったのかということを調べなければなりませんでした——ピストルを発射した男は、まったく何も知らなかったからですよ！

今問題となっている事件がそっくり同じだと思うんです。そのジギタリスの葉というのは、故意にセージにまぜてあったんですな。食べたらどんなことになるか、重々承知の上でね。コックを容疑者のうちにかぞえないとすると——そういうわけでしょうな、奥さん？——問題はその葉をつんで台所にとどけたのは誰かということになりますね」

「それならすぐお答えできますわ」と、ミセス・バントリーが言った。「少なくとも誰が台所にとどけたのかということは。シルヴィア自身でしたの。サラダ菜とか薬草とか、新ニンジンなんかをつむのはシルヴィアの日課の一つでしたからね——庭師が思うようにとりいれてくれないたぐいのものは、みんなシルヴィアがつんでいましたの。庭師って、いったいに、野菜を若い、やわらかいうちに採るのをいやがりますのね——標本になるくらい、見事なものができるまで待っているんですもの。シルヴィアとミセス・カーペンターは自分たちの手でいろいろなものを作って、ころあいのときにとりいれるようにしていました。庭の一隅に、ジギタリスがセージとすっかりこちゃまぜになって生えているところがありましたから、間違ったとしても、まあ、むりはなかったのです」

「しかし、ほんとうにシルヴィア自身がつんだんですか？」

「それは誰にもわかりませんでしたの。そうだろうということになったのですが」

「だろうということで、きめこんでしまうのは危険ですな」とサー・ヘンリーが言った。

「でも、ミセス・カーペンターじゃないのは確かですのよ。だってあの人はちょうどその朝、わたしといっしょにテラスを散歩してたんですもの。朝食のあとでテラスに出ましたの。早春の朝としてはめずらしいくらい、ぽかぽかしておりましてね。シルヴィアはひとりで庭に出て行きましたが、あとでモード・ワイと腕を組んで歩いているところを見かけましたっけ」

「すると、二人はたいへん仲良しだったというわけですのね？」とミス・マープルが言った。

「ええ」とミセス・バントリーはなにか言いかけようとしたのを思い止まったらしい。

「その娘さんはお邸にはかなり長く滞在していましたの？」ミス・マープルがきいた。

「二週間ぐらいでしたかしら」とミセス・バントリーは答えたが、なにやらちょっと言いにくそうな様子が見えた。

「あなたはそのミス・ワイという娘さんがお嫌いだったんですか？」とサー・ヘンリーが水を向けた。

「あら、好きでしたわ、ほんとうに。ええ」

ミセス・バントリーはいっそうためらいがちな口調で言った。

「なにか隠していることがおありですね、奥さん」とサー・ヘンリーがとがめるように言った。

「わたしも、ついさっき、ちょっと考えたことがあったんですけれどね。でも、やめておきましょう」とミス・マープルが言った。

「さっきって？」

「あなたがさっき、ジェリーとシルヴィアが婚約をしているっておっしゃいましたでしょう？　それだけにいっそう悲劇的だって。でもねえ、気がついておいでかしら。そうおっしゃったときのあなたのお声はちょっと妙なふうに聞こえましたのよ――なんだかあやふやに」

「あなたって、ほんとにこわいかたですのね、マープルさん。なにもかも見とおしていらっしゃるようで。ええ、わたし、あることを考えていましたのよ。でもお話しすべきかどうかと迷っていましたの」

「聞かせてくださらなくっちゃいけませんな」とサー・ヘンリーが言った。「なぜためらっておられるのかわからんが、隠しておかれる法はありませんよ」

「あのね、こういうことなんですの。ある晩、そう、事件のちょうど前夜のことでしたわ――わたしが晩餐のあとでふとテラスに出て行きますとね。客間の窓があいていましたの。それでわたし偶然に、ジェリー・ロリマーとモード・ワイがいっしょにいるところを見てしまったんですの。ジェリーが――その――モードにキスをしていました。ほんのはずみでそういう破目になったのか、それとも――というようなことは、わたしにはもちろん、わかりませんでしたわ――ええ、つきとめようがありませんものね、そうしたことって。サー・アンブローズがジェリー・ロリマーをあまり快くお思いになっていないということは知っておりましたけれど――ジェリーがそういうたちの青年だということをご存じだったのかもしれませんね。でも一つのことだけは確信できましたわ。モード・ワイの方はしんそこジェリーに首ったけだってこと。何げない瞬間にモードがジェリーを見る目つきで、誰にだってすぐわかったと思いますよ。それにね、モードとジェリーのほうが、シルヴィアとジェリーより、よほどぴったりしていたのではないかという気がしましたわ」

「マープルさんより一足お先に、私が大いそぎで一つ質問をさせていただきましょうか」とサー・ヘンリーが言った。「悲劇のあとでジェリー・ロリマーがモードと結婚したかどうか、それをうかがいたいんですが」

「ええ、六カ月後にね」

「おやおや、シェーラザード姫さん、あなたはずいぶん出し惜しみをなさっていたんですね！　はじめは枝葉というもののまるでつかない、骸骨のような大筋だけのお話でしたな——ところがどうです。肉《フレッシュ》がつき、血がかよい、たいへんなことになりましたなあ」

「おやめなさいましよ、まるで舌なめずりでもなさりそうね」とミセス・バントリーが言った。「それに肉《フレッシュ》だなんて。菜食主義の人のせりふですわ。『肉類《フレッシュ》はいっさい食べないことにしています』なんて、気取って言われると、せっかくのビフテキがすっかりまずくなってしまいますわ。カール氏って人が菜食主義でしてね。まるでふすまみたいな、奇妙なものを朝食に食べていましたっけ。ああいうふうに背中をかがめている中年の男の人には、ずいぶん変人がいますのね。下着でも新案特許式のものを着ますし」

「カール氏の下着のことなんぞ、きみがいったいなにを知っていると言うんだね、ドリー」とバントリー大佐が言った。

「なにも存じませんわ」とミセス・バントリーがすまして言った。「そうだろうと見当をつけただけよ」

「私は前言を撤回しますよ」とサー・ヘンリーが言った。「あなたのお話の中に出てくる登場人物はまことに興味しんしんたる顔ぶれだと申しあげましょう。それぞれの人となりがだんだんはっきりと目に見えてきましたからね――いかがですか、マープルさん」

「人間性というものは、いつの世にも興味つきないものですからね。あるタイプに属する人間がきまっていつも同じような行動に出るのは、ふしぎなくらいですわ」

「二人の女性に一人の男性。未来永劫にくりかえされる三角関係。この問題の根底に横たわるものはこれでしょうかな。私にはそうらしく思われますが」

ドクター・ロイドが咳ばらいをした。

「ちょっと考えたことがあるんですがね」と、遠慮がちに、「奥さん、あなたもみんなといっしょに病気になられたとおっしゃるんですか？」

「なりましたとも！ 一人残らずね！」

「それですよ――一人残らずね。アーサーだって同じでしたわ。一人残らずね。おわかりですか？ サー・ヘンリーの先ほどの話では、一人の男がもう一人の男を射ったわけですね――何も部屋じゅうの人間を射つにはあたらなかったのです」

「あたくし、何がなんだかちっともわかりませんわ」とジェーンが言った。「誰が誰を射ったとおっしゃいますの？」

「つまりね、私は、この事件をたくらんだ人間は非常に奇妙な、まだるこいやりかたをしたものだと言っているわけなんですよ。偶然というものを盲目的に信じていたのか、それとも人間の命を軽視しきっていたのか、八人のうちの一人を抹殺するという目的で故意に八人全部を毒殺してのけるような男があろうとは、ほとんど私には信じられないんですがねえ」

「なるほど、いや、まったくの話、そいつはぜひとも考えておく必要のある点だな」とサー・ヘンリーが考えこんだ様子で言った。

「だってそれじゃ、自分で自分に毒を盛るという結果になったかもしれないじゃありませんの？」とジェーンが言った。

「誰か、晩餐に出なかった人がいまして？」とミス・マープルがきいた。

ミセス・バントリーは首をふった。

「誰もがくわわっていましたわ」

「ロリマー氏のほかはね。ロリマー氏は邸の滞在客というわけではなかったんでしょうからね」

「ええ、でもその晩は晩餐にきていましたの」

「まあ、そうでしたか！」とミス・マープルが驚いたような声音で言った。「そうすると何もかもちがってまいりますわね」と眉をひそめてなにかしきりに考える様子で、

「ばかでしたわ、わたし。ほんとうに」とつぶやいた。

「正直言ってきみの言葉がどうも頭にひっかかるんだよ、ロイド君」とサー・ヘンリーが言った。

「いったいその娘が、その娘ひとりがたしかに致死量をとるようにどうやってたくらんだものかな？」

「そんなことはできる相談じゃないよ。そこで次の結論が出てくるんだ。ねらわれたのが娘でなかったとしたらどうだろうとね」

「なんだって！」

「食中毒の結果というのは、どんな場合にも非常に不確かでね。数人の人間が同じ料理を食べるわけだが、どういうことになるかはまったくわからないんです。一人二人は軽症、二人は重態、一人は死亡。まあ、そんなものでしょう——確実なことはどんな場合にも言えやしません。しかし、もう一つのべつな要因が働く場合があります。ジギタリンは直接心臓に影響をおよぼします——前にも申しあげたように、病気によっては特効薬として処方される場合もあるのです。その邸には心臓病の人間が一人だけいましたね。この男こそ、ねらわれた当人だとしたらどうでしょう？　ほかの人間にとっては命とりとまではいかない毒草も、彼にとっては致命的でしょう——とまあ、殺人者が思いめぐらしたかもしれないし。もっとも結果は予想に反したものになってしまったわけですが、そのこと自体が、私がいま申しあげたことを裏づけているのではないでしょうか？　人体におよぼす薬品の影響ははなはだ不確かで、当てにならないということをね」

「サー・アンブローズか。きみは彼がそのねらわれた人物だと思っているんだね。なるほど——シルヴィア・キーンの死は手ちがいだったというわけか」

「サー・アンブローズが死んでから、遺産は誰がもらいましたの？」とジェーンがきいた。

「いいご質問ですな、ヘリアさん。警察でも、まずそれをききますよ」とサー・ヘンリーが言った。

「サー・アンブローズには息子さんが一人ありました」とミセス・バントリーがゆっくり言った。

「ずっと前に父親と口論して家を出ましてね。道楽者だったのでしょうね、きっと。でも廃嫡するというわけにはいきませんでしたの。クロッダラム・コートについては、相続人が限定されていましたのでね。称号と財産はこのマーティン・バーシーがつぎましたわ。でも、ほかにサー・アンブローズが好きなように処分できる財産がだいぶございましてね。それは被後見人のシルヴィア・キーンにのこされていました。この事件から一年とたたないうちにサー・アンブローズが亡くなったので、わかりましたの。シルヴィアが死んでからというものは、新しい遺言状を作るなんていう面倒なことはなさらなかったんですのね。彼女の取り分はきっと王室のものになったんでしょうよ──それとも近親者として息子の手にわたったのか──そこははっきり覚えていませんけれど」

「とすると、その場にいあわせなかったサー・アンブローズの息子と、サー・アンブローズを殺そうとして掘った穴にみずから落ちたシルヴィア・キーンに有利な遺言状だったというわけですな」とサー・ヘンリーが考えながら言った。「どうも釈然としませんが」

「もう一人の女の人は何ももらいませんでしたの？」とジェーンがきいた。「さっきお猫さんのようだとおっしゃった人は？」

「遺言状には、ミセス・カーペンターの名は出ていませんでしたわ」とミセス・バントリーが答えた。

「マープルさん、あなたはちっとも聞いていらっしゃいませんね？　心ここにあらず、といった様子をしていらっしゃるが」とサー・ヘンリーが言った。

「わたしね、薬屋のバッジャーじいさんのことを考えていましたの。ごく若い家政婦が住みこんでおりましたがね。娘どころか、孫娘と言ってもいいような年かっこうの。おじいさん、二人の関係については誰にも一言ももらさなかったんですよ。たくさんの甥だの姪だのは、いつかはと、めいめい遺産をあてこんでいました。死んでからわかったのですが、まあ、どうでしょう？　この女と秘密に結婚をして、かれこれ二年ごしの仲だったんですからねえ！　もちろんバッジャーじいさんは薬屋で、ずいぶんとがさつな俗な老人でしたし、ミセス・バントリーのお話ではサー・アンブローズ・バーシーはたいそう上品な老紳士だったということですから、万事ちがいましょうけれど。でも人間性なんて、どこでも似たりよったりですからね」

ちょっと沈黙がつづいた。サー・ヘンリーはじっとミス・マープルの顔を見つめていた。見つめられてミス・マープルはしとやかに、しかしいたずらっぽく青い目を光らせて、じっとその顔を見かえした。ジェーン・ヘリアがふと沈黙をやぶった。

「ミセス・カーペンターって美人でしたの？」

「ええ、おとなしやかな顔だちでしたけれどね。目を見はるような美貌というわけではないけれど」

「いつもこっちの気持を察してくれるようないい声だったな」とバントリー大佐が言った。

「猫がのどを鳴らすような声ね――わたしはそう思いましたわ」とミセス・バントリーが言った。

「まるで猫がゴロゴロのどを鳴らしているような！」

「そのうちにきみも意地わる猫だとかなんとか、言われるようになるんだよ、ドリー――」

「内輪の集まりならなんといわれたってけっこうよ。とにかくわたし、女ってあんまり好きじゃありませんわ。ご存じのように男の人と花が好きなの、わたしは」

「高尚なご趣味ですな。とくに男を先に立ててくだすったところなんぞはね」とサー・

ヘンリーが言った。

「そこが、わたしのソツのないところですのよ。ところで、いかがですか、わたしのこのささやかな問題は？　お解きになれましまして？　申しあげるべきことはみんなちゃんとお話ししたと思いますけれど。ねえ、アーサー、そうじゃありません？」

「そうだね。競馬クラブの理事連中にだって、文句のつけようはないだろうね」

「ではまず、最初の坊ちゃんから」とミセス・バントリーがサー・ヘンリーを指さした。

「私の推論は少々長くなりますがね。この事件についてははっきりしたことがいえるという気は、まだいっこうにしていないんですから。まずサー・アンブローズですが、彼がこんな独創的なやりかたで自殺を企てるわけはないでしょうし――、一方、被後見人が死んだところで、得はしないでしょうしね。ですからサー・アンブローズは潔白です。つぎにカール氏ですが、シルヴィアを殺す動機というものがありません。サー・アンブローズをねらったのだとしたら、誰も気づかないような珍しい古文書を一つ二つ失敬したのだとも考えられますけれどね。しかし、それも根拠薄弱で、まあ、考えられませんな。下着のことで、ミセス・バントリーがとやかく言っておられたが、カール氏に対する容疑は白だと思いますな。次にミス・ワイです。サー・アンブローズに対する殺人の動機は――まったくありません。これに反して、シルヴィアに対する殺人の動機はかなり強いわけです。シルヴィアの婚約者を自分のものにしたいと思いだしたら、もう矢もたてもたまらなくなった——ミセス・バントリーのおっしゃったことから察しをつけると、こうなりますね。その朝は、シルヴィアといっしょに庭に出ていたんですから、毒草をつむ機会もあったわけです。そう、ミス・ワイはそうそうたやすく無罪放免するわけにはまいりませんな。次にロリマー青年です。これはどちらの場合にも動機をもっています。婚約者さえ厄介ばらいできれば、モードと結婚できますからね。しかし、殺すというのは、少々過激な手段ですな——婚約破棄なんぞは近ごろではいっこうに珍しいことではないのですからねえ。いっぽう、サー・アンブローズが死ねば、結婚の相手はたちまちに一文なしの娘から金持ちになるわけです。このことが重要な意味をもつかどうかは——彼の財政状態いかんによってきまります。家屋敷が二重三重に抵当にはいっていたりしたら、そしてミセス・バントリーがこのことについて故意に口をつぐんでおられたのなら、わたしは不当だと抗議しますね。次にミセス・カーペンターですが、まず白い手をもっていたということ、さらに、毒草がつまれたとおぼしき時間に非のうちどころのないアリバイがあったことなどを考えると——というのはね、わたしはアリバイというやつをあまり信用せんのですよ。それにここでは申しませんが、彼女を疑う理由がもう一つありますのでね。しかし、そう、もし一人を選べと言われればミス・モード・ワイに票を残らずいれますな。彼女の場合には、誰よりも不利な証拠がありますからね」

「次の坊ちゃん」とミセス・バントリーはドクター・ロイドを指さした。

「君の論理はまちがっていると思うんだがな、クリザリング。企まれていたのは娘の殺人だとあくまでも考えているという点でね。私は犯人はサー・アンブローズをかたづける意図をもっていたのだとかたく信じているんです。ロリマーでは必要な知識を欠いていただろうし、まあ、ミセス・カーペンターではないかという気がするんですがね。長年家族といっしょに暮らしてきたんですから、サー・アンブローズの健康状態についてもよく承知していたでしょうしね。このシルヴィアという娘（少々足りないとかおっしゃいましたね）に自分の選んだ葉をつませることなんぞ、彼女にとっては朝飯前だったでしょう。ただ白状すると、動機がいささかはっきりしませんね。まあ、サー・アンブローズがかつて、ミセス・カーペンターにもなにがしかの遺産をのこすという条項を加えた遺言状を作成したことがあるのだといった臆測でも立てますかね。私の推理といえば、せいぜいこんなところです」

ミセス・バントリーの指はつづいてジェーン・ヘリアを指さした。

「あたくし、よくわからないんですけれど。なぜ、シルヴィア自身のしたことだって考えちゃいけないんでしょう？　つんだ葉っぱは、シルヴィアが台所に持って行ったんでしょう？　それにあなたはサー・アンブローズが彼女の結婚について頑強に反対しているっておっしゃいましたわね？　彼さえ死んでしまえば、財産は彼女のものになるわけだし、結婚だって、すぐにもできたでしょうからね。サー・アンブローズの健康状態についても、ミセス・カーペンターと同じ程度には知っていたと思いますわ」

ミセス・バントリーの指がゆっくりとミス・マープルの上で止まった。

「では最後に先生のご意見を」

「サー・ヘンリーが事件をたいそうはっきりさせてくださいましたわね——とてもはっきり。それにドクター・ロイドのおっしゃったこともそのとおりですわ。お二人に事実をすっかり解き明かしていただいたようなものですわね。でもドクター・ロイドはご自分のご意見の別な一面をはっきり把握しておいでにならないのではありませんかしら。つまりね、ドクター・ロイドはサー・アンブローズのお医者さまではいらっしゃらなかったわけですから、いったい、どういった種類の心臓病についてサー・アンブローズが治療を受けておられたか、それをご存じのはずはありませんわね？」

「どうもお言葉の意味がはっきりわからないんですがね、マープルさん」

「あなたは——ジギタリンの服用がさわるたちの心臓病にサー・アンブローズがかかっ

ていたとお考えになったわけですわね？　でも、そうだという証拠は一つもありませんわ。ひょっとしたら逆の場合も考えられるわけじゃないでしょうか？」

「逆の場合？」

「ええ、ジギタリンはときとして、心臓病の特効薬として処方されることがあるとおっしゃいましたでしょう？」

「しかし、それがどういうことになるのか、わたしにはいっこうにわからないんですが」

「つまりね、その場合には当然サー・アンブローズはジギタリンを手もとに置いていたでしょうね——とくに口実をもうける必要もなしに。わたしが申しあげたいのは（話がへたで困りますわ、ほんとに）、もしもあなたが誰かにジギタリンの致死量を盛りたいと思うとしますね。その場合、誰も彼も一様に中毒するようにお膳だてするのが、一番簡単で容易な方法ではないかということですの——ジギタリスの葉を食べさせてね。ほかの人の場合には命とりにはならないでしょうよ、むろん。でも、そのなかの一人が死んだところで、誰も驚きはしませんわ。ドクター・ロイドもおっしゃったように、こういった事柄については、結果はずいぶん不確かなのですからねえ。シルヴィアがジギタリスの葉からとった薬をべつに致死量まで盛られて死んだのではないか、それとも何かそうしたたちの何かの薬を飲んだのかもしれないというようなことは、誰も言いだす気づかいはないでしょうからね。カクテルかコーヒーにでも入れたんでしょうね。それとも栄養剤だと言って飲ませたのか」

「するとあなたは、サー・アンブローズがかわいがっていた被後見人の娘を毒殺したとおっしゃるんですか？」

「そのとおりですわ。バッジャーじいさんと若い家政婦の場合とまったく同じケースですわ。六十男が二十の娘に恋をするなんて途方もないなどとおっしゃらないでくださいましよ。世間にはよくあることですわ――サー・アンブローズのような年取ったワンマンの場合には、こうした愛情が妙な方向を取るんでしょうね。ときに狂気じみてまいりますのね。この娘が結婚してしまうのかと思ったら、どうにもたまらなくなって――せいぜい反対はしたんでしょうが、効を奏さなかったんでしょうね。狂気じみた嫉妬心が昂じて、ロリマー青年にとつがせるくらいなら、いっそ殺したほうがましだと思ったのでしょう。かなり前からたくらんでいたんじゃないでしょうか。ジギタリスの種子をまずセージのあいだにまいておかなければならなかったでしょうし。かねて考えていた時がくると、自分でその葉をつみ、シルヴィアに持たせて台所にやったんでしょう。考えるのもおそろしいようですが、せいぜい同情的な見かたをしてあげることじゃないでしょうか？　そういったお年よりは若い娘のこととなると、とてもおかしくなることがあるものですわ。この前までいた教会のオルガン奏者も――まあ、やめましょう。スキャンダルはいけませんわね」

「ミセス・バントリー」とサー・ヘンリーが問いただした。「今おっしゃったのが真相ですか？」

ミセス・バントリーはうなずいた。

「ええ、思いもしませんでしたわ、わたし。まったくの事故だと思っていましたのに。サー・アンブローズが亡くなったあとで手紙をもらいましたの。自分が死んだらわたし宛てに送るように、手配しておかれたんですね。その手紙の中でわたしに何もかもお打ち明けになって――どうしてまたわたしなんかに――でも、あの方とわたしは、いつもたいへんうまがあっていましたのよ」

一瞬の沈黙があった。人々の無言の批判を感じたのだろう、ミセス・バントリーは急いで言った。

「打ち明け話をこんなふうにみなさんにご披露してとお思いでしょうけれどね――でも、そうじゃありませんのよ。名前をすっかり変えてしまいましたもの。ほんとうはアンブローズ・バーシーなんて名前じゃありませんのよ。はじめにそう申しあげたとき、アーサーがぽかんと間のぬけた顔をしたのに気がおつきになりませんでして？　ちょっととまどったんですわ——すっかり変名にしてしまいましたの、よく雑誌や本のまえがきに、〝この物語の登場人物はまったくの虚構の人物である〟と書いてあるようにね。ほんとのところ、誰が誰か、みなさんにはとてもおわかりにならないでしょうよ」

第十二話　バンガロー事件

The Affair at the Bungalow

「あたくし、思いつきましたわ」とジェーン・ヘリアが言った。

ジェーンの美しい顔は、褒《ほ》め言葉を期待している子どものような、微笑にパッと明るく輝いていた。ロンドンの劇場の観客を夜ごとわかせる微笑、ブロマイド屋を大もうけさせるあの笑顔だった。

「あたくしの友だちの身に起こった出来事ですのよ、これは」とジェーンはうっかり口をすべらせないように用心しながらつづけた。

一同は励ますように、しかし、いささか偽善がましく、「なるほど」とか、「ほう」などとつぶやいた。バントリー大佐、ミセス・バントリー、サー・ヘンリー・クリザリング、ドクター・ロイド、それにミス・マープルと、なみいる人々はみな一様に、ジェーンの〝友だち〟というのは、ジェーン自身のことにちがいないと確信していたのだった。いったいジェーンは、自分以外の人間にはまるで興味を感じないたちだった。

「あたくしの友だちは（名前は伏せておきますけれど）女優でした——とても有名な女優でしたの」

誰もべつだん、驚いたような顔もしなかった。サー・ヘンリー・クリザリングは心の中でこっそり、「いったいどのぐらいしゃべるあいだ、この嘘っぱちを忘れずにいられるかな？　〝彼女〟というかわりに、〝あたくし〟と口をすべらさずにいつまでもちこたえられることとか」と考えたのだった。

「あたくしの友だちは地方を旅行していましたの——一、二年前のことでしたわ。土地の名は申しあげないでおいたほうがいいでしょうね。ロンドンからあまり遠くない川ぞいの町でした——名前は何としましょうか——」と眉をよせた。ジェーンにとっては簡単な名前を発明することすら、なかなかの大仕事らしかった。

サー・ヘンリーが助け船を出した。

「リヴァベリーとでもしておきますかな」とまじめくさって言った。

「ええ、けっこうですわ。リヴァベリー、おぼえておきましょう。それで——このあたくしの友だちは一座の人たちといっしょにリヴァベリーに出かけたんですけれど、ここでとても奇妙なことが起こりましたの」とまた眉をひそめた。

「むずかしいものですのね」と悲しそうに、「何もかも頭の中でごっちゃになってしまうみたいで、順序なんかまるででたらめになって」

「とてもおじょうずにお話しになっているじゃありませんか」とドクター・ロイドが力づけた。「さあ、それから」

「ええ、妙なことがおこりましたのよ。あたくしの友だちは警察に呼ばれて出かけて行きましたの。川ぞいのあるバンガローに泥棒がはいったとかで、若い男が一人つかまったんですけれど、その人がとても妙な話をしたらしいんですのね。それであたくしの友だちが呼ばれたというわけなんですわ。あたくしの友だちは警察なんてところにはいっぺんも行ったことがなかったんですけれど、丁寧で――とても親切だったそうですわ」

「そうでしょうともね」とサー・ヘンリーが言った。

「巡査部長は――たぶん、巡査部長だったと思うんですけど――それとも警部だったかしら――とにかく椅子をすすめて、事情を説明してくれました。それを聞いているうちに、これは何かの間違いにちがいないということが、あたくしにはむろんすぐにわかりましたわ」

「おやおや」とサー・ヘンリーは考えた。「〝あたくし〟と言ったぞ、早くも。やれやれ、おっつけそんなことになるとは思っていたが」

「あたくしの友だちは言いました」とジェーンはたった今口をすべらしたことなど、いっこう気づかずに平気なものだった。「その時刻には、自分はホテルで臨時代役の女優を相手にけいこをしていたし、だいたいフォークナー氏なんて名は聞いたこともないと。すると、巡査部長は、『ミス・ヘリー――』と言いかけてあわてて口をつぐんで顔を赤らめた。

「ミス・ヘルマンですか？」とサー・ヘンリーが目をキラリと光らせていった。

「ええ――けっこうですわ、ミス・ヘルマンで。どうもありがとうございます。さて巡査部長は言いました。『ええ、ミス・ヘルマン。私どもも、これはおそらく何かの間違いだろうと思っておったんですがね。あなたがブリッジ・ホテルにご滞在だということは存じあげていましたし』って。それから、『ご異存がなければ――顔通ししていただけませんか』って言いました――面通しっていうんだったかしら？　よく覚えていませんけど」

「どっちだってけっこうですとも」とサー・ヘンリーが力づけるように言った。

「ともかくも、その問題の男に会ってほしいって言うんですの。そこであたくし、申しました。『むろん、かまいませんわ』って。それで――その男というのが連れられてきて、『こちらがミス・ヘリアだが』と――あら！」と言いかけて、ジェーンはポカンと口をあいて黙ってしまった。

「かまいませんともね」とミス・マープルが慰めるように言った。「どうしてもわかりますよ。それに土地の名からなにから、肝心なことはなにひとつうかがっていませんものね」

「あたくし、誰かほかの人の身に起こったこととしてお話ししようと思ったんですのに。でもむずかしいものですわ。つい忘れてしまって」

みんなが、まったくそれはむずかしいと口々に言ってくれたので、ジェーンはすっかり気をよくして、この彼女に少々かかわりのある話をつづけたのだった。

「感じのいい青年でしたわ――ほんとに。まだ若くて、赤みがかった髪の毛をしていました。あたくしを見ると、口をポカンと開けましたわ。巡査部長が、『このかたかね？』ときくと、『いいえ、違います。ぼくは何というばか者だったんだろう！』と叫びました。あたくしはにっこり笑ってべつに悪くは思わないから心配しないでもいいと言ってあげました」

「まるで目に見えるようですな」とサー・ヘンリーが言った。

ジェーン・ヘリアはふと眉をひそめた。

「あのう――あとはどうお話ししたらいいかしら」

「何もかもくわしくお話ししてくださったらどうでしょうかね」とミス・マープルが言った。おだやかな口調だったので、皮肉を言っているのだとは誰も思いもよらなかっただろう。「つまり、その青年の勘違いというのが、いったいどういうことだったのか、泥棒のことについてもね」

「ええ、そうですわね。あのう、この青年は、名前をレスリー・フォークナーといいましたの。戯曲を一つ書きあげたんです。前にも五つ六つ書いたことがあるんですけど、一度も採用されたことがなくて。それでその戯曲に一度目を通してほしいって、あたくしのところに送ったんだそうです。あたくし、ぜんぜん知りませんでしたわ。だって戯曲なんて、幾百となく送ってくるけれど、ほとんど読んだことなんかないんですもの。ともかく、フォークナー氏はあたくしから手紙を受け取りました――でもそれ、ほんとはあたくしの手紙じゃありませんでしたのよ――おわかりでしょうけど」と心配そうに言葉を切った。

むろん、わかっていると聞き手はうなずいた。

「読んでみてとても気に入った。ぜひ一度いらしていただきたい、いろいろとお話をうかがいたいと思うからって、所番地が書いてあったそうです。リヴァベリーのあるバンガローの。フォークナー氏はもうたいへんな喜びようで、指定の場所に出かけて行きました。つまり、そのバンガローにね。小間使がドアをあけてくれたので、ミス・ヘリアに会いたいと言うと、おいでをお待ちかねだと言って応接間に案内してくれました。やがて一人の女がはいって来ました。もちろんフォークナーは、この女をあたくしだと思いこんでしまいました——妙ですわね、だってあたくしの舞台姿は見ているわけでしょうし、ブロマイドだってよく出まわっていますのにねえ」

「それこそ、イギリスじゅうくまなくね」とミセス・バントリーがすかさず言った。

「でも写真と実物ではずいぶんちがう場合がよくあるものでしょうしね、ジェーン。それにフットライトをあびているときと、舞台をおりた姿ではまたひどくちがっているでしょうし。あなたみたいに素顔でも美しい人ばっかりはいませんもの」

「ええ、それはそうかもしれないわ」とジェーンは少々機嫌を直した。「とにかくフォークナー氏はこの女のことを、背がすらりとして色が白く、大きな青い目をしてとても美しかったと言いましたの。ですからまあ、あたくしとかなり似ていたんでしょうね。なんの疑いもいだかなかったそうですわ。彼女は腰をおろしてフォークナー氏の戯曲のことを話しはじめて、ぜひ上演してみたいと言いました。話しているところへカクテルがはこばれて来ました。むろん、フォークナー氏はそれを飲んだそうです。それで——

ここまでしか覚えていないんですって――つまりカクテルを飲んだところまでしか。目をさましたーーというより意識を取りもどしたときには――生け垣のすぐ脇の道ばたに寝ていました――ですからまあ、車にひかれる気づかいはなかったわけですわね――何だか気分が妙で、フラフラするので――立ちあがってあてどなく歩きだしました。もう少し気が確かなら、バンガローにもどって、いったいどうしたことなのか、たずねるところだったのだがとフォークナー氏は言いましたっけ。でも何がなんだか、さっぱりわからなかったので、ただもうあてどなく歩きつづけた、いくぶん人心地がついたときに警官がやってきて逮捕されてしまったのだ――とこう言いました」

「どうして警官になんか、つかまったんですか？」とドクター・ロイドがきいた。

「あら、申しあげませんでした？」とジェーンは目を見はった。「まあ、あたくしって、なんてばかなんでしょう。泥棒に入ったって嫌疑なんですの」

「泥棒ということはおっしゃったわ。でも、どこに、どんな泥棒がなぜはいったのかということは一言も聞いていないわ」とミセス・バントリーが言った。

「もちろん、そのバンガローによ。フォークナー氏がたずねて行った――あたくしの家なんかじゃありませんのよ、ぜんぜん。ある人のもので、その男の名前は――」と言いかけてまた眉をよせた。

「もう一度、名づけ親になれとおっしゃるんですか？」とサー・ヘンリーが引き取った。

「変名無料斡旋所というところですかな。少しその人となりなどを説明してくだされば、お引き受けしましょう」

「ロンドンのあるお金持ちですの――勲爵士《ナイト》で」

「サー・ハーマン・コーエンというのはいかがです？」

「まあ、けっこうですわ。この人はその家をある女性のために借りていましたの。この女性というのは俳優の奥さんで、自分も女優でした」

「俳優はクロード・リースンとしましょう。奥さんのほうはたぶん芸名で知られているんでしょうから、ミス・メアリ・カーとでもしますか？」

「ほんとうにあなたは頭がよくていらっしゃるのね」とジェーンは感嘆した。「どうしてそんなにやすやすと適当な名前をお思いつきになれるのかしら？　この家はまあ、言ってみればサー・ハーマンがお忍びで週末をすごす場所でしたの。たしか、サー・ハーマンて名になさったんでしたわね――サー・ハーマンとその女性とがね。むろん、サー・ハーマンの奥さんはそんなことは何一つ知りませんでした」

「よくある話ですな」とサー・ヘンリーが言った。

「サー・ハーマンはこの女優にいろいろな宝石を贈っていましたの。その中にいくつか、とても見事なエメラルドがありました」

「やれやれ、いよいよ話が佳境に入りましたな」とドクター・ロイドが言った。

「この宝石類はぜんぶバンガローに置いてありました。宝石箱に入れて鍵をかけただけでね。警察では保管のしかたが不注意だと申しましたわ――その気になれば、誰にでもやすやすと盗めるんですものね」

「おいおい、ドリー、よく聞いておおきよ。ぼくがいつも口をすっぱくして言ってることじゃないか？」

「でもね、わたしの経験からすると」とミセス・バントリーが言った。「やたらに用心のいい人間にかぎって、なくしものをしますのよ。わたしは宝石箱に入れて鍵をかけるなんてことはしませんわ。ただ、ザラッと引き出しの中にほうりこんでおきますの。靴下を入れた下のほうにね。その――何ていったかしら――メアリ・カーもそうしておいたらよかったんでしょうにね」

「同じことでしょうよ」とジェーンが言った。「だって引き出しをみんなこじあけて、中身をすっかり投げちらしてあったんですもの」

「じゃあ、宝石目あてじゃなかったのね。秘密の書類か何かを探していたんだわ。本に出てくるお話はみんなそうですもの」

「秘密の書類があったかどうか、それは知りませんわ」とジェーンがあやふやな口調で言った。「聞いてないんですけど」

「よけいな言いぐさに耳を貸すことはありませんよ、ヘリアさん」とバントリー大佐が言った。「ドリーが妙なことを言いだすのに、まじめにかかりあっていたらたいへんですよ」

「で、その泥棒のことはどうなりました？」と、サー・ヘンリーが言った。

「ええ、警察に、ミス・メアリ・カーと名乗って電話をかけた者があったんですの。バンガローに泥棒が入ったと言って、その朝、訪問した赤い髪の青年の人相を教えたのです。何だか様子がおかしいと思って、女中が門前ばらいを食わせたのだが、あとになって窓からぬけ出すところがちらりと見えた。こう言って、くわしい人相を言ったので、警察は一時間後には、もうその青年を逮捕してしまったのです。ところが青年はさっきのような話をして、あたくしからの手紙というのを見せました。そこで警察であたくしを呼び、あたくしの顔を見たとたんに青年が、人違いだと言ったんですの」

「奇妙なお話ですな」とドクター・ロイドが言った。「フォークナー氏はミス・カーという婦人を知っていたのですか？」

「いいえ――少なくとも自分では知らないと言っていましたわ。でもね、もっとふしぎなことがありますのよ。警官はむろんバンガローに行ってみました。何もかも電話のとおりでした——ひきだしが開いて、宝石はなくなっているし。でもおかしなことに、家じゅう、どこを探しても人っ子一人いなかったんですの。しばらくしてメアリが帰ってきましたが、わけをきくと、電話なんぞかけたおぼえはない、まったくの初耳だと言うじゃありませんか。マネージャーから、とても重要な役をあげるから来てくれと日時を指定した電報をもらったので、すぐさまロンドンにとんで行ったんだそうです。ところがマネージャーがそんな電報なんかうったおぼえはないと言うのではじめて、これは誰かにだまされたのだとわかったんだそうですの」

「邪魔者を追っぱらうというおきまりの手ですな」とサー・ヘンリーが言った。「それで召使たちは?」

「やっぱり同じでしたの。召使たちといってもお手伝いがたった一人しかいなかったんですけれどね、そこへ電話がかかってきたんです、女主人から。とても大切なものを忘れた、寝室の引き出しに入っているハンドバッグをとどけてほしい、一番早い汽車をつかまえてと。お手伝いは出かけました。むろん家を閉めて。でも、ミス・カーと落ちあう約束のクラブに行って待っていたのに、いつまでたっても主人が現われなかったというのです」

「ははあ」とサー・ヘンリーが言った。「わかりかけてきましたよ。みんな出かけて、家には誰もいなかった。だからどこかの窓からはいりこむのは、さして難しいことではなかったというわけですな。しかし、フォークナー氏の立場がどうも腑におちませんね。いったい誰が電話をかけたんでしょうかね、ミス・カーでないとしたら？」

「それが誰にもぜんぜん見当がつきませんでしたの」

「ふしぎ千万ですな、まったく」とサー・ヘンリーが言った。「その青年というのは自称どおりの人間だったんですか？」

「ええ、その点はほんとうでしたわ。あたくしが書いたという偽手紙も持っていましたわ。筆跡がまるでちがいますけれどね――でもむろん、そんなことを知っているわけはないんですから」

「それでは問題をここではっきりさせますかな」とサー・ヘンリーが言った。「間違っていたらご訂正願いますよ。ミス・メアリ・カーとお手伝いが家からおびき出された。いっぽう、青年が偽手紙でバンガローに呼びよせられた――その週、あなたが実際にリヴァベリーで公演中だったので、この手紙がいっそう本当らしく見えたというわけですな。青年は睡眠薬を一服もられた。警察に電話をかけてきた者があったために、嫌疑は当然この青年に向けられた。一方泥棒が入ったのは本当のことだった――こういうことになりますな。宝石は実際になくなっていたんですね？」

「ええ、ほんとですわ」

「あとから見つかったんですか？」

「いいえ、それっきり。サー・ハーマンはむろん、ことをできるだけもみ消そうとしましたわ。でもうまくいかず、奥さんが聞きつけて、結局離婚訴訟をおこしたんじゃないかと思いますのよ、よくは存じませんけれど」

「それでレスリー・フォークナー氏はどうなりました？」

「釈放されましたわ。警察でも勾留するだけのちゃんとした裏づけがなかったそうで。ずいぶんおかしな事件だとお思いになりません？」

「まったくね。まず問題は、いったい誰の話を信じたらよいかということですな。あなたのお話をうかがっていると、ヘリアさん、どっちかというと、フォークナー氏の話を信じておられるようですが、本能的にそう信じたという以上に何かはっきりした理由でもおありになるんですか？」

「い――いいえ」とジェーンはしぶしぶ言った。「ないようですわ。でもとても感じのいい人で、人違いをしたってことをずいぶんすまながっていましたのよ。あの人の言ったことはきっとほんとの話だと思いますわ、あたくし」

「わかりましたよ」サー・ヘンリーが微笑をふくんで言った。「しかし、彼にしてみれば、そんな話をでっちあげるぐらい、わけのないことだったろうということは認めなければなりませんな。偽手紙を書くことも、首尾よく宝石を盗んだあげくに睡眠薬をのむこともできたでしょう。しかし、それにしても、いったい、どういう目的でそんなことをしたのか、説明がつきませんな、正直な話。家に侵入して宝石を盗み出し、そっと行方をくらます方がよっぽどらくだったでしょうからね――誰か近所の者に姿を見られたのに気づいたのなら、これはまた話が別ですが。その場合には容疑を自分からそらすために、またそのあたりをうろついていた理由を説明するために、急いで一芝居うったのかもしれませんがね」

「その青年は裕福でしたの？」とミス・マープルがきいた。

「そうじゃないと思いますわ。いいえ、どっちかっていうとお金に困っていたんじゃないでしょうか」

「なんともふしぎなお話ですな」ドクター・ロイドが言った。「その青年の話を額面どおり受け取るとすると、ますますわからなくなってくるようじゃありませんか。ヘリアさんになりすましたそのなぞの女性はまたなんだって、見も知らない男をかかりあいにしたんでしょう？　どうしてわざわざ念の入った茶番をたくらんだのか」

「ねえ、ジェーン、教えてちょうだいな」とミセス・バントリーが言った。「フォークナー青年は取調べのあいだに一度でもメアリ・カーと顔をあわせたでしょうか？」

「さあ、わからないわ」思い出そうとして眉をよせながら、ジェーンはゆっくり答えた。

「どうしてわたしがこんな質問をしたかっていうとね、二人が顔を合わせなかったとすると、この事件はちゃんとうまく解決できるからよ！　たしかですわ、それはもう。電報でロンドンに呼ばれたようなふりをするなんて、わけのないことだわ。バディントンかどこか、着いた駅から家に電話をして、お手伝いと入れかわりにもどるのよ。約束どおりに青年がやってくると、睡眠薬を一服盛って、それからいかにも泥棒が入ったらしく舞台装置をするんですわ。できるだけ大げさにね。その上で警察に電話をして、さしずめ身代り羊の役まわりのその青年の人相を報告し、もう一度ロンドンに行くのよ。あとになってから汽車で帰ってきて、驚きあきれた様子をして見せるってわけ」

「でもなぜ、わざわざ自分の宝石を盗んだりなんかしたんでしょう、ドリー？」

「よくある手よ。理由なんか、いくらでも考えられるわ。いちどきにまとまったお金がほしかったのかもしれないわ――サー・ハーマンが現金をくれないので、盗まれたということにして、宝石をないしょで売ってしまったんだわ。それとも誰かが、彼女の夫に話すとか、サー・ハーマンの奥さんに言いつけるとか言って、脅迫していたのかもしれないし。それとも宝石はとうの昔に売ってしまったのだけれど、サー・ハーマンが感づいてしきりに見たいと言いだしたので、なんとか手を打たなければならなくなったのかもしれないわ。本にはよく、そういうことが出てきますもの。そうでなければ、サー・ハーマンが宝石の台をとりかえてやるとかなんとか言ったのに、メアリの持っていたのがあいにくと模造品だったのかもね。それとも——ああ、そうよ、とてもいい思いつきがあるわ、あまり本にも載っていないような——あのね、盗まれたようなふりをしてヒステリーを起こし、サー・ハーマンに新しいのを買ってもらうという手はどうでしょう？　そうすれば、古いのに加えて新しい一そろいをもてるわけだし。そういった女はみんなずいぶん悪知恵が働くんでしょうからね」

「あなたってなんて頭がいいんでしょう、ドリー。あたくしなんか、とても思いもつかないわ」とジェーンが感心したように言った。

「頭はいいかもしれんがね、しかし、ヘリアさんはなにもおまえの言うとおりだとは言っておられないんだよ」とバントリー大佐が言った。「わたしはそのロンドンの勲爵士《ナイト》というのがあやしいように思うね。彼女を家から追っぱらうにはどんな電報をうてばよいか、よく心得ていただろうし。新しい恋人にちょっと手を貸してもらえば、あとの細工はわけのないことだからね。彼にアリバイの提供を求めることは、誰も思いつかなかったようだし」

「あなたはどうお思いになりますの？　ミス・マープル？」黙ってけげんそうにしきりに眉をよせて考えている老嬢の方をふりむいて、ジェーンがたずねた。

「わたしね、ほんとうにどう申しあげたらよいか、わかりませんのよ。サー・ヘンリーはお笑いになるでしょうけれどね、今度ばかりは、参考になるような村の実例も思い出せませんでね。もちろん、いろいろと頭にうかんだ質問がございますわ。たとえばお手伝いのことですの。あなたがおっしゃったような——エヘン——変則的な家庭でしたら、使われているお手伝いにしたって、主人がどんな生活をしているか、きっと百も承知しているでしょうからね——だいたいちゃんとした娘ならそんな家に奉公しやしませんわ——母親がかたときも許さないでしょうからね。ですから、お手伝いにしたって、あまり信頼できるような人間じゃなかったのだと、考えていいんじゃないでしょうかね？　泥棒とぐるだったのかもしれませんし。泥棒が入れるように戸口の鍵をかけずに、ロンドンに出かけて行ったのかもしれませんわ。自分に疑いがふりかからないように、偽電話をあくまでも信じこんでいるふりをしてね。これが一番もっともらしい解釈じゃないかと思うんですけれどね。ただ普通の泥棒のやったことだとしたら、いかにも奇妙ですわね。お手伝いより、もう少ししりこうな人間がかげにいたような気がしますね」

ミス・マープルは言葉を切って、夢でも見ているような口調でつづけた。

「なんだかちょっと――そう、個人的な感情とでもいったものが、事件全体にまつわりついているような気がしてしかたがありませんわ。たとえば、誰か悪意をもっている者があったとしたら――サー・ハーマンにひどい仕打ちをされた若い女優でもかげにいたとしたら？　その方が、すべてをもっとはっきり説明できやしないでしょうか？　サー・ハーマンを何とか窮地におとしいれてやろうというような、ためにするたくらみと考えるほうがね。そんな気がしますわ。でも――それだけではまだ……」

「ドクター・ロイドはまだ何もおっしゃっていませんのね。すっかり忘れていましたわ、あたくし」とジェーンが言った。

「私など、いつも忘れられがちですよ」ごま塩頭の医者は悲しげに言った。「およそパッとしない人柄なんでしょうな、私という人間は」

「まあ、そんなことありませんとも！　ご意見をうかがわせてくださいましな」

「私はみなさんのご意見のどれにも賛成したいような気持ちでしてね――そのくせ、ほんとのところ、すっかりとは同意しかねるんですよ。私としては奥さんというひとが何らかの意味で関係しているんじゃないかという、少々むりな、ひょっとしたらとんだおかど違いかもしれない推論を立てているんですが――つまりサー・ハーマンの奥さんが。

いや、べつになんの根拠もないんですがね——ただ、不当な取り扱いを受けた妻がときとしてどんなに——突拍子もないことを思いつくものかということをご承知になったら、みなさんはさぞびっくり仰天なさるでしょう」

「まあ、ドクター・ロイド」とミス・マープルが興奮した声で叫んだ。「なんてまあ、あなたは頭のいい方なんでしょう。わたし、ペブマーシュのおばさんのことなんて、ついぞ思い出しもしませんでしたわ」

ジェーンはミス・マープルをまじまじと見つめた。

「ペブマーシュのおばさんですって？　誰ですの、そのペブマーシュのおばさんというのは？」

「いえね」とミス・マープルはためらった。「適当な例かどうか、わかりませんけれど——ペブマーシュのおばさんというのは洗濯女でしたの。ある家の奥さんのブラウスについていたオパールのピンを盗んで、ほかの女の家に入れておいたんです」

ジェーンはますます妙な顔をした。

「それを思い出したので、何もかもはっきりしたとおっしゃるんですか、マープルさん？」とサー・ヘンリーが目をキラリと光らせて言った。

けれども、驚いたことに、ミス・マープルは首をふった。

「いえ、残念ながら、だめらしうございますわ。かいもく見当がつきませんの。ただしみじみ思いますのはね、女は女同士ってことですわ――非常の場合には同性の側に立たなくてはということですのよ。ミス・ヘリアのお話の教訓はこれだと思いますわ」

「いやどうも、このミステリーのそういう特記すべき倫理的意義は、どうも私にはつかめなかったようですな、正直なところ」とサー・ヘンリーがまじめに言った。「ミス・ヘリアが、謎をときあかしてくだされば、マープルさんのおっしゃる意味がはっきりわかるのでしょうが」

「はあ?」とジェーンは少々戸惑った表情だった。

「子どもがよく〝やーめた〟といいますがね、ちょうどわれわれはみなあれですよ。ミス・マープルさえ敗北を告白なさるという、世にもふしぎなミステリーを提供なさった最高の栄誉はひとりあなたの上に輝くわけですな、ミス・ヘリア」

「みなさん、あきらめておしまいになりますの?」とジェーンが言った。

「そのとおりです」誰かなにか言わないかと一瞬だまって待っていたが、誰も何も言わないので、サー・ヘンリーがもう一度みんなを代表して口を開いた。「つまり今、順に申しあげたような中途はんぱな解釈、これにまあ、われわれはすべてを賭けているわけです。われわれあわれな男性群は一つずつ、マープルさんは二つ、ミセス・Bはまた一ダースばかり、仮説を提供されましたがね」

「一ダースなんて嘘ですわ。同じテーマのヴァリエイションにすぎませんわ。それにミセス・Bと呼ばれるのはきらいだって、何度申しあげたらおわかりになりますの？」

「じゃあ、みなさん、あきらめたっておっしゃるのね」とジェーンが考えこみながら言った。「とてもおもしろいこと」

ジェーンはそれっきり椅子にもたれて、いささか放心したような表情で爪をみがきはじめた。

「さあ」とミセス・バントリーが言った。「おっしゃいな、ジェーン。答はどうなんですの？」

「答って？」

「ええ、真相はどういうことなの？」

ジェーンはミセス・バントリーをまじまじと見つめた。

「わたし、知りませんのよ」

「なんですって？」

「いつもそのことをふしぎに思っていましたの。みなさんはとても頭がよくていらっしゃるから、誰かお一人ぐらいは真相を説きあかしてくださるんじゃないかと思いましたのよ」

一同はやるかたない憤懣《ふんまん》をおしかくした。ジェーンが美しいのはまことにけっこうなことだった――しかし、この瞬間には誰もが、愚かさもここにいたってはとつくづく思ったのだった。世にもまれな美貌をもってしてもこの愚かさには弁解の余地はなかった。

「真相は、結局わからずじまいだったとおっしゃるんですね？」とサー・ヘンリーがきいた。

「ええ、わかりませんでしたのよ。ですからどなたか教えてくださらないものかと」

気を悪くしたような声だった。みんなから理不尽な仕打ちを受けたとでも思っているらしい。

「いや――驚いたな――これはどうも」とバントリー大佐は言葉もろくに出ない様子。

「あなたってほんとうに癪にさわる人ね、ジェーン」とミセス・バントリーが言った。

「でもいいことよ。わたしはとにかく自分の意見が正しいと確信していますわ、未来永劫までね。あなたが登場人物の本名を教えてくださったら、もっと確信がもてるんだけど」

「それはできないと思いますの」とジェーンがゆっくり言った。

「ええ、そりゃそうですよ」とミス・マープルが言った。「おできになりませんともね」

「もちろん、できますわ。ねえ、そんなふうに高潔な気持ちになんぞならないでちょうだいな、ジェーン。わたしたちいい年の人間にはスキャンダルはかえっていい刺激なのよ。少なくともそのロンドンの勲爵士《ナイト》が誰かってことぐらい話してくださらない？」

しかし、ジェーンは首をふるばかりだった。ミス・マープルは昔ものらしく、ジェーンのかたをもって、

「とても困った事件だったでしょうねえ」と言った。

「いいえ」とジェーンは正直だった。「あたくし――あの、どっちかっていうと、おもしろかったんです」

「そうかもしれませんね。単調な日常生活の中ではちょっと目先が変わっていましょうからね。そのときは何を上演してらしたの？」

「《スミス》ですわ」

「ああ、サマセット・モームのね。あの人のものはみんなとても気がきいていますのね。わたし、あの人のお芝居はほとんどみんな見ていると思いますよ」

「この秋の地方公演で、それを再演するんでしょう、たしか？」とミセス・バントリーがたずねた。

ジェーンはうなずいた。

「さあ」とミス・マープルが立ちあがった。「もうおいとましなくてはね。ついおそくまでお邪魔してしまいまして。でもとても楽しく過ごさせていただきましたわ。ほんとにこれまでにないくらい、楽しうございましたよ。ミス・ヘリアのお話がなんといっても圧巻でしたわね？　いかがでしょう？」

「みなさんが、あたくしのことを怒っていらっしゃるので悲しいわ。あたくしが結末を知らないって申しあげたもので。もっと早くそう申しあげればよかったんですわね」

悲しげな口調だった。ドクター・ロイドが俠気《おとこぎ》を出して慰めた。

「いやいや、どうしてどうして機智をみがくにはもってこいのたいへんけっこうな問題でしたよ。納得のいく答が誰にも見つからなかったのは、いかにも残念でしたがね」

「ご自分のことだけ、おっしゃいましよ」とミセス・バントリーが言った。「わたしはちゃんと解いてお見せしたんですからね。確信をもって申しますわ」

「ええ、あたくし、ほんとにそう思ってましてよ。あなたのご意見はとてももっともらしいんですもの」

「こちらの奥さんの七つの解答のうちのどれをさしておっしゃっているんですか？」とサー・ヘンリーがからかうように言った。

ドクター・ロイドはかいがいしくミス・マープルに手を貸して、オーヴァーシューズをはかせた。

「降るといけないと思いましてね」とミス・マープルが説明していた。ドクター・ロイドはミス・マープルを彼女の古めかしい家まで送って行くことになっていたのである。毛織のショールを巻きつけてミス・マープルはもう一度みんなにおやすみなさいと言った。そして最後にジェーン・ヘリアに近づいて身をのり出すようにして、なにか二言三言女優の耳もとにささやいた。「あら！」というびっくりしたような声がジェーンの唇から洩れた――大きな声だったのでみんなが振り返った。

にここにことうなずきながら、ミス・マープルはいとまを告げた。ジェーンはじっとそのうしろ姿を見送っていた。

「ジェーン、そろそろおやすみになる？」とミセス・バントリーがきいた。「どうなすったの？　まるで幽霊でも見たような顔」

深い溜め息をもらしてジェーンはわれにかえり、美しい魅惑的な微笑を二人の男に送ると、女主人のあとについて階段をあがった。ミセス・バントリーは部屋までついてきた。

「火が、ほとんど消えてしまっているわ」とミセス・バントリーは火かき棒で一突きしたが、何の効果もなかった。「ちゃんと火をおこしておかなかったのね。近ごろのお手伝いって、なんて間がぬけているんでしょう。でも今夜はもうおそいのね。まあ、もう一時をまわっているわ！」

「あの人みたいな人って、たくさんいるのかしら？」とジェーン・ヘリアがたずねた。ベッドの片側に、思いに沈んだ様子で腰をおろしていた。

「お手伝いのこと？」

「いいえ、今しがた帰って行った、あのおかしなおばあさんのことですわ――なんていったかしら――ミス・マープル？」

「ああ、あの人のこと？　さあ、わからないわ。小さな村にはよくいるタイプだと思うけれど」

「ああ、あたくし、どうしたらいいかわからないわ」とジェーンは吐息をもらした。

「どうなさったの」

「心配で堪らないの」

「何のこと？」

「ドリー」とジェーン・ヘリアはおそろしくまじめだった。「あの人がいま出て行く前にあたくしになんて言ったか、ご存じ？」

「いいえ、なんて言ったの？」

「あの人はね、『わたしがあなたなら、やりませんね。ほかの女に頭があがらないような破目には落ちこまないほうが身のためですよ。そのときはどんなに味方らしく思えても』って言いましたのよ。ねえ、ドリー。あの人の言うとおりだわ」

「その忠告のこと？　ええ、たぶんね。でもそれがあなたの場合にどうあてはまるのか、わたしにはよくわからないけど」

「女って、心底、信用するわけにいかないものね。うっかりしているとあたくし、それこそあの子に頭があがらなくなっちゃうわ。そんなこと、考えもしなかったけれど」

「誰のことをおっしゃっているの？」

「ネッタ・グリーンですわ。あたくしの臨時代役の」

「いったい、あなたの代役のことなんか、ミス・マープルが何を知っているっていうんでしょう？」

「あの人にはきっとなにもかもわかってしまったんだわ——でもどうしてかしら？」

「ジェーン、なんのことか、お願いだからすぐに言ってちょうだい！」

「さっきの話のことですわ、あたくしの。ねえ、ドリー、あの女ね、そら、クロードをあたくしから取ったた？」

ジェーンのふしあわせないくつかの結婚の最初の相手――俳優のクロード・アヴァベリのことを思い出しながらミセス・バントリーはうなずいた。

「あの人、あの女と結婚してしまったのよ。どんなことになるか、あたくしにはちゃんとはじめから見当がついていましたわ。クロードは何にも知らないけれど、彼女はサー・ジョゼフ・サー・サーモンとできていて――週末にはそれこそあたくしの話に出てきたバンガローで、サー・サーモンとすごしているんですわ。あたくし、あの女の化けの皮をひんむいてやりたくって――どんなあばずれか、みんなに見せつけたいの。ねえ、泥棒さわぎでもあれば、すべてが明かるみに出るわけでしょう？」

「ジェーンったら！」とミセス・バントリーはあえいだ。「まあ、さっきの話はなにもかもあなたの思いつきだったの？」

ジェーンはうなずいた。

「だから《スミス》を選んだんですわ。あれだとあたくし、小間使の服装をするでしょ？　とても都合がいいの。警察に呼ばれたらホテルで代役を相手に練習をしていたって言えばいいんだから、らくなものよ。ほんとはもちろん、バンガローに出かけるわけ。あたくしの役は、ドアをあけることと、カクテルをはこぶことだけ。主人の役はネッタがやってくれますの。フォークナーはむろん二度と彼女に会いっこないから、わかる気づかいはありませんわ。小間使の服装をすれば、あたくしはまるっきり違って見えるでしょうし、だいたい小間使なんて誰もことさらしく眺めたりしませんもの。あとから男を道に運び出し、宝石箱の中身を盗んで警察に電話をする、それからホテルに帰るのよ。罪もない青年にめいわくをかけるのはいやだけれど、サー・ヘンリーは、そうひどく苦しみもしなかっただろうと考えておいでのようだったわ。そうじゃなくて？　とにかくあの女の名前は新聞に出るでしょう。それに――クロードだって目がさめるでしょうよ」

ミセス・バントリーはその場に坐りこんでうめき声をあげた。

「まあ、頭が痛くなってきたわ！　そうするとさっきのは――まあ、ジェーン・ヘリア、あなたったら、大うそつきなのね、もっともらしくあんな話をして！」

「だってあたくしはお芝居がうまいんですもの」とジェーンは満足げに言った。「いつだって、お芝居をしてきたんですもの。みんなには勝手なことを言わせておいて。一度だってバレるようなことは言わなかったでしょ、いかが？」

「ミス・マープルの言ったとおりだわ」とバントリー夫人はつぶやいた。「個人的要素。ほんとうにそうだったんだわ。ジェーン、泥棒はね、どんな理由があったって泥棒にはちがいないのよ。そんなことをしたら刑務所行きだってことがあなたにはわからないの？」

「だって、あなたがたのうちのどなたもわからなかったじゃありませんか？　ミス・マープルは別だけど」とまた気がかりそうに、「ドリー、ほんとにあの人みたいな人がほかにもたくさんいるとお思いになって？」

「ほんとを言うと、そうは思わないことよ」

ジェーンはまた嘆息した。

「でもやめておくにこしたことはないわ。それにもちろんあたくし、ネッタに頭があがらなくなっちゃうわ——いつなんどき敵にまわるか、脅迫するか、おちおちしていられないんですものね。ネッタが手伝ってこまかいことを考えてくれたのよ。どこまでもあたくしの味方になるからと言って。でも女なんてあてにならないわ。そうよ、マープルさんの言うとおりだわ。やめておくにかぎりますわ」

「でもジェーン、だってあなた、もうやってしまったんでしょう？」

「あら、いいえ」と、ジェーンは青い目を大きく見はった。「おわかりにならないの？　さっきお話ししたことは、まだなにひとつ起こっていませんのよ！　あぶなっかしいものは犬にまず毒見させるっていうでしょ？——まあ、いわば、下げいこでしたのよ、今夜のは」

「お芝居のほうの言葉は、わたしにはわかりかねますけれどね」とミセス・バントリーは威厳を見せて言った。「つまり、今夜のは、これから実行しようと思っている計画の先取りだったのね——もうやってしまったことじゃなくて」

「この秋に実行するつもりでしたの——九月にね、でもこうなるとあたくし、どうしていいかわからなくなってしまいましたわ」

「それをジェーン・マープルがあてたのね、ズバリと。それなのに、わたしたちには何ひとつ話さなかったなんてねえ」とミセス・バントリーは憤然とした。

「だから、あの人言ったんですわ——女は女同士って。男の人の前であたくしのことをすっぱぬきたくなかったんでしょうね。いい人だわ。あなたにならわかったってあたくし、かまいませんもの、ドリー」

「まあ、とにかくやめておきなさいよ、お願いだわ」

「ええ、たぶん」とミス・ヘリアはつぶやいた。「ミス・マープルのような人が、ほかにもいないともかぎらないんですものね」

第十三話　溺　死

Death by Drowning

前警視総監サー・ヘンリー・クリザリングはセント・メアリ・ミード村にほど近い友人のバントリー夫妻の家に客となっていた。

ある土曜日の朝の十時十五分という、泊り客の食事時間として適当な時刻に朝食におりてきたサー・ヘンリーは、食堂の入口で女主人のミセス・バントリーとあやうく衝突をするところだった。ミセス・バントリーがものすごい勢いで食堂から走り出てきたのだ。何か興奮し、取り乱しているらしかった。

バントリー大佐が食卓に坐っていた。いつもより少々顔が赤い。

「おはよう、クリザリング、気持ちのいい朝じゃないか、さあ、勝手にやってくれたまえ」

キドニーとベーコンの皿を前にして、サー・ヘンリーが腰をおろしたとき、主《あるじ》が言った。

「ドリーはけさは少しのぼせておってね」

「ああ——そんなふうだったね」とサー・ヘンリーはおだやかに言った。

こう言いながらもサー・ヘンリーはいささかいぶかしく思っていた。ミセス・バントリーは落ちついた女性で、ふさぎこんだり、のぼせたりということはめったになかった。サー・ヘンリーの知るかぎりでは、彼女がわれを忘れるほど夢中になる話題といったら、園芸の話にかぎられていたのだ。

「ああ、けさがた、ちょっとしたニュースが耳に入ったんで、すっかり興奮しちまったんだよ。村のある娘が——エモットの娘だがね——〈ブルー・ボア〉館の——」

「うん、〈ブルー・ボア〉館なら知っているよ」

「あそこの娘さ」とバントリー大佐は思いかえすようにしみじみ言った。「きれいな娘だったが。身重になってね。めずらしい話じゃない。そのことでドリーと口論したんだがね。だいたいぼくがばかだったのさ。女ってやつには、ものの道理ってものがわからんのだからね。ドリーはこの娘を弁護して、やっきになってまくしたてるんだ——女たちのきまり文句さ——男はけだものだのなんだのってね。しかし、こういったことはそう簡単にかたづけられる問題じゃないんだ——近ごろではね。女の子の方だって何もかも承知の上でやっているのさ。女の子を誘惑するのが、ならずものとばかりはかぎらんよ。まあ、どっちもどっちだね。ぼくはサンドフォード青年にはむしろ、好感をもっていたんだ。ぼくに言わせりゃ女たらしというよりはむしろ、世間知らずの坊ちゃんというタイプだったが」

「するとこの娘をそんな体にしたのは、このサンドフォードという男なんだな？」

「そうらしいんだ。むろん、ぼくだってじかに事情を聞いたわけじゃないがね」と大佐は用心深い言いかたをした。「何もかも噂に過ぎないのだから。このへんがどんなにうるさい土地がらか、それはきみも知ってのとおりさ。くりかえすようだが、ぼくは実際何も知らないんだよ。それにドリーとちがって、そう簡単に結論にとびついたり、やたらに非難がましいことを言ったりはしないからね。まったく口は気をつけてきかなくちゃあ。なぜって——検屍だのなんのと——」

「検屍だって？」

バントリー大佐は目をまるくした。「おや、その話はしなかったかね？　その娘が身投げをしたんだよ、それでこんなさわぎなのさ」

「こまったことだね」

「ああ、まったく。ぼくとしてもあまり考えたくないんだよ。かわいそうに、器量よしのはねっかえり娘だったが。おやじが、きびしいらしいんだな。もうとてもがまんできないと思いつめたんだろうよ」と言葉を切った。「ドリーはそれでのぼせているというわけさ」

「身投げの場所はどこだね？」

「あの川だよ。水車から少し下手にさがると、流れがかなり早くなっているんだ。小道があって、橋がかかっている。おおかた、そこから身を投げたんだろうというんだがね。気の毒な話さ。考えるのもいやだね」

こう言ってバントリー大佐はガサガサと大きな音をさせて新聞を開き、いたましい事件を忘れてしまおうと、政府の最近の背信行為について読みふけりはじめた。

サー・ヘンリーはこの村の悲劇に対してはひととおりの関心しか感じなかった。朝食をすますと、彼は芝生の坐りごこちのいい椅子におさまって、帽子をまぶかにひきおろし、無事の人間の観点から人生について瞑想にふけりはじめた。

十一時半ごろだった。小ぎれいな小間使が芝生を小きざみに横切って近づいた。

「あの、マープル様がおみえになって、ちょっとそちらさまにお目にかかりたいとおっしゃっておいでですが」

「マープルさんが？」

サー・ヘンリーは、はっと身をおこして、帽子をかぶり直した。思いがけない名を聞いて驚いたのだ。ミス・マープルならよくおぼえている――おだやかでもの静かな、いかにも老嬢らしい身のこなし、それでいて、驚くべくすぐれた洞察力の持ち主だったっけ。迷宮入りの、いまだに臆測の域を出ないという、いくつかの事件を、この典型的な〝村の老嬢〟が、いかにもみごとに解決して見せたことは今なお彼の記憶に新しかった。サー・ヘンリーはミス・マープルに対してひとかたならぬ尊敬の念をいだいていた。今日はまた、いったいどんな用向きでやってきたのだろうとふしぎに思ったのだった。

ミス・マープルは応接間に坐っていた――いつものようにしゃんとした姿勢だった。異国産のはでな色の買物籠がかたわらにおかれていた。頬がやや上気して、あたふたと落ちつかぬ様子だった。

「サー・ヘンリー――まあ、うれしうございますわ。運がようございましたこと。こちらにご滞在だということをちょっと聞きましたのでね……とつぜんおたずねしたりして、おゆるしくださいましよ」

「よくいらしてくださいました」とサー・ヘンリーは彼女の手を握りながら言った。「あいにくとミセス・バントリーは出かけたようですが」

「ええ、肉屋のフッティットと話しておいでになるのを見かけましたわ。ヘンリー・フッティットがきのうひかれまして――いえ、あの人じゃございません、あの人の飼っている犬の名ですの。なめらかな毛並のフォックス・テリアですわ。がっしりとした体つきでけんか好きの。肉屋がしばしば飼っている種類の」

「はあはあ」とサー・ヘンリーは面くらいながらあいづちをうった。

「こうしてミセス・バントリーがお留守のときにうかがえるのは、かえってうれしいと思いましたのよ。わたしがお目にかかりたいと思ったのはあなたさまなんでございますからねえ。じつは今度のこのいたましい事件についてなんですけれど」

「ヘンリー・フッティットのですか？」と、サー・ヘンリーは少々とまどったような表情をした。

ミス・マープルはとがめるようなまなざしで言った。

「いいえ、とんでもない。ローズ・エモットのことでございますよ、もちろん。お聞きおよびでございましょう？」

サー・ヘンリーはうなずいた。

「バントリーが話してくれましたのでね。気の毒な話ですな」

サー・ヘンリーは少々ふしぎだった。ローズ・エモットのことについて、なぜ、ミス

・マープルが自分に会いたいというのか、見当もつかなかったのだ。

ミス・マープルはまた腰をおろした。サー・ヘンリーも坐った。しばらくして話しだした老嬢の態度はうってかわってまじめだった。一種の威厳さえあった。

「ご記憶と思いますけれど、サー・ヘンリー、前に一、二度ごいっしょになかなか楽しいゲームをしたことがございましたね。めいめいが迷宮入り事件を一つずつ話して、みんなで解答を出すという趣向でございました。あの折、あなたはご親切にも、わたしに──わたしのことをそうまずい解答者でもないと言ってくださいましたっけ」

「あなたは、われわれにすっかり顔色なからしめておしまいになりましたからね」とサー・ヘンリーは力をこめて言った。「なにかこう天才的なひらめきを見せて真相に到達なさいましたよ。あなたはいつも手がかりになるような村の似たような事件を例にお引きになりましたっけね」

サー・ヘンリーはこう言って微笑した。けれどもミス・マープルは笑わなかった。彼女の顔は依然として沈痛な表情をうかべていた。

「その過分なお言葉に甘えて、こうしてこちらにうかがったわけですの。もしも、わたしがあなたさまにあることを申しあげても──少なくとも一笑に付しておしまいになりはしないだろうと思いまして」

サー・ヘンリーは突然、相手が必死なくらい真剣だということに気づいた。

「もちろん、笑うどころですか」と彼は静かに言った。

「サー・ヘンリー――この――ローズ・エモットですけれど、自殺じゃあございませんよ……誰が殺したか、わたしにはちゃんとわかっております」

サー・ヘンリーは驚きのあまり、三秒ばかりは言葉も出なかった。ミス・マープルの声はあくまでも静かで落ちついていた。平凡きわまりないことを話しているように冷静だった。

「容易ならぬことをおっしゃいますな、マープルさん」一息入れてサー・ヘンリーは言った。

ミス・マープルは静かに三、四度うなずいた。

「わかっていますわ――よくわかっていますわ――ですからこうしてあなたのところにうかがったわけですの」

「しかし、マープルさん。私のところにいらしたところで、どうにもなりませんよ。私など、今ではほんの一介の私人にすぎないのですからね。そういったはっきりしたことをご承知なら、まず警察にいらっしゃらなくては」

「それはできないと思いますの」

「どうしてです?」

「おっしゃるようなはっきりした証拠なんて、なに一つ握っていないからですわ」

「とすると、ただの臆測にすぎないというわけですか?」

「そうおっしゃってもかまいませんわ。ほんとの話、単なる臆測ではないんですけれど。じつはわたし、知っておりますの。たまたまね。でもその理由をドレウィット警部さんなんかにお話ししたら――たぶん、笑いとばされてしまうのがおちでしょうよ。むりもない話ですわ。ひとの持っている特殊な知識というものを理解するのは、とてもむずかしいことでございますからねえ」

「たとえばどんな知識です?」

ミス・マープルはかすかにほほえんだ。

「それというのも、ピーズグッドといって、何年か前にわたしの姪のところに車を引いて野菜を売りに来ていた男が、ある日、ニンジンのかわりにカブを置いていったことがあるからだと申しあげたら、あなたはどうお思いになりますか?」と意味ありげに言葉を切った。

「ピーズグッドとはまた、八百屋商売にはうってつけの名前ですな」とサー・ヘンリーはつぶやいた。「似たような実例から推論をくだしていらっしゃるにすぎないというわけなんですね」

「わたしは人間性というものを知っております。こうして長年、村に住んでいると、いやおうなしに人間というものがわかってまいります。問題は、あなたがわたしを信じてくださるかどうかということです」

ミス・マープルは相手の顔をまっすぐに見つめた。頰がますます桜色に上気していた。その目は相手の目をまじろぎもせずに見すえていた。

サー・ヘンリーは人生の経験に富む男だった。無用にためらわずに決断をくだした。ミス・マープルの言いぐさはいかにも突拍子もないよまいごとのように聞こえたが、とやかく考える間もなく彼はそれを受け入れていたのだった。

「私は、あなたを信じていますよ、ミス・マープル。しかし、どういうことをしてほしいとおっしゃるのか、そもそもなぜ、私のところにこられたのか、それがどうもわからないんですがねえ」

「わたし、考えて考えて考えぬきましたの。前にも申しあげたように証拠もあげられないのに警察に行ってもなんにもならないと思いましたのでね。だいたい証拠などまったくないのですから。あなたにお願いしたいのは、まずこの問題に関心をもっていただくということですわ。ドレウィット警部さんもきっと光栄に思いますでしょうし。その上で事件の解決の方向に進むとすれば、州警察本部長のメルチェット大佐はあなたのお望みのままに行動なさるでしょう」

こう言って訴えるように相手を見つめた。

「それで、あなたは手はじめにどういうデータを私に提供してくださるおつもりなんですか？」

「わたし、紙きれに、ある人物の名を書こうと思いますの——犯人の名をね——それをお渡しいたしますわ。ご調査の上で——この人物が——事件と何のかかわりもないという判断がおつきになったら——そうですわね、わたしがとんでもない思いちがいをしていたということになるわけですが」と言葉を切ったが、ふと身ぶるいをしてつづけた。「でもとても——とてもおそろしいことでございますわ——なんの罪もない人物が絞首刑になるなんて」

「いったいぜんたい、それは——」とサー・ヘンリーはびっくりして叫んだ。

ミス・マープルは心配そうな顔をふりむけた。

「結局わたしの思いちがいかもしれませんのよ——そうは思えないんですけれど。ドレウィット警部さんはとても頭のいい人ですの。でもなまじ頭がいいと、場合によってはかえって危ういものですわ。中途半端なことになって」

サー・ヘンリーはミス・マープルを好奇心にあふれる目で見守っていた。

ミス・マープルはもぞもぞと小さな手さげ袋を探っていたが、中からメモ帳を取り出して一枚やぶき、入念に一つの名前を書いて、二つ折りにしてサー・ヘンリーに手わたした。

サー・ヘンリーは紙きれを開いて、書かれている名前を読んだ。彼にとってはなんの意味もない名前だったが、眉がぴくりと動くのが見えた。サー・ヘンリーはミス・マープルを見やりながら紙きれをポケットにおしこんだ。

「なるほどね、いささかかわった仕事ですな、これは。生まれてはじめてですよ、こういったたぐいのことをしますのは。しかし、わたしはね、マープルさん――あなたというおかたに対していだいている信頼にあくまでも忠実に行動したいと思いますよ」

警察署の一室でサー・ヘンリーは本部長のメルチェット大佐とドレウィット警部に会った。

メルチェット本部長は少々鼻につくほど、軍隊式な態度をふりかざす小男だった。ドレウィット警部は大柄のがっしりとした体格の男で、なかなかものわかりがよかった。

「いや、さし出がましいとは思ったんだがね」とサー・ヘンリーは、もちまえの人をそらさぬ微笑をうかべながら言った。「ほんとのところ、いったいどうしてこんなことをするのか、自分でもよくわからないんだよ」（これはまったく本当だった！）

「いやいや、どうしてどうして。光栄だよ」

「まったく光栄です、サー・ヘンリー」と警部も言った。

本部長はこっそり考えていた。「気の毒に、バントリーの家になんぞ泊まっているんで、やっこさん、死ぬほど退屈しちまったんだな。あるじは口を開けば政府の攻撃ばかり、かみさんはかみさんで明けても暮れても球根のことばかり、ペチャペチャしゃべっている。これじゃ、どうにもなるまいて」

ドレウィット警部は考えていた。「これが事件らしい事件でないのがかえすがえすも残念だな。サー・ヘンリーといえばイギリスの誇るもっとも優秀な頭脳の持ち主の一人だと聞いていたが。こんな簡単な事件では」

さて、本部長はなに食わぬ顔で言った。

「こいつは、ごくありきたりの不快な見えすいた事件だと思うんだがね。最初は投身自殺と思われたんだ。娘が身重だったものだからね。しかし、警察医のヘイドックは慎重な男で、両腕の——上膊部にあざがあるのに気づいたんだ。死ぬ前にできたものだそうだ。誰かが娘の腕をつかんで、川の中にほうりこんだとしたら、さしずめつかむだろうと思われるあたりにね」

「その場合、よほど腕力がいるのかね？」

「いや、そうでもないんだろう。格闘というようなものはなかったんだろうから――どうせ不意をおそわれたんだろうしね。つるつるすべる丸木橋だし、つきおとすぐらい、大した面倒はいらなかっただろうよ。あっち側には手すりもないことだし」

「事件がそこで起こったというのはたしかなのかね？」

「ああ――ジミー・ブラウンという十二歳の少年の証言があるんだ。ちょうど向こう岸の森にいたんだがね。橋のほうから悲鳴のような音と水音が聞こえたんだそうだ。なにぶんもう薄暗かったのでね――はっきり見えなかったんだよ。そのうちに何か白いものが水に浮いているのが見えたので、あわてて人を呼びに走った。それからみんなでやっと救いあげたが、もう手おくれだったんだそうだ」

サー・ヘンリーはうなずいた。

「その少年は、橋の上に人影らしいものを見なかったのかね？」

「いや、夕方でもう暗かったし、あそこにはいつも靄《もや》がかかっているのでね。もっともこっちとしても、その前後の時間に誰か人影を見なかったかと、確かめるつもりではいるんだが。まあ、無理もない話だが、身投げだと思ってしまったんだな。はじめは誰もみな、そう思ったんだよ」

「しかし、死んだ娘のポケットから手紙が出てきましてね」と警部がひきとった。サー・ヘンリーの方に向き直って、「図画鉛筆かなんかで走り書きしてありましたが、びしょぬれでした。なんとか判読はできたものの」と言った。

「それで文面は？」

「サンドフォード青年からの手紙です。〈承知した。八時半に橋のところで会おう。R・S〉とありました。ジミー・ブラウンが悲鳴や水音を聞きつけたのが、かれこれ八時半か――もう二、三分あとのことでしたからね」

「きみはサンドフォードという男に会ったことがあるかな」とメルチェット大佐がつづけた。「一カ月ばかり前からこの村に来ているんだが、妙ちきりんな家ばかり建てる近ごろの若僧建築家の一人さ。アリントンの家を建てているんだがね。やれやれ、どんな家が出来あがることやら――新奇な思いつきだらけなんだろうよ、おおかた。ガラスのテーブル、鋼鉄と革ひもでできている外科用の椅子みたいなやつ。まあ、そんなことは今度の事件とは関係がないが、サンドフォードという男がどんな人間か、それから知れるというものさ。まあ、赤だろうね――およそ道義感というものがないんだ」

「女の子をたらしこむなんていうのは、ごく昔からある罪さね」とサー・ヘンリーがおだやかに言った。「殺人罪ほど、起源は古くないにしても」

メルチェット大佐はじっとサー・ヘンリーを見かえした。

「うん、そりゃね。まったくだ」

「というわけでして、サー・ヘンリー――いまわしい事件にはちがいありませんが――まあ、証拠は歴然としておるんです。まずこのサンドフォードという青年が問題の娘と厄介なことになったんですな」とドレウィット警部が言った。「そうなるとロンドンに逃げもどりたくなって――恋人がいるんですよ、ロンドンにね――これがなかなかちゃんとした娘さんで――婚約もしていたんです。もしもそんな不身持を、ひょっとこの娘さんに聞かれでもしたら、それっきりです。やっこさん、ローズと橋のところで落ちあって――靄の深い晩であたりに人影もなかったのをさいわい――腕をわしづかみにしてザンブリほうりこんだんですな。まったく見さげはてたやつですよ――処刑されれば天罰というものでしょう。とまあ、私は思うんですが」

サー・ヘンリーは一、二分黙りこくっていた。かれら地方人がこの容疑者に対して陰にいだいている強い偏見を感じ取ったからだった。新奇な近代建築などというものが、セント・メアリ・ミードのような保守的な村でもてはやされるわけはなかったのだ。

「このサンドフォードという男がおなかの子の父親だというのは確かなことなんだろう

ね？」

「それはもう。ローズ・エモット自身、父親にそう話しています。男が結婚してくれるものと思いこんでいたんですな。結婚なんぞするもんですか！　あんなやくざ男が！」

「やれやれ、これではまるで、一昔前のメロドラマのようだぞ」とサー・ヘンリーはつくづく思った。「男を信じきっている娘、ロンドン生まれの道楽男、厳格な父親、心変わり――こうなると足りないのは、村の男で娘の崇拝者という役まわりだけじゃないか。そうだ、そろそろ、そのへんのさぐりを入れてみるかな」

そこでサー・ヘンリーはきいてみた。

「その娘にはこの村の青年の中に恋人のようなものはいなかったのかね？」

「ジョー・エリスのことですか？」と警部が答えた。「いい男ですよ、ジョーは。大工をして、ひとかど暮らしをたてていましてね。まったくあの娘もジョー一人を後生大事にしていればいいものを――」

メルチェット大佐もうなずいた。

「人間、自分のぶんざいというものをわきまえることさ」

「そのジョー・エリスという男は、今度の事件についてどんな態度をとっているんだね？」

「わからないんですよ、それがいったいに無口な男でしてね。あまりいろいろなことを言わないんです。ローズのすることといえば、ただもう文句なしに正しいと思いこんでいたものです。ローズにうまいことあやつられていましたよ。いつかは自分のところにもどってくる、ただもうそれに望みをかけていたんだと、私は思いますがね」

「一度その男に会ってみたいんだが」とサー・ヘンリーが言った。

「ほう！　いや、われわれとしてもその気だったんだ」とメルチェット大佐が言った。「ぬかりはないよ。ぼくとしちゃあ、エモットにまずあたってみようと考えていたんだがね、次にサンドフォード、最後に足をのばしてエリスに会ってもよかろうと思ったんだよ。きみもそれでいいかな、クリザリング？」

サー・ヘンリーはそれは願ったりかなったりだと答えた。

トム・エモットは〈ブルー・ボア〉館にいた。中年の大きながっしりした男で、落ちつかぬ目と、喧嘩ばやそうなあごをしていた。

「よくお出かけくださいましたな、だんながた――おはようございます、本部長さん、どうかこっちにおはいりくださって。ここなら邪魔もはいりませんから。なにか飲みものでもさしあげますか？　そうですか？　まあ、およろしいように。おおかた、わしらのふびんな娘のことでおみえくだすったんでしょうな？　いや、まったくなんてこってしょう！　いい娘でしたよ、ローズは。いたって気だてのいい子でしたが——あのくそいまいましい豚めがやってきおって——口ぎたないことを言ってかんべんしてくださいよ——しかし、まったくの豚やろうでさ——あいつがくるまではローズも——結婚するからと殺し文句で釣ったんでさ。しかし、きっと応分のお仕置きがくだるようにしてみせますからな。あいつがあの子をのっぴきならぬところまで追いこんだんでさ。くそいまいましい。わしらの顔をつぶしくさって。それにしても、かわいそうに、あの子は」

「娘さんがあんたにじかに、おなかの子の父親はサンドフォードだと、はっきりそう言ったのかね？」とメルチェットがてきぱきした口調できいた。

「言いましたとも。この部屋でね」

「それであんたは娘さんにどう言ったんだね？」

「わしがあの子にですか？」と少々めんくらったらしい。

「そうだ。追い出すとかなんとか言って、おどかしはしなかったかね？」

「あのときはわしも少しのぼせていましたのでね——まあ、あたりまえのこってさ。だんながただって、そうお思いになるでしょうが。しかし、むろん、本当に追い出したりなんぞしませんでしたよ。そんなことをする気はこれっぱかしもありませんでしたな」

と、心外千万と言わんばかりの口調だった。「とんでもない。ただ、いったい法律てなあ、なんのためにあるんだ――とこう言ったんでさ。やつにはあの子に対して責任を取る義務がある。それをしないんなら、なんとかつぐないをしてもらうまでだとね」エモットはこぶしでテーブルをたたいた。

「娘さんを最後に見たのはいつだったね？」

「きのうの――お茶のときでさ」

「どんな様子だった」

「そうですね――べつにどうってことも。何にも気がつきませんでしたな。知ってたら――」

「知らなかったんだからどうにもならんさ」と警部がそっけなく言った。

三人は酒場を出た。

「エモットっていうのは、あまり、ぞっとしない男のようだな」とサー・ヘンリーが考えこみながら言った。

「ちょっとしたならずものだよ」とメルチェットがあいづちをうった。「機会さえあれば、サンドフォードをしこたまいたぶっていたんだろうがね」

三人の次の訪問先は問題の若い建築家のところだった。レックス・サンドフォードはサー・ヘンリーが無意識に描いていたイメージとはおよそかけはなれていた。背が高い、色白の青年で、やせぎすだった。目は青く夢みるような表情をうかべ、髪の毛はもしゃもしゃして長く、ちょっと女のような話しぶりをする。

メルチェット大佐は自分とつれの身分を告げた。そしてすぐさま用向きを切りだして、事件の前夜のサンドフォードの行動について話すようにうながした。

「おわかりでしょうが」と警告するように、「あなたの陳述を強制するという権限はわれわれにはありません。あなたのおっしゃることが、さきざきあなたにとって不利な証拠として使われるかもしれないということもあらかじめ申しあげておきます。まずこのところをよくご了解ねがいたいのですがね」

「ぼく——なんのことだかよくわからないんですが」とサンドフォードが言った。

「ローズ・エモットがゆうべ溺れて死んだことは知っておられますね？」

「知ってます。ああ、まったくたいへんなことです！　ぼく、ゆうべは一睡もできませんでした。今日も仕事がなに一つ手につかないんですよ。責任を——責任をひどく感じちまって」と手で髪の毛をいっそうくしゃくしゃにかきみだした。

「悪気じゃなかったんです」とあわれっぽい声で、「夢にも思わなかった——ローズがあんなふうに思いつめるなんて」とテーブルにむかって腰をおろし、両手で顔をおおった。

「ということはサンドフォードさん、ゆうべの八時半にどこにおられたのか、おっしゃってくださる気はないということなんでしょうかね？」

「いえいえ――そんなことは。外出していました。散歩に出かけたんです」

「ミス・エモットに会いにね？」

「いえ、一人でした。森を通ってずっと歩いたんです」

「するとこの手紙についてどう説明なさいますか？　死んだ娘さんのポケットにはいっていたんですが」とドレウィット警部は無表情な声で読みあげた。

「いかがです？　あなたが書いたものではないとおっしゃいますか？」

「い――いえ。おっしゃるとおりです。ぼくが書きました。ローズから会いたいと言ってきたんです。しつっこく。ぼく、どうしたらいいかわからなかったので、この返事を書いたんです」

「ほう、正直に言いましたね。いいでしょう」

「でも、ぼく、行かなかったんですよ！」とサンドフォードの声は興奮に甲高くなっていた。「ほんとに行かなかったんです！　そのほうがいいと思いました。あすはロンドンに帰るつもりでしたし。いっそ――いっそ会わないで行くほうがいいと思ったんです。ロンドンから手紙を書いて――なんとか――なんとか話をつけるつもりだったんです」

「あなたはローズ・エモットが妊娠していること、父親はあなただと言っていることはご存じだったんでしょうね？」

サンドフォードはうめき声をあげて答えなかった。

「それは本当のことですか？」

サンドフォードは顔をいよいよおおい隠した。

「そうらしいんです」とおしつぶしたような声で言った。

「なるほど！」とドレウィット警部は満足げな声音でいった。「さあ、そこであなたの〝散歩〟ですがね。途中で誰かに会いましたか？」

「さあ、それは。会わなかったように思います。ぼくのおぼえているところでは誰にも」

「そいつは残念ですな」

「どういう意味です、それは？」とサンドフォードは狂おしげに警部を見つめた。「ぼくが散歩に行こうが行くまいが、ほかの人の知ったことではないじゃありませんか？ローズの自殺に、なんの関係があるっていうんです？」

「なるほどね。しかし、あれは自殺じゃなかったんですよ。だれかに故意にほうりこまれたんですよ、サンドフォードさん」

「というと——」そのおそろしい言葉の意味をサンドフォードが理解するまでには一、二分かかった。「ああ、なんてことだ！　じゃあ——」とへたへたと椅子に腰を落とした。

メルチェット大佐が立ち去りぎわに言った。

「ではいいね、サンドフォード君、許可なしに勝手にこの家から出ないように」

三人はつれだってその家を出た。警部と本部長が意味ありげに目くばせをした。

「あれだけでもう充分だと思いますがね、本部長」

「うむ、令状を出してもらって、すぐ逮捕するようにしたまえ」

「ちょっと失敬、手袋を忘れてきた」とサー・ヘンリーが言った。

サー・ヘンリーはいそいで今出た家にはいって行った。サンドフォードはさっきのままの姿勢で、ぼんやり前を見つめて坐っていた。

「ちょっときみに言っておきたいことがあって戻ってきたんだよ。私は個人的になんとかきみを助けてあげたいと思っているんだがね。どんな動機があって、そうきみのことに関心をもつのかということは、ちょっと口外するわけにはいかない。しかし、よかったら、このローズという娘ときみの間柄についてできるだけ手短かに話してもらいたいんだ」

「ローズはとてもきれいな娘でした。きれいで、男心をそそりました。それに——むしろ彼女の方でぼくにねらいをつけたんですよ。誓ってもいい、本当なんですから。彼女の方でぼくをほうっておかなかったんです。この土地はさびしいし、誰もぼくをあまりよく思ってくれなかった——それに——それに彼女はすばらしくきれいで、なんでも心得ているように見えたから——」と消えいるような声になった。それからふと顔をあげてまたつづけた。「そこに今度のことが起こったんですよ。結婚してほしいって言いだしたんです。ぼくはどうしていいかわかりませんでした。ぼく、ロンドンにいいなずけがいるんです。こんなことが耳に入ったら——もちろん、こうなったら聞くにきまっていますが——もう何もかもおしまいです。けっしてわかってはくれないでしょうからね。どうしてわかるわけがあるでしょう？　ああ、ぼくはまったくのろくでなしですよ。ほんとうにどうしたらいいか、わからなくて、ただローズに会うのを避けていました。ロンドンに帰って——弁護士と相談して——手切れ金その他のことをきめよう——そう思ったんです。ああ、なんてばかだったんだろう、ぼくは。不利な証拠が——こう、あがっているんでは。でも、ぼくが殺したなんてとんでもない。自分で身を投げたにちがいないんです」

「自殺するなどと言って、きみをおどかしたことがあるのかね？」

サンドフォードは首をふった。

「いいえ。そういったたちとも思われませんが」

「ジョー・エリスという男についてはどう考えるんだね？」

「大工のエリスですか？　お人よしの田舎者ですよ。鈍重ですが、ローズのことということと夢中でしたね」

「嫉妬していたのかもしれないな？」

「ええ、すこしは――しかし、血のめぐりの鈍い男ですから。むしろ黙って苦しむ方でしょう」

「よし、わかった――じゃあ、失敬」

サー・ヘンリーはつれのところにもどった。

「ねえ、メルチェット、どうも、このもう一人の――エリスとかいう――男にちょっと会っておいたほうがいいんじゃないかと思うんだがね――思い切った手段に出る前に。逮捕したあとで間違いとわかったりしたら、具合が悪いからね。だいたい嫉妬というやつも、殺人のかなり強力な動機になるんだから――いや、どうして、かなりそういった例があるよ」

「まったくです」と警部が言った。「しかし、ジョー・エリスはそういうたぐいの男じゃないんでしてね。ハエ一匹殺しませんよ。あの男が癇癪をおこしたところなんぞ、ついぞ誰も見たことがありません。しかし、おおせのように――ゆうべはどこにいたかということだけはきいておいたほうがいいでしょうな。今なら家にいるでしょう。ミセス・バートレットの家に下宿していましてね――たいへんちゃんとした婦人です――やもめで、よその洗濯ものを引きうけて暮らしているんですがね」

その小さな家は、しみ一つなく小ざっぱりと掃除がとどいていた。中年のがっしりした大柄な女がドアを開けてくれた。人好きのする顔で青い目をしていた。

「おはよう、バートレットさん」と警部が言った。「ジョー・エリスはいますかね？」

「十分ばかり前にもどってまいりましたよ。さあ、どうかおはいりなすって」

エプロンで手を拭き拭き、彼女は三人を、剝製の鳥や陶器の置物などがならび、ソファやそのほか五つ六つのありふれた家具の置いてある小さな客間に案内してくれた。

ミセス・バートレットは手早く客のために席を作り、部屋を少しでも広くしようと飾り棚をひょいとかかえあげてかたづけると、部屋を出て大声で呼んだ。

「ジョー、だんな衆が三人みえていますよ」

裏の台所から声がした。

「手を洗って今行きます」

ミセス・バートレットはにっこりした。

「バートレットさん、お入り下さい。ここにかけてください、どうか」とメルチェット大佐が言った。

「まあま、とんでもございませんわ」とミセス・バートレットは思いもよらぬといった顔だ。

「ジョー・エリスはいい下宿人ですか？」とメルチェットが何げなさそうにきいた。

「あの人以上の下宿人なんて、あったもんじゃございませんよ。ほんとうに気分にむらがなくて。お酒なんぞほんの一滴も飲みませんわ。自分の仕事に誇りというものをもってましてね。いつも親切に気軽く家の用事を手つだってくれます。あの棚もあの人が取りつけてくれたんですよ。今も台所に新しい食器棚を作っているんですの。どんなちょっとしたことでも——まるであたりまえのようにやってくれます。まあね、ろくすっぽ、お礼も言わせないんですよ。ジョーみたいな若い人はそうざらにはおりませんですよ、だんな」

「どこかの娘さんがいずれはその三国一の婿どのを射とめることになるんだろうがね」メルチェットが何げなく言った。「あの気の毒なローズ・エモットを好いていたそうじゃないですか？」

ミセス・バートレットは溜め息をついた。

「ほんとに見ていてうんざりしましたわ。あの娘のふんだ地面まで拝みかねないんですからね。娘のほうじゃ、見向きもしないのに」

「ジョーは夜分はどうして過ごしますか？」

「ここにおりますよ、たいてい。ときによるとちょっとしたはんぱ仕事をもって帰って夜なべをすることがありましてね。それに通信教育で簿記も習いかけていますし」

「ほう、そうですか！　ゆうべは家にいましたかね？」

「はい」

「確かですか、バートレットさん？」とサー・ヘンリーが鋭い語調できいた。

ミセス・バートレットが向き直って答えた。

「それはもう確かでございますとも」

「たとえば、八時から八時半のあいだにひょいと出かけたりなんぞしませんでしたかね？」

「いいえ、まあ」とバートレット夫人は笑った。「ほとんど夜っぴてわたしのために食器棚を作っていましたんです。わたしも手伝いましたが」

それはもう請けあうといわんばかりの笑顔を眺めながら、サー・ヘンリーははじめてこれはとんだ見当違いだったかという疑念がきざすのをおぼえた。

そこへ当のエリスがはいって来た。

背の高い、肩幅のがっしりと広い若者で、田舎者ながらになかなかの好男子だった。内気な青い目で、人のよさそうな微笑をうかべていた。愛想のいい若い巨人という感じだった。

メルチェットがまず口を切った。ミセス・バートレットは台所にひっこんだ。

「ローズ・エモットの死因を調べているんだが。ローズは知っていたね、エリス？」

「ええ」ちょっとためらった末に、つぶやいた。「いつかは結婚したいと思っていましたが。かわいそうなことをしました」

「身重ということは聞いていたんだな？」

「ええ」怒りの色がキラリとその目に燃えた。「あいつが棄《す》てたんですよ。だが結局はその方がよかったんだ。あんな男と結婚して幸福になんぞなれるわけはないですからね。こういうことになったとき、あの娘《こ》もこれでおれのところにもどってくるだろうと思ったんですよ。おれが守ってやろうとね」

「あんなことがあってもかね？――」

「あの娘《こ》が悪いんじゃありませんや。あの野郎がうまいことを言ってたらしこんだんでさ。ああ！　すっかりあの娘《こ》から聞きましたよ。身投げなんぞすることはなかったんだ。あんなろくでなしのために」

「きみはゆうべの八時半にはどこにいたんだね、エリス？」

気のせいだろうか、エリスの即座の——あまりにも即座の——返答にサー・ヘンリーはわずかながらぎごちないものを感じ取ったような気がした。

「ここにいましたよ。ここの奥さんのために台所に新しい食器棚を作っていたんでさ。あの人にきいてくださりゃ、わかりまさ」

「少しばかり、返事が早すぎたようだな」とサー・ヘンリーは考えた。「どう見ても、頭のめぐりの早い男じゃなさそうなのに。待ってましたと言わんばかりのあの口調は、前もって答を用意していたというにおいがしないこともない」

そう思いながらも、サー・ヘンリーは自分の思いすごしにちがいないと打ち消した。勝手な想像ばかりして——エリスの青い目が心配そうに光ったような気までしたのだから あきれた話だ。

もう二つ三つの質問にエリスが受け答えするのを聞いてから、三人はいとまを告げた。サー・ヘンリーはその前に口実をもうけて台所に行った。ミセス・バートレットは料理用ストーヴにむかっていそがしそうに立ち働いていたが、にっこり顔をあげた。新しい食器棚が壁に取りつけてあった。まだ作りかけで道具や木ぎれがその辺にちらばっていた。

「エリスがゆうべ作っていたというのは、この棚ですか?」とサー・ヘンリーがたずねた。

「はい、じょうずにできてるじゃございませんかね。仕事は確かでございますよ、ジョーは」

どぎまぎすることも心配そうに目を光らすこともなく——すらすらとミセス・バートレットはこう答えた。

しかし、エリスは——あれはほんとうに気のせいだっただろうか? いや、そうではない。確かに何か隠していることがあるにちがいない。

「エリスに食いさがってみることだ」とサー・ヘンリーは考えた。

台所を出しなにサー・ヘンリーは置いてあった乳母車に衝突してしまった。

「赤ちゃんの目をさましはしなかったでしょうかな?」

ミセス・バートレットが声をたてて笑いだした。

「いえ、まあ、子どもなど、おりませんわ——残念なことに。これに洗濯ものをのせて運ぶんですの」

「ああ、なるほど――」

　サー・ヘンリーは立ちどまって、とっさの思いつきできいてみた。

「バートレットさん、ローズ・エモットはご存じでしたね。あの人についてあなたはどう思っておいでだったか、打ち明けたところを聞かせていただきたいんですがね」

　ミセス・バートレットはけげんそうに彼の顔を見つめた。

「そうですね。とんだ浮気娘だと思っておりましたわ。でも亡くなった人のことですし――悪口を言う気はしません」

「しかし、理由があってうかがっているんですよ。たいへん正当な理由がね」とサー・ヘンリーはなおも説きふせるように言った。

　ミセス・バートレットは相手の顔をしげしげと眺めながら、ちょっと考えているようだったが、やがて心をきめて言った。

「性悪女でしたわ」と静かな口調で、「ジョーの前じゃ申しませんけれどね。ジョーをそれこそまるめこんでいたんですよ。ああいったたちの娘はねえ――それだけにはがゆうございますよ。おわかりになりましょう、あなた様にも」

　サー・ヘンリーはうなずいた。ジョー・エリスのような男はとりわけだまされやすい。盲目的に信じこんでしまうのだ。それだけに真相を知ったときのショックがなおさら大きいと言えるかもしれない。

サー・ヘンリーは、すっかり困惑して、バートレット家を去った。大きな壁にぶつかった気持ちだった。ジョー・エリスはゆうべは一晩じゅう家で仕事をしていたという。それをミセス・バートレットがそばで見ていたというのだ。その申し立てのかげにひそむものをはたして自分はつきとめることができるだろうか？　疑いをさしはさむ筋合いは何一つないのだ——ただ、ジョー・エリスのあの先ほどのいぶかしいほどとっさの答——前もって言うべきことを考えておいたのではないかという疑惑を別とすれば。

「さて、これで何から何まではっきりしたようだね」とメルチェットが言った。

「そうですな」と警部があいづちをうった。「サンドフォードがホシでしょうな。釈明の余地はありませんよ。何もかもはっきりしていますな。私の考えでは、娘とおやじが——たぶん——威《おど》しをかけたんでしょうな。しかし、金らしい金の持ち合わせはない——といって、この一件がいいなずけの耳に入ったらことだというわけで、死にもの狂いになったんでしょう。あなたはどうお考えになりますか？」とサー・ヘンリーにむかってうやうやしい口調でたずねた。

「まあ、そんなところだろうね。しかし——サンドフォードのような男が腕力沙汰におよぶなんてちょっと想像できないんだが」

こう言いながらもサー・ヘンリーは、こんなことを言ってみたところで、ほとんどなんの役にも立ちはしないと感じていたのだった。窮鼠猫を噛むのたとえもある。

「しかし、その少年に一度会ってみたいな」とサー・ヘンリーはだしぬけに言った。

「悲鳴を聞いたという子だよ」

ジミー・ブラウンは見るからに利口そうな少年だった。年のわりに小柄で、はしっこい、少々ずるそうな顔をしていた。なにかきいてほしくてうずうずしているらしく、事件の晩に聞いた悲鳴について芝居気たっぷり述べかけたとたんに、その話はいいと言われて、いささか拍子ぬけしたらしかった。

「すると向こう岸にいたんだね？」とサー・ヘンリーがたずねた。「村と反対の側に。橋を渡ろうとしたときに、そっちの方に誰か人影を見かけなかったかね？」

「誰かが森を歩いていました。サンドフォードさんだったと思います。変てこな家を建てているあの建築家の人です」

聞き手の三人は目を合わせた。

「それは悲鳴を聞く十分ばかり前のことなんだね？」

少年はうなずいた。

「ほかに誰か、見なかったかい――村の側には？」

「男の人が一人道を歩いていました。ゆっくりした足どりで口笛を吹きながら。ジョー・エリスだったと思うんです」

「見えるはずがないじゃないか？　靄がかかっていた上に、もう日の暮れがただったんだから」

「口笛でわかったんです。ジョー・エリスはいつも同じ節ばかり吹いてますから――〝しあわせはおいらの願い〟――一つふししか知らないんだから」

時代おくれの人間に対する侮辱をこめて、この現代っ子は言うのだった。

「誰が吹かないともかぎらないさ」と、メルチェットが言った。「その男は橋のほうにむかって歩いていたのかね？」

「いいえ、反対の方角でした――村のほうにむかって」

「その男のことはべつに問題にすることもないだろうよ」とメルチェットが言った。

「悲鳴と水音を聞いてから、二、三分すると誰かが下流に流されて行くのが見えたので、助けを呼んだんだね？　橋のところまでもどって村までまっすぐにつっ走ったと言ったっけね？　走りだしたときに誰か、橋の近くにいなかったかね？」

「手押車をおした男が二人、川ぞいの道にいたと思うんですが、かなり遠くでしたから、こっちに来るところなのか、向こうに行くのか、よく見えなかったんですよ。ジャイルズさんの家がいちばん近かったし――とにかくそこまで大急ぎで駆けてったんです」

「なかなかよくやったよ。落ちつきを失わず、なすべきことをした。たしか、ボーイスカウトに入っていたんだっけな？」

「はい」

「うん、感心だ。なかなかりっぱな働きだった」

サー・ヘンリーは黙っていた――考えあぐんでいたのだ。彼は一枚の紙きれをポケットから取り出して見つめ、それから首をふった。どう考えても――だがしかし、そうとばかりも言いきれない――。

サー・ヘンリーはついにミス・マープルを訪問する決心をした。

ミス・マープルは客を家具の少々ゴタゴタしている小ぎれいな、古めかしい客間に招じいれた。

「事件の進捗《しんちょく》状況を、ご報告いたそうと参上したんですがね。どうもわれわれの観点からすると、あまりかんばしくないんじゃないかと思うんですよ。警察はサンドフォードを逮捕するつもりです。正直のところ、わたしも、結局それが正しいんじゃないかという気がしてきたんですよ」

「とおっしゃると、あの――なんと申しあげたらいいんでしょうね――わたしの考えを裏づけるようなことを何ひとつ発見なさらなかったんでしょうか?」ミス・マープルはいかにも困惑した面持だった。いや、むしろ気づかわしげであった。「もしかしたら、わたしの見込み違い——とんでもない思いすごしだったのかもしれませんわね——あなたは経験の広いお方ですし——真相をかならずつきとめてくださるにちがいないんですから」

「ひとつにはね、私としてもどうも信じかねておるんですよ。それに、動かしがたい立派なアリバイがありましてね。ジョー・エリスは台所で一晩じゅう食器棚を取りつけていましたし、ミセス・バートレットはそれをそばで見ていたと言うんですから」

ミス・マープルが、ふと前にのり出して、ハッと息を呑んだ。

「でもそんなはずはありませんわ。金曜の晩ですもの!」

「金曜の晩?」

「ええ——金曜の晩ですからね。金曜の晩にはミセス・バートレットはいつも、仕上げた洗濯ものを届けて歩きますのよ」

サー・ヘンリーは椅子に背をもたせかけた。ジミーの話によると、口笛を吹いていた男が一人、そして——そうだ——何もかもぴったりあてはまる。

サー・ヘンリーは立ちあがってミス・マープルの手をかたく握った。

「どうやら見とおしがついたようです。ともかくもできるだけやってみましょう……」

五分後に彼はふたたびミセス・バートレットの家を訪れて、小さな客間に陶器の犬の置きものにかこまれて、ジョー・エリスとむかいあっていた。

「きみは嘘をついたね、エリス。あの晩のことで」とサー・ヘンリーはてきぱきと切りだした。

「八時から八時半までは台所で食器棚を作っていたなんて嘘っぱちだ。ローズ・エモットが殺される二、三分前にきみが川ぞいの道を橋のほうにむかって歩いて行くのを見た者があるんだ」

　エリスはあえいだ。

「ローズは殺されたんじゃありません――そんなはずはない！　おれはなんの関係もないんです。あの娘《こ》が自分で跳びこんだんだ。すてばちになっていたんだから。おれにはあの娘《こ》の髪の毛一本、そこなう気はありませんでしたよ。殺すなんて！」

「じゃあ、なぜ、嘘をついたんだ？」とサー・ヘンリーは鋭くつっこんだ。

　ジョー・エリスは、もじもじと視線をそらせて伏目になった。

「こわかったんですよ、ここの奥さんがおれをあの辺で見かけたんです。そのすぐあとで事件を聞いて――そんなことがもし知れたら世間の聞こえもよくあるまいって言ったんです。おれは、それならここでずっと仕事をしていたと言おうときめました。すると、奥さんが自分も裏づけてあげるからと言ってくれたんです。ミセス・バートレットは珍しい人です。いつもおれによくしてくれました」

一言も言わずに、サー・ヘンリーは部屋を出て台所につかつかとはいって行った。ミセス・バートレットは流しで洗いものをしていた。

「バートレットさん、何もかもわかりましたよ。こうなったらすっかり白状なさった方がいいと思いますよ——無実の罪でジョー・エリスが絞首刑になってもかまわないとおっしゃるなら別ですがね……もちろん、そんなことはありますまい。私から申しましょうか？　あなたはあの晩、洗濯ものを届けに外出した。たまたまローズ・エモットに行き合った。この女がジョーをふって、よそものといちゃいちゃしていたんだと思ったとたんにかっとなったんでしょう。ローズは身重になった——ジョーはそんな彼女を助ける気でいる、彼女が彼を受け入れるなら、結婚も辞さない気だ。ジョーはあなたの家で四年も暮らしてきました。あなたはジョーを愛するようになった。自分のものにしたくなったのです。あなたはこの娘が憎かった——こんなろくでもない不身持な娘が愛する男をあなたの手から奪ってしまうのだと考えると、もうたまらなかった。あなたは力の強い人です、バートレットさん。娘の腕をわしづかみにして川の中に押し落としたんでしょう。二、三分して、あなたはジョー・エリスと行き合いました。ジミー少年はあなたがた二人の姿を遠くから見たのですが——暗い上に靄が深かったので、乳母車を手押車と思いこみ、二人の男が押しているんだと思ってしまったのでしょう。あなたはジョーを、疑いをかけられる恐れがあるからと説きつけて、ちょっと見には彼のアリバイとおぼしきものを作りあげた。しかし、そのじつ、それはあなた自身のアリバイだったのです。さあ、いかがです？　私の言うことはまちがってはおりますまい？」

彼は息をつめて待っていた。この告発にすべてを賭けていたのであった。

ミセス・バートレットはエプロンで手をぬぐいながら彼の前にすっくと立った。すでに覚悟を決めていた。

「おっしゃるとおりです」いつもの静かな落ち着いた声だった（危険な声だ、とサー・ヘンリーは思った）。「いったいなににとりつかれてあんなことをしたのか、わたしにもわからないんでございますよ。恥知らず——あの娘はほんとうに恥知らずでした。わたし、むらむらと——ジョーをあんな女に渡してたまるものかと思いましたの。わたしは幸せな女ではございませんでした。亡くなったあるじはろくでなしでした——病人で、そのうえ根性曲がりでした。でもわたし、死ぬまで心からみとってやりましたわ。それからジョーが下宿するようになったのです。こんなに白髪まじりですけれど、わたしだってまだそう年よりではございません。やっと四十になったばかりですわ。ジョーは千人に一人という男です。あの人のためなら、わたし、どんなことでもする気でした——どんなことだって。まるっきり子どものようですの。おとなしくて、信じやすくて。あの人はわたしのものでした——わたしが面倒を見てあげる人でした。それなのにあの——あの」とこみあげるものを呑みこんで——たかぶる感情をじっと抑えた。この期《ご》におよんでも彼女は強い女だった。ミセス・バートレットは立ったままサー・ヘンリーの顔をふしぎそうに眺めた。

「覚悟はできております。ただ、誰かにわかるなんて、ついぞ思いませんでしたのに。どうしておわかりになったのでしょうか——まあ、ほんとうにどうして？」

サー・ヘンリーは静かに首をふった。

「私ではないんです」こう言って彼は、今なおポケットの奥におさまっている、あの紙きれのことを思い出していた。それにはきちんとした古めかしい書体で書いてあった。

〈ミル住宅地二番地、ジョー・エリスの下宿先のミセス・バートレット〉と。

ミス・マープルが、またしても正しい答を出したのだった。

クリスティーとミス・マープル

中村妙子

アガサ・クリスティーにスリラーでない、いわゆる〝ストレートな〟ロマンスがあることは、いまではかなりよく知られている。全部で六冊、邦訳はいずれもハヤカワ文庫に納められている。その中に、『春にして君を離れ』（一九四四）という、シェイクスピアのソネットから題名を取った作品がある。主人公はどこにでもいそうな中流階級の主婦であるが、物語の進展につれて、彼女が自分では知らずに、夫や子どもたちをいろいろな形で挫折させ、絶望させていたことがわかってくる。人間のどうしようもない自己愛が一貫して取りあげられ、スリラーに書ききれなかったクリスティーの一面をのぞかせてくれると私は思っているのだが。

さてなぜ、この物語をここに持ちだしたかというと、クリスティーの作品に登場する謎ときの名手たち、ポアロ、ミス・マープル、バトル警視、あるいはパーカー・パインにしても、トミーとタペンスにしても、みな人間性という角度から事件を解決する人々だからである。ことにミス・マープルには、この特徴がいちじるしい。したがってつねに動機に重点が置かれ、事件解決の鍵はたいていの場合、被害者の人となり、彼または彼女の他人に対する関係に見出される。

ハヤカワ・ミステリ・シリーズにはいっていた『火曜クラブ』がこのたびミステリ文庫に納められるというので、全面的に訳文に手をいれた。読みかえしてみて、この短篇集はなかなかの傑作だとあらためて思った。ミス・マープルものとしては、これに先だって『牧師館の殺人』（一九三〇）があり、これは、二冊目だが、ミス・マープルの性格はこの短篇集で確立したのではないだろうか。

まず、『スリーピング・マーダー』（一九七六）にいたるまで、ミス・マープルの終始一貫取っている姿勢がここにはっきり打ちだされているということを指摘しておきたい。本書の第十話「クリスマスの悲劇」の中でミス・マープルは、人間性についての自分の見かたを流しにたとえている（二九六ページ）。つまり幻想や偏見をともなわない現実的な見かたということだろう。流しはけっして美的ではないが、毎日の生活に欠かせない。スリラーと流し――いかにもふしぎな取合せだが、奇妙な生活感がある。これがクリスティーのクリスティーたる所以ではないだろうか。ふさわしい舞台に置かれた場合、ミス・マープルという平凡な村のオールドミスは驚くほど、その真価を発揮するのだ。

『火曜クラブ』にはまた、後の長篇、短篇の原型と思われるものがたくさん詰まっている。〝クリスティー漫歩〟とでもいった気楽な気分で、個々の物語について思いつくことを書いてみたい。

第一話「火曜クラブ」　クリスティーの作品には夫が妻を、妻が夫を殺すというマイホーム主義者にははなはだ物騒な設定のものがいくつかあるが、これもその一つ。若いお手伝いグラディスは、『ポケットにライ麦を』（一九五三）の中に出てくる薄幸なお手伝いと名前も同じで、似たような役割を与えられている。『ポケットにライ麦を』は「火曜クラブ」の二十年後の作品であるけれど。

第二話「アスタルテの祠」　は嫉妬の殺人。動機が単純な嫉妬である場合は、クリスティーはもっぱら短篇に仕立てているようだ。衝動的な激情の殺人は一回限りで終る。しかし自尊心を傷つけられた怒りがこれに重なるとき、あるいは自己保存の本能が働くときには、殺人は二回三回と重ねられ、長篇の好箇の題材となる。たとえば『ゼロ時間へ』（一九四四）におけるように。

第三話「金塊事件」殺人の絡まない盗難事件。軽快で面白いが、やはり短篇の題材である。

第四話「舗道の血痕」『白昼の悪魔』（一九四一）の先取り。『白昼の悪魔』の本筋では、妻と愛人の立場がこの話といれかわっているが、主人公の以前の犯罪に関する記述は、これにたいへんよく似ている。

第五話「動機対機会」弁護士がだしぬかれるところは『検察側の証人』を、お手伝いが遺言状に証人として署名するところは『なぜ、エヴァンズに頼まなかったのか』（一九三四）を、思わせる。心霊術も、クリスティーによく出てくる舞台装置である。

第六話「聖ペテロの指のあと」被害者が洩らした、最後の言葉が手がかりになるというのは、『バクダッドの秘密』（一九五一）や『なぜ、エヴァンズに頼まなかったのか』に見られる。

第七話「青いゼラニウム」看護婦もクリスティーの作品によく出てくる。『杉の柩』（一九四〇）が、その一例。

第八話「二人の老嬢」も、ある意味で『杉の柩』を思わせる。どういう意味で？　それは、同書を読んでいただきたい。こちらはポアロの事件だが。

第九話「四人の容疑者」「大切なのはね、ほんとのところ、犯罪じゃあないんだ。無実のほうだよ。誰もそれに思いいたらないがね」（二五六ページ）というサー・ヘンリー・クリザリングの言葉は、まさに『無実はさいなむ』（一九五八）を思い出させないだろうか？

第十話「クリスマスの悲劇」編みものをしながらのおしゃべりの中から情報を集めるというのは、『NかMか』（一九四一）でタペンスがやっている。

第十一話「毒草」ハウス・パーティーもまたクリスティーがよく知っている背景だ。『ホロー荘の殺人』（一九四六）をはじめ、枚挙の暇がないほど。

第十二話「バンガロー事件」翌年、出版された『エッジウェア卿の死』（一九三三）に明らかにつながる。ジェーン・ヘリアはジェーン・ウィルキンソンの半身である。その美しさ、愚かさ、賢さ、利己心、そしてその哀れさまで、酷似している。

第十三話「溺死」愛に飢えた年上の女の若い男に対する愛にもクリスティーは、恐ろしいと同時に痛ましいものを感じていたらしい。前出『無実はさいなむ』もその一例。

個々の語り口もさることながら、もう一つ感心するのは『火曜クラブ』の語り手の取合せだ。法の守り手、紳士階級の代表者、ロマンティックな若者たち、自分のことにしか関心のない美しい女優。中でもクリスティーが好意をもっているらしい率直なミセス

・バントリーは、『書斎の死体』（一九四二）に再登場する。庭に熱情をもっている主婦はクリスティーのお気に入りの登場人物なのだ。

クリスティーはその自伝の中で、ミス・マープルは『アクロイド殺し』（一九二六）の中のシェパード医師の姉を母胎として生れた構想かもしれないといっている。ミス・マープルにしろ、このキャロラインにしろ、適当に辛辣で、好奇心に満ち、村で起こるすべての出来事を知り、すべての情報を掌握している女性は、〝家庭生活における私立探偵社〟であるとも。

クリスティーの愛読者は何度となく彼女に、ミス・マープルとポアロをいっしょに登場させてほしいといったそうだが、クリスティーは頑として聞きいれなかった。ポアロとミス・マープルの世界はまったくべつなのだから、と彼女は言う。

「うぬぼれやのエゴイストであるポアロは、ミス・マープルのような村の老嬢に謎ときの暗示を受けることをけっして喜ばないでしょう。二人はともにスターです、しかしそれぞれ異なった意味でスターなのであって、二人を出会わせることは、不測の衝動にとらえられるのでない限り、おそらくわたしは今後もしないと思います」

この言葉通り、クリスティーは『カーテン』（一九七五）と『スリーピング・マーダー』（一九七六）と、一つはポアロの、もう一つはミス・マープルの登場する作品を残して世を去ったのであった。

一九七八年十月

ミス・マープルの径《こみち》

ミステリ評論家
芳野　昌之

　アガサ・クリスティーは長篇と同様、短篇にも傑作が多い。だから短篇ファンも数多いし、またその気難しい注文に応える質の高さを持っている。『火曜クラブ』はミス・マープルの短篇初登場という重みがある。いまやミス・マープルは探偵趣味のある老婦人として知らぬ者のないほどの人気を誇っているが、慎み深いおばあさんの彼女は事件解決に決して権威をふりかざしたりしない。彼女の探偵術は小さい村の人々の生活の観察から編み出された。彼女の洞察が鋭くて事件の解決率百発百中であるのは、ごく自然に事件の核に入り込んで、通い馴れた径《こみち》をたどるように、事件の迷路を歩いて行くことができるからだ。ある時はためらいがちに、ある時は決然として。

　何ごとにつけミス・マープルにとっては五里霧中で途方にくれるということがありえ

ない。住んでいるセント・メアリ・ミード村の歩き馴れた径のように、彼女は日常生活で人間性が織り成すドラマの底に存在する、見えにくい径をたどることができるのだ。だから迷うことはありえない。上っ面のまやかしには目を惑わされない。直面する事件がどんなに錯綜していても、彼女は必ず自分の熟知した径を深い霧のなかで嗅ぎ分ける。彼女の行くところ解けないなぞはないという印象だ。

そのミス・マープルの短篇初舞台なのだから、愛読者が『火曜クラブ』に寄せる思い入れの深さもひとしおというものだろう。一九三二年という刊行年に注目すると、ミス・マープルの長篇初登場である『牧師館の殺人』が前々年に刊行されており、一九三〇年代はクリスティーの本格物の傑作がこのあと目白押しの黄金時代といえるのだ。事実『火曜クラブ』は傑作なのである。

ミス・マープルが愛情を注ぐ甥の小説家レイモンド・ウェストの「迷宮入り事件」とつぶやく独り言から『火曜クラブ』は始まる。レイモンドはふだんから何かと寒村住まいの伯母に、暖かな心遣いを惜しまぬイギリス紳士だ。そのレイモンドはお気に入りの古めかしい家具調度品の置かれた伯母の部屋で、四人の客人と寛いでいる。女流画家ジョイス・ランプリエール、最近まで警視総監の要職にあったサー・ヘンリー・クリザリング、教区のペンダー老牧師、弁護士ペザリック氏。それにレイモンドとミス・マープルという顔ぶれがそろっている。

「迷宮入り事件」というレイモンドのつぶやきがきっかけで、自分だけが知っている、結末もわかっている迷宮入り事件を問題に出して、一同が解答を出しあうことになる。当日が火曜日だったので、火曜クラブと命名されたが、レイモンドの「迷宮入り事件」を受けて、ミス・マープルは村の知り合いのご婦人が買い物の途中で、買ったばかりのむきみの小えびが見当たらなくなった逸話を披露して、レイモンドに「そういったありきたりな村のできごとじゃないんですよ」と苦情をいわれる。この集いの花形であるはずのミス・マープルは最初、編物に熱中する注意散漫なお年寄りと見なされ、仲間はずれにされそうになる。やんわりと彼女は抗議してメンバーに入れてもらった。

前警視総監のサー・ヘンリーがまず口火を切って難問を語り終え、順番にあれこれと解答を出しあったが、さてミス・マープルの順になると、自分の知り合いの他愛もない逸話を披露して、遠慮のないレイモンドなどはいらいらして「いったいこの事件と何の関係があるんです」と文句をいう始末だ。毎回このピントはずれに見える彼女の発言に、一座が面食らい驚きあきれて、口をあんぐりさせられる様子がまことに楽しい。そしてミス・マープルのきわめつきの明察がこのあとに続くという趣向である。編物に励んでいるミス・マープルの外観に目を奪われている一同は、彼女がひそかに自分の心のなかの径をたどっている様子を、もちろん推察できるわけもない。出された問題の核心にその径が通じていることが、あとになってわかるのである。

『火曜クラブ』は最初六話執筆されたあと、メンバーをかえてさらに追加されたが、とくに後半の七話が短篇の粋《すい》といえる充実ぶりで気迫がこもっている。大胆なトリックといい、ミス・ディレクションの技の冴えといい、短篇ミステリの宝庫だ。題材もまた変化に富んで密度が濃く、意表をつく語り口も申し分ない。そして不思議なことにクリスティーの巨大な影がどの作品からも感じとれるのである。すでに多くの長篇を読了した読者なら、これらの短篇のなかに後年の長篇名作を暗示する気配を感じとったやもしれない。

出色は短篇集の最後に置かれた第十三話「溺死」であろう。「溺死」は短篇集のなかで唯一現在進行形の作品で、ミス・マープルが思い詰めた沈痛な表情で、村に滞在中の前警視総監サー・ヘンリーを訪ねて来る冒頭からすでに佳境に入る。身重になった村娘の投身自殺が起きたばかりなのだ。ミス・マープルは村娘が自殺ではなく他殺で、しかもだれが殺したのかわかっていると断言して、サー・ヘンリーを驚かせる。彼女はメモに犯人の名を書き込み、サー・ヘンリーに手渡したのだ。こういうときのミス・マープルはふだんの優しい表情とはかけはなれた、恐ろしい半面を示すのである。

火曜クラブの集いで、ミス・マープルの天才的な閃きに敬服していたサー・ヘンリーは、明白な証拠がないにもかかわらず、彼女の判断に賭けてみようと即座に決断する。彼は馴染みの州警察本部長に掛け合って、聞き込み捜査に同行するのだ。その捜査の途中で大きい壁にぶつかってサー・ヘンリーの胸中に動揺がなかったわけではない。だが、やはりミス・マープルの指摘は的を射ていた。人の才能を見抜くサー・ヘンリーの目は確かだった。火曜クラブで迷宮入り事件の解答を出しあったときの彼女の手法が、現実の事件でも光り輝いた瞬間である。『火曜クラブ』を締めくくるにふさわしい配置といえよう。「溺死」でミス・マープルがサー・ヘンリーに打ち明けた逸話は「何年か前にわたしの姪のところに車を引いて野菜を売りに来ていた男が、ある日、ニンジンのかわりにカブを置いていったことがあるからだと申しあげたら、あなたはどうお思いになりますか」というなぞなぞのようなものだった。はてミス・マープルの径《こみち》はどこへ通じるものやら。こういうスリリングな逸話を持ち出されて、サー・ヘンリーならずとも身を乗り出さないではあるまい。

好奇心旺盛な老婦人探偵

〈ミス・マープル〉シリーズ

本名ジェーン・マープル。イギリスの素人探偵。ロンドンから一時間ほどのところにあるセント・メアリ・ミードという村に住んでいる、色白で上品な雰囲気を漂わせる編み物好きの老婦人。村の人々を観察するのが好きで、そのうちに直感力と観察力が発達してしまい、警察も手をやくような難事件を解決するまでになった。新聞の情報に目をくばり、村のゴシップに聞き耳をたて、それらを総合して事件の謎を解いてゆく。家にいながら、あるいは椅子に座りながらゆったりと推理を繰り広げることが多いが、敵に襲われるのもいとわず、みずから危険に飛び込んでいく行動的な面ももつ。

長篇初登場は『牧師館の殺人』（一九三〇）。「殺人をお知らせ申し上げます」という衝撃的な文章が新聞にのり、ミス・マープルがその謎に挑む『予告殺人』（一九五〇）や、その他にも、連作短篇形式をとりミステリ・ファンに高い評価を得ている『火曜クラブ』（一九三二）、『カリブ海の秘密』（一九六四）とその続篇『復讐の女神』（一九七一）などに登場し、最終作『スリーピング・マーダー』（一九七六）まで、息長く活躍した。

35　牧師館の殺人
36　書斎の死体
37　動く指
38　予告殺人
39　魔術の殺人
40　ポケットにライ麦を
41　パディントン発4時50分
42　鏡は横にひび割れて
43　カリブ海の秘密
44　バートラム・ホテルにて
45　復讐の女神
46　スリーピング・マーダー

灰色の脳細胞と異名をとる
〈名探偵ポアロ〉シリーズ

本名エルキュール・ポアロ。イギリスの私立探偵。元ベルギー警察の捜査員。卵形の顔とぴんとたった口髭が特徴の小柄なベルギー人で、「灰色の脳細胞」を駆使し、難事件に挑む。『スタイルズ荘の怪事件』（一九二〇）に初登場し、友人のヘイスティングズ大尉とともに事件を追う。フェアかアンフェアかとミステリ・ファンのあいだで議論が巻き起こった『アクロイド殺し』（一九二六）、イニシャルのＡＢＣ順に殺人事件が起きる奇怪なストーリーが話題をよんだ『ＡＢＣ殺人事件』（一九三六）、閉ざされた船上での殺人事件を巧みに描いた『ナイルに死す』（一九三七）など多くの作品で活躍し、最後の登場になる『カーテン』（一九七五）まで活躍した。イギリスだけでなく、イラク、フランス、イタリアなど各地で起きた事件にも挑んだ。

映像化作品では、アルバート・フィニー（映画《オリエント急行殺人事件》）、ピーター・ユスチノフ（映画《ナイル殺人事件》）、デビッド・スーシェ（ＴＶシリーズ）らがポアロを演じ、人気を博している。

1 スタイルズ荘の怪事件
2 ゴルフ場殺人事件
3 アクロイド殺し
4 ビッグ4
5 青列車の秘密
6 邪悪の家
7 エッジウェア卿の死
8 オリエント急行の殺人
9 三幕の殺人
10 雲をつかむ死
11 ＡＢＣ殺人事件
12 メソポタミヤの殺人
13 ひらいたトランプ
14 もの言えぬ証人
15 ナイルに死す
16 死との約束
17 ポアロのクリスマス
18 杉の柩
19 愛国殺人
20 白昼の悪魔
21 五匹の子豚
22 ホロー荘の殺人
23 満潮に乗って
24 マギンティ夫人は死んだ
25 葬儀を終えて
26 ヒッコリー・ロードの殺人
27 死者のあやまち
28 鳩のなかの猫
29 複数の時計
30 第三の女
31 ハロウィーン・パーティ
32 象は忘れない
33 カーテン
34 ブラック・コーヒー〈小説版〉

冒険心あふれるおしどり探偵
〈トミー&タペンス〉

本名トミー・ベレズフォードとタペンス・カウリイ。『秘密機関』（一九二二）で初登場。心優しい復員軍人のトミーと、牧師の娘で病室メイドだったタペンスのふたりは、もともと幼なじみだった。長らく会っていなかったが、第一次世界大戦後、ふたりはロンドンの地下鉄で偶然にもロマンチックな再会をはたす。お金に困っていたので、まもなく「青年冒険家商会」を結成した。この後、結婚したふたりはおしどり夫婦の「ベレズフォード夫妻」となり、共同で探偵社を経営。事務所の受付係アルバートとともに事務所を運営している。トミーとタペンスは素人探偵ではあるが、その探偵術は、数々の探偵小説を読破しているので、事件が起こるとそれら名探偵の探偵術を拝借して謎を解くというユニークなものであった。

『秘密機関』の時はふたりの年齢を合わせても四十五歳にもならなかったが、

最終作の『運命の裏木戸』（一九七三）ではともに七十五歳になっていた。青春時代から老年時代までの長い人生が描かれたキャラクターで、クリスティー自身も、三十一歳から八十三歳までのあいだでシリーズを書き上げている。ふたりの活躍は長篇以外にも連作短篇『おしどり探偵』（一九二九）で楽しむことができる。

ふたりを主人公にした作品が長らく書かれなかった時期には、世界各国の読者からクリスティーに「その後、トミーとタペンスはどうしました？ いまはなにをやってます？」と、執筆の要望が多く届いたという逸話も有名。

47 秘密機関
48 NかMか
49 親指のうずき
50 運命の裏木戸

バラエティに富んだ作品の数々

〈ノン・シリーズ〉

名探偵ポアロもミス・マープルも登場しない作品の中で、最も広く知られているのが『そして誰もいなくなった』（一九三九）である。マザーグースになぞらえて殺人事件が次々と起きるこの作品は、不可能状況やサスペンス性など、クリスティーの本格ミステリ作品の中でも特に評価が高い。日本人の本格ミステリ作家にも多大な影響を与え、多くの読者に支持されてきた。

その他、紀元前二〇〇〇年のエジプトで起きた殺人事件を描いた『死が最後にやってくる』（一九四四）、『チムニーズ館の秘密』（一九二五）に出てきたロンドン警視庁のバトル警視が主役級で活躍する『ゼロ時間へ』（一九四四）、オカルティズムに満ちた『蒼ざめた馬』（一九六一）、スパイ・スリラーの『フランクフルトへの乗客』（一九七〇）や『バグダッドの秘密』（一九五一）などのノン・シリーズがある。

また、メアリ・ウェストマコット名義で『春にして君を離れ』（一九四四）をはじめとする恋愛小説を執筆したことでも知られるが、クリスティー自身は四半世紀近くも関係者に自分が著者であることをもらさないよう箝口令をしいてきた。これは、「アガサ・クリスティー」の名で本を出した場合、ミステリと勘違いして買った読者が失望するのではと配慮したものであったが、多くの読者からは好評を博している。

72 茶色の服の男
73 チムニーズ館の秘密
74 七つの時計
75 愛の旋律
76 シタフォードの秘密
77 未完の肖像
78 なぜ、エヴァンズに頼まなかったのか？
79 殺人は容易だ
80 そして誰もいなくなった
81 春にして君を離れ
82 ゼロ時間へ
83 死が最後にやってくる
84 忘られぬ死
86 暗い抱擁
87 ねじれた家
88 バグダッドの秘密
89 娘は娘
90 死への旅
91 愛の重さ
92 無実はさいなむ
93 蒼ざめた馬
94 ベツレヘムの星
95 終りなき夜に生れつく
96 フランクフルトへの乗客

名探偵の宝庫

〈短篇集〉

クリスティーは、処女短篇集『ポアロ登場』（一九二三）を発表以来、長篇だけでなく数々の名短篇も発表し、二十冊もの短篇集を発表した。ここでもエルキュール・ポアロとミス・マープルは名探偵ぶりを発揮する。ギリシャ神話を題材にとり、英雄ヘラクレスのごとく難事件に挑むポアロを描いた『ヘラクレスの冒険』（一九四七）や、毎週火曜日に様々な人が例会に集まり各人が体験した奇怪な事件を語り推理しあうという趣向のマープルものの『火曜クラブ』（一九三二）は有名。トミー＆タペンスの『おしどり探偵』（一九二九）も多くのファンから愛されている作品。

また、クリスティー作品には、短篇にしか登場しない名探偵がいる。心の専門医の異名を持ち、大きな体、禿頭、度の強い眼鏡が特徴の身上相談探偵パーカー・パイン（『パーカー・パイン登場』一九三四　など）は、官庁で統計収集の事務を行なっていたため、その優れた分類能力で事件を追う。また同じく、ハーリ・クィンも短篇だけに登場する。心理的・幻想的な探偵譚を収めた『謎のクィン氏』（一九三〇）などで活躍する。その名は「道化役者」の意味で、まさに変幻自在、現われてはいつのまにか消え去る神秘的不可思議的な存在として描かれている。恋愛問題が絡んだ事件を得意とするというユニークな特徴をもっている。

ポアロものとミス・マープルものの両方が収められた『クリスマス・プディングの冒険』（一九六〇）や、いわゆる名探偵が登場しない『リスタデール卿の謎』（一九三四）や『死の猟犬』（一九三三）も高い評価を得ている。

51　ポアロ登場
52　おしどり探偵
53　謎のクィン氏
54　火曜クラブ
55　死の猟犬
56　リスタデール卿の謎
57　パーカー・パイン登場
58　死人の鏡
59　黄色いアイリス
60　ヘラクレスの冒険
61　愛の探偵たち
62　教会で死んだ男
63　クリスマス・プディングの冒険
64　マン島の黄金

訳者略歴　東京大学文学部卒，英米文学翻訳家　著書『鏡の中のクリスティー』訳書『ビッグ４』『春にして君を離れ』クリスティー（以上早川書房刊）他多数

Agatha Christie

火曜《かよう》クラブ

〈クリスティー文庫 54〉

二〇〇三年十月十五日　発行
二〇二一年七月十五日　十三刷

（定価はカバーに表示してあります）

著者　アガサ・クリスティー
訳者　中《なか》村《むら》妙《たえ》子《こ》
発行者　早川浩
発行所　株式会社早川書房
郵便番号一〇一 - 〇〇四六
東京都千代田区神田多町二ノ二
電話　〇三 - 三二五二 - 三一一一
振替　〇〇一六〇 - 三 - 四七七九九
https://www.hayakawa-online.co.jp

乱丁・落丁本は小社制作部宛お送り下さい。
送料小社負担にてお取りかえいたします。

印刷・信毎書籍印刷株式会社　製本・株式会社明光社
Printed and bound in Japan
ISBN978-4-15-130054-7 C0197

本書は活字が大きく読みやすい〈トールサイズ〉です。